Die Abenteuer
des braven Soldaten Schwejk
in Bildern

JOSEF LADA

DIE ABENTEUER DES BRAVEN SOLDATEN SCHWEJK IN BILDERN

NACH DEM ROMAN VON
JAROSLAV HAŠEK

bund-bibliophil

Herr Schwejk rieb sich gerade die Knie mit Opodeldok ein, als seine Bedienerin, die alte Frau Müller, eintrat und ihm erzählte, daß man den Erzherzog Ferdinand umgebracht habe. Längere Zeit sprachen beide darüber, wie der Ferdinand abgeschossen worden war und wie fein sich der Attentäter zu diesem Zweck angezogen haben mußte. Dann kleidete sich Herr Schwejk an und begab sich ins Gasthaus „Zum Kelch".

Im Gasthaus „Zum Kelch" saß nur ein einziger Gast: der Geheimpolizist Bretschneider. Der Gastwirt Palivec spülte die Bierseidel, und Bretschneider bemühte sich vergeblich, ihn in ein ernstes Gespräch zu verwickeln. „Da ist früher mal ein Bild vom Kaiser gehangen", sagte Herr Bretschneider.

„Ja, da ham Sie recht", antwortete Herr Palivec, „er is dort gehangen, und die Fliegen ham auf ihn geschissen. Da hab ich ihn auf den Boden geschafft."

Schwejk kam herein, bestellte ein dunkles Bier und bemerkte: „In Wien ham sie heut auch Trauer.“ In Bretschneiders Augen blitzte ein Hoffnungsstrahl auf. Schwejk tat einen gehörigen Schluck und fuhr fort: „Meinen Sie vielleicht, daß unser Kaiser das so hingehen läßt? Da kennen Sie ihn schlecht! Zum Krieg kommt's, mehr sag ich nicht!“
Darauf erhob sich Bretschneider und sagte: „Kommen Sie mit mir auf den Gang!“

Dort zeigte Bretschneider feierlich seinen Adler*) und erklärte Schwejk für verhaftet. Schwejk meinte gutmütig, er habe niemanden beleidigt und sei unschuldig. Bretschneider bestand jedoch darauf, daß sich Schwejk das Hochverrats schuldig gemacht habe, daß er ihn verhaften und sogleich auf die Polizeidirektion bringen werde.

*) das Abzeichen der österreichischen Geheimpolizisten.

Bretschneider zeigte den Adler auch Herrn Palivec und teilte ihm gutgelaunt mit, daß er am Abend auch ihn abholen werde. „Warum denn mich?" jammerte Palivec. „Ich war doch so vorsichtig."
„Weil Sie gesagt hoben, daß die Fliegen auf unseren Kaiser geschissen haben!"
Als Herr Palivec die Wirtschaft seiner weinenden Frau übergab, tröstete er sie: „Heul nicht, was können die mir schon wegen diesem beschissenen Kaiserbild anhaben!"

Schwejk verließ in Begleitung des Geheimpolizisten Bretschneider das Gasthaus „Zum Kelch". Als sie in das Tor der Polizeidirektion traten, sagte Schwejk: „Wie angenehm uns aber die Zeit verlaufen is!" So griff Schwejk auf seine Weise in den Weltkrieg ein, und später zeigte es sich, daß er recht gehabt hatte, als er den Krieg voraussagte.

Als man Schwejk auf der Polizeidirektion in eine Zelle sperrte, fand er dort eine sechsköpfige Gesellschaft vor. Fünf Männer saßen rings um den Tisch, und Schwejk fragte alle der Reihe nach, warum man sie verhaftet hatte. „Wegen Sarajewo!" — „Wegen dem Ferdinand!" — „Wegen diesem Mord am Herrn Erzherzog Ferdinand!"
Nur der sechste, der sich von den fünf übrigen abseits hielt, damit auf ihn kein Verdacht falle, sagte, daß er wegen versuchten Raubmordes an einem Landwirt aus Holice hier sitze.

Schwejk setzte sich an den Tisch zu den Verschwörern, die erzählten, wie sie hierher geraten waren. Einem der Männer standen noch jetzt vor Schreck Haare und Bart zu Berge, so daß sein Kopf an einen Stallpinscher gemahnte. Er sagte, daß er mit einem fremden Herrn in einem Restaurant gesessen hätte, und dieser habe ihn gefragt, ob ihn der Mord in Sarajewo interessierte. „Überhaupt nicht", habe er geantwortet, „wenn man mal irgendwo jemanden erschlägt, so is das Sache der Polizei und der Gerichte. Ich hab ein Papiergeschäft!" Er wurde auf der Stelle verhaftet.

Schwejk hielt es für angezeigt, einige Worte des Trostes vorzubringen: „Mit uns steht's schlecht. Die Polizei is eben dazu da, daß sie uns für unser loses Maul bestraft. Beim Militär ham wir mal dem Herrn Hauptmann seinen Hund erschossen. Da hat er uns rufen lassen, is in einem fort um uns herumgegangen und hat gebrüllt: ‚Ihr Lumpen, ihr Schweinehunde, ihr Hyänen! Hackfleisch sollte man aus euch machen!' Und dabei hat sich's damals nur um ein Hunterl gehandelt. Deshalb muß man den Leuten einen Schrecken einjagen, damit die Trauer um den Herrn Erzherzog wirklich für was steht."

Der Wachmann führte Schwejk zum Verhör ab. Ein Herr mit einem kühlen Beamtengesicht warf Schwejk einen blutrünstigen Blick zu und sagte: „Stellen Sie sich nicht so blöd!"
„Ich kann mir nich helfen", antwortete Schwejk, „man hat mich beim Militär wegen Blödheit superarbitriert."
„Und in politischen Kreisen haben Sie keine Bekannten?"
„Aber bitte ja, Euer Gnaden, ich kauf jeden Tag das Mittagsblatt der Národní politika, die Čubička."*)
„Hinaus!" brüllte der Herr Rat Schwejk an.

*) Spottname für eine reaktionäre Prager Tageszeitung.

Etwas später wurde Schwejk wiederum zum Verhör gerufen.
„Gestehen Sie sich es alles?" fuhr ihn der Herr Rat scharf an.
„Wenn Sie's wünschen, Euer Gnaden, daß ich gesteh, so gesteh ich, mir kann's nich schaden", antwortete Schwejk milde.
Der gestrenge Herr ließ Schwejk einige Erklärungen unterschreiben und sagte: „Morgen früh wird man Sie dem Gericht übergeben!"
„Um wieviel Uhr, Euer Gnaden, damit ich's um Gottes willen nicht verschlaf?" fragte Schwejk bieder.
„Hinaus!" wurde Schwejk heute zum zweitenmal angebrüllt.

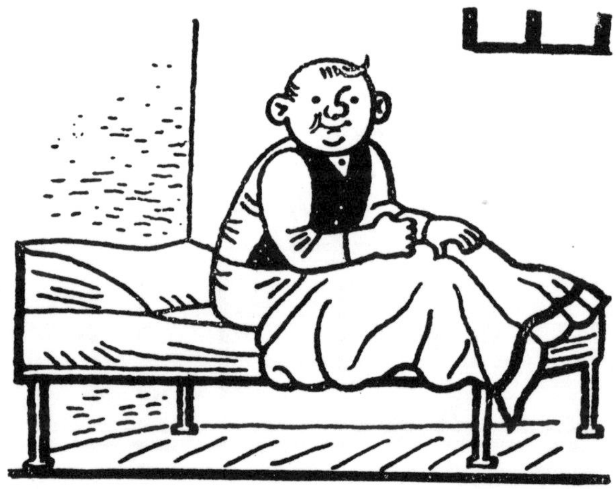

Nach Schwejks Rückkehr in die Zelle wollten seine Mitgefangenen alles mögliche wissen, worauf er klar antwortete: „Grad hab ich gestanden, daß ich herich den Erzherzog Ferdinand umgebracht hab." Während sich Schwejk auf die Pritsche legte, bemerkte er: „Zu dumm, daß wir hier keinen Wecker ham!" Am andern Morgen wurde er aber auch ohne Wecker pünktlich geweckt und um 6 Uhr mit der „Grünen Minna" ins Landgericht übergeführt. „Morgenstunde hat Gold im Munde", begrüßte Schwejk die Mitreisenden.

Beim Landgericht wurde Schwejk einem älteren Herrn mit gutmütigem Gesicht vorgeführt. Der forderte ihn auf, Platz zu nehmen, und sagte: „Sie sind also der Herr Schwejk? Sie haben sich aber eine schöne Geschichte eingebrockt. Sind Sie vollkommen gesund? Haben Sie nicht ab und zu irgendwelche Anfälle?"
„Das bitte nich, nur einmal hat mich ein toller Hund angefallen", antwortete Schwejk. Der alte Herr lächelte liebenswürdig und sagte: „Wir werden Sie von den Gerichtsärzten untersuchen lassen."

Nach seiner Rückkehr in die Zelle teilte Schwejk seinen Mitgefangenen mit, daß ihn die Gerichtsärzte untersuchen werden. „Ich trau diesen Gerichtsärzten nicht", bemerkte ein Gefangener. „Wie ich mal Wechsel gefälscht hab, hab ich vor den Gerichtsärzten Paralyse simuliert. Ich hab eine Flasche Tinte ausgetrunken, hab mich vor der ganzen Kommission in der Zimmerecke ausgemacht, und einen Gerichtsarzt hab ich ins Bein gebissen. Dafür aber, daß ich ihn gebissen hab, haben sie mich für vollkommen gesund erklärt, und ich war verloren!"

Die gerichtsärztliche Kommission setzte sich aus drei unpersönlich ernsten Herren zusammen. Als Schwejk ihnen vorgeführt wurde, rief er aus: „Meine Herrn, Kaiser Franz Josef I. lebe hoch!"
„Glauben Sie an das Ende der Welt?" fragte einer der Herren Schwejk in gewichtigem Ton.
„Zuerst müßt ich das Ende der Welt sehn", entgegnete Schwejk schlankweg. Darauf einigte sich das Dreierkollegium dahingehend, daß Schwejk ein notorischer Idiot sei, was er durch den Ausruf: „Hoch lebe Kaiser Franz Josef I.!" hinreichend unter Beweis gestellt habe. Und sie schlugen die Überführung Schwejks in die psychiatrische Klinik vor.

Wenn Schwejk später sein Leben im Irrenhaus schilderte, fand er nur Worte höchsten Lobes: „Ihr könnt dort johlen, brüllen, singen, blöken, schreien, springen, beten, auf einem Fuß rumhüpfen und Purzelbäume schlagen! Niemand sagt euch: ‚Das dürfen Sie nicht tun, mein Herr, das schickt sich nicht. Sie wollen ein gebildeter Mann sein?' Ich weiß wirklich nich, warum sich die Narren ärgern, wenn man sie dort einsperrt. Sie können nackt auf dem Fußboden herumkriechen, wie Schakale heulen, toben und beißen.

Gleich nachdem ich dort angekommen war, ham mich zwei Wärter ins Bad geführt. Einer hat mich abgerieben, und der andere hat mir dabei jüdische Witze erzählt. Nach dem Bad hab ich mich schön ausgeschlafen, und dann ham mich die beiden Wärter gefüttert. Der eine hat mich an beiden Händen festgehalten, der zweite hat ein Stückchen Semmel nach dem andern in die Milch getunkt und mich gefüttert, als würde er eine Gans stopfen. Dann bin ich wieder eingeschlafen."

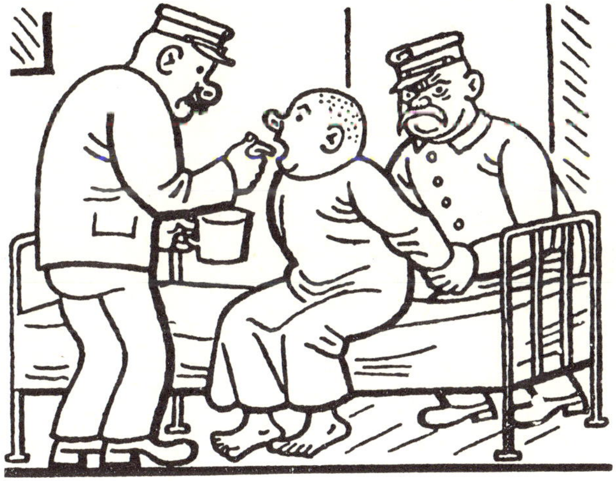

Als Schwejk wieder wach war, führte man ihn ins Ordinationszimmer. „Können Sie singen?" fragte einer der Ärzte Schwejk.
„Ohne weiteres, meine Herrn: ‚Gott erhalte, Gott beschütze'*) und ‚Heil Dir im Siegerkranz...!' " antwortete Schwejk bescheiden.
„Mir scheint, Sie sind ein Simulant!" brüllte der zweite Arzt Schwejk an und gab Befehl, ihn zu entlassen. Schwejk erklärte daraufhin, daß man niemanden ohne Mittagessen aus dem Irrenhaus hinauswerfen dürfe. Diesem Auftritt bereitete jedoch ein Polizist ein jähes Ende.

*) österreichische Nationalhymne

In der Zelle des Polizeikommissariats in der Salmgasse, wo Schwejk eingesperrt wurde, lief ein Mann verzweifelt auf und ab und schrie: „Ich hab Kinder zu Haus, ich bin wegen Trunkenheit und unsittlichem Lebenswandel hier! Wir haben den Namenstag unseres Herrn Abteilungsvorstands gefeiert, und so ist's ausgefallen. Haben Sie keinen Riemen bei sich?"

„Damit kann ich Ihnen mit dem allergrößten Vergnügen dienen", antwortete Schwejk, „ich hab noch nie gesehen, wie sich jemand an einem Riemen aufhängt!" — Doch da kam der Polizist, um Schwejk wieder auf die Polizeidirektion zu führen. Schwejk wollte dem Herrn, der angeblich schon seit dem frühen Morgen in der Zelle saß, den Vortritt lassen, aber es half nichts. Er mußte gehen.

Der Polizist führte Schwejk durch die Brenntegasse, wo sich die Leute um ein Plakat mit der Kriegserklärung drängten. „Ich hab's vorausgesagt", sagte Schwejk, „aber im Irrenhaus ham sie noch nichts davon gewußt, obzwar sie's aus erster Hand haben sollten!" Als sie sich der Menschenmenge näherten, schrie Schwejk: „Heil Kaiser Franz Josef! Diesen Krieg gewinnen wir!" Jemand aus der begeisterten Menge drückte ihm den Hut über die Ohren, und so trat der brave Soldat Schwejk — von einem Menschenrudel begleitet — wiederum durchs Tor der Polizeidirektion, wo er sofort einer schwarzgelbgestreiften Bestie vorgeführt wurde.

„Sagen Sie mir, Herr Schwejk, wer verleitet Sie eigentlich zu solchen Dummheiten?“ begann er sofort, Schwejk zu verhören. „Oder ist es etwa keine Dummheit, das Volk durch Ausrufe wie: ‚Heil Kaiser Franz Josef‘ aufzuwiegeln!“
„Ich konnte nicht untätig bleiben“, erklärte Schwejk, „es hat mich so aufgeregt, wie ich gesehen hab, daß sich niemand freut.“
„Schwejk“, sagte der Bürokrat, „wenn Sie noch mal hierherkommen, wandern Sie direkt vors Militärgericht!“ Und ehe er wußte, wie ihm geschah, küßte ihm Schwejk die Hand und sagte: „Vergelt's Gott! Und wenn Sie mal ein Hunterl brauchen, so belieben Sie sich an mich zu wenden!“

Kaum war Schwejk wieder in Freiheit, begab er sich ins Gasthaus „Zum Kelch“. Dort saßen einige Gäste, unter ihnen auch der Küster von der Apollinarkirche.
„Da bin ich also wieder“, sagte Schwejk zur Frau Palivec, „is der Herr Palivec auch schon zu Haus?“
Frau Palivec schluchzte: „Sie — ham — ihm — zehn Jahre aufgebrummt!“
„Na, sehen Sie“, sagte Schwejk, „da hat er ja schon sieben Tage abgesessen!“
„Gestern hamr zwei Begräbnisse gehabt“, versuchte der Küster von der Apollinarkirche das Gespräch auf ein anderes Gebiet zu lenken.
„Ich möcht gern wissen, wie jetzt im Krieg die Militärbegräbnisse aussehen wern“, bemerkte Schwejk. Da standen alle Gäste auf, zahlten und entfernten sich still.

Zu Hause erwartete Schwejk eine kleine Überraschung. In seinem Bett schlief der Portier von einem Nachtcafé. Schwejk bereitete es viel Mühe, ihn hinauszuwerfen. Da suchte er überall Frau Müller. Aber er fand nur einen Zettel: „Verzeihen Sie, gnädiger Herr, ich spring ausm Fenster!"
„Sie lügt", sagte sich Schwejk und wartete. Nach einer halben Stunde kam sie in die Küche geschlichen. „Wenn Sie ausm Fenster springen wolln", riet ihr Schwejk, „gehen Sie ins Zimmer, dort hab ich die Fenster aufgemacht. Ausm Küchenfenster falln Sie in den Garten und beschädigen die Rosen."
Da machte Frau Müller das Fenster zu und sagte nur: „Es zieht!"

Um aus Schwejk doch etwas herauszubekommen, kaufte der Detektiv Bretschneider bei ihm ein paar Hunde. Er hatte aber kein Glück. Schwejk lenkte selbst die raffiniertesten politischen Gespräche auf die Behandlung von Staupe bei jungen Hunden, und am Ende zog der Detektiv immer wieder mit einer neuen Mißgeburt ab. Als er in seiner Wohnung schon sieben solcher Köter hatte, sperrte er sich mit ihnen im Zimmer ein und gab ihnen solange nichts zu fressen, bis sie ihn selbst aufgefressen hatten. Er hatte soviel Ehre im Leib, daß er dem Ärar die Begräbniskosten ersparte. Als Schwejk davon hörte, bemerkte er: „Mir will's nur gar nich in den Kopf, wie sie ihn beim Jüngsten Gericht zusammenstickeln wern."

Schwejk hatte gerade einen schweren Rheumatismusanfall, als er die Aufforderung erhielt, sich zur ärztlichen Untersuchung einzufinden. Er kaufte sich also ein Rekrutensträußchen und eine Militärmütze mit Kokarde. Und in einem geborgten Rollstuhl schob ihn die geplagte Frau Müller durch die Prager Straßen zur Musterung. Schwejk winkte mit den Krücken und schrie: „Auf nach Belgrad!"
Ein Menschenauflauf folgte ihm, und die Polizisten salutierten. An der Ecke der Krakauer Gasse wurde ein Burschenschaftler, der Schwejk „Nieder mit den Serben!" zurief, verprügelt.

An jenem denkwürdigen Musterungstage stand Schwejk vor dem Militäroberarzt Bautze. — „Superarbitriert wegen Blödheit", verlas der Feldwebel. „Und fehlt Ihnen sonst noch was?" fragte Bautze. „Melde gehorsamst, daß ich Rheumatismus hab, aber Seiner Majestät dem Kaiser werd ich dienen, bis man mich in Stücke reißt", sagte Schwejk bescheiden.
Bautze warf Schwejk einen fürchterlichen Blick zu und brüllte: „Sie sind ein Simulant!" Und zum Feldwebel gewandt, sagte er mit eisiger Ruhe: „Den Kerl sogleich einsperren!"

Zwei Soldaten führten Schwejk ins Garnisonsgefängnis ab. Schwejk ging auf Krücken und stellte mit Schrecken fest, daß der Rheumatismus zu schwinden begann. Kaum hatte Frau Müller, die oben auf der Brücke mit dem Rollstuhl wartete, Schwejk in Begleitung zweier Soldaten mit aufgepflanztem Bajonett erblickt, brach sie in Tränen aus und ließ den Rollstuhl stehen, um niemals mehr zu ihm zurückzukehren. Und der brave Soldat Schwejk ging unter Obhut der Staatsschützer ins Garnisonsgefängnis.

Dort legte man Schwejk in eine Krankenbaracke mit lauter Simulanten. Es gab da Schwindsüchtige, Männer mit Bruch, mit Nierensteinen, Typhus, Lungenentzündung und anderen Krankheiten.
„Ich hab Rheuma", sagte Schwejk zu ihnen, und alle wollten sich halbtot lachen.
„Mit Rheumatismus bringst du's hier nicht weit", versicherte ein beleibter Mann allen Ernstes. „Rheumatismus is hier nich mehr wert als ein Hühnerauge; ich bin blutarm, mir fehlt der halbe Magen, fünf Rippen sind weg, und doch will's mir niemand glauben."

Einige Tage lang kurierte man Schwejk mit Essenentzug und Klistieren, bis er ausgehungert war wie ein Wolf. Doch da besuchte ihn eine Generalswitwe, die Baronin von Botzenheim, die in der „Bohemia“ gelesen hatte, wie Schwejk im Rollstuhl eingerückt war.
„Tscheskí Soldat, gute Soldat! Ich alles in Zeitung gelesen, ich Ihnen bringen Menage, Tabak und Schokolad! Tscheskí Soldat, gute Soldat! Johanna, kommen Sie her!“
Die Gesellschafterin der Baronin stützte Schwejk, der sich im Bett aufgesetzt hatte, ein Gebet verrichtete und voller Appetit das mitgebrachte Huhn verzehrte. Beide Damen vergossen Tränen der Rührung.

Am nächsten Tag erschien jedoch eine Kommission von Militärärzten. — „Zeigen Sie Ihre Zunge!“ Schwejk streckte die Zunge so weit heraus, daß sich sein Gesicht in eine blöde Grimasse verwandelte: „Melde gehorsamst, Herr Stabsarzt, daß ich wirklich keine längere Zunge nich hab!“
„Verflixt und zugenäht, wir werden mit Ihnen schon fertig werden“, brüllte der Vorsitzende der Kommission. „Sie sind gar kein Idiot! Gescheit sind Sie, ein geriebener Lump, ein Spitzbube, ein Halunke sind Sie! Aber Himmelherrgott, Schwejk, im Garnisonsarrest wird man Ihnen schon beibringen, daß der Krieg kein Honiglecken ist!“

Im Garnisonsarrest nahm Stabsprofos Slavík Schwejk in Empfang: „Na, Freunderl, dir werden wir auch den Aufenthalt versüßen, genau so wie allen anderen, die uns in die Finger gekommen sind!" Um seinen Worten Nachdruck zu verleihen, hielt er Schwejk seine dicke Faust unter die Nase und sagte: „Riech mal dran, du Lump!"
Schwejk roch und bemerkte: „Mit der möcht ich keins draufkriegen, die riecht nach Friedhof." Diese ruhige und bedächtige Sprache gefiel dem Stabsprofosen.

Während der ersten Predigt des Feldkuraten Otto Katz in der Kapelle des Garnisonsarrestes brach Schwejk in Tränen aus. Nach der Predigt ließ der Feldkurat Schwejk in die Sakristei rufen. Er packte ihn an der Schulter, schüttelte ihn und schrie: „Gesteh, du Lump, du hast nur aus Jux geweint!"
„Melde gehorsamst, Herr Feldkurat, ich wollt Ihnen wirklich nur Freude machn, damit Sie glauben, daß es noch gerechte Menschen gibt!"
„Sie fangen an, mir zu gefallen", sagte Feldkurat Katz. Und er nahm Schwejk als Putzfleck zu sich.

Und Schwejk begab sich, wiederum unter der Obhut zweier Soldaten mit aufgepflanztem Bajonett, zur Wohnung des Feldkuraten Katz. — „Weißt du vielleicht, warum wir dich zum Feldkuraten führen?" fragte ihn der Dicke.
„Zur Beichte", sagte Schwejk leichthin, „morgen wern sie mich aufhängen!"
„Und warum wern sie dich, na...", fragte der Lange mitleidig.
„Ich weiß nich, warum. Wahrscheinlich is es Bestimmung", antwortete Schwejk gutmütig und erklärte, daß er Durst habe. „Gehn wir zum ‚Kuklik' ", forderte er die Soldaten auf, und sie ließen sich's nicht zweimal sagen.

Beim „Kuklik" ging es hoch her. Geige und Harmonika spielten, und den Soldaten gefiel es da. Nach dem fünften Bier fing der Lange an zu tanzen, während sich der Dicke ganz dem Alkohol hingab. Unsichtbar schwebte über allem der schöne Spruch „Nach uns die Sintflut". In der Dämmerung machten sie sich wieder auf den Weg. Schwejk mußte die beiden betrunkenen Soldaten unter den Arm nehmen, und nach übermenschlichen Anstrengungen brachte er es schließlich fertig, von ihnen zum Feldkuraten geführt zu werden.

„Ihr habt euch be-be-betrunken", sagte der Feldkurat zu ihnen. „Schwejk, führen Sie sie in die Küche ab! Bewachen Sie sie, bis die Patrouille kommt. Ich telefo-fo-foniere gleich in die Kaserne!" Und so geschah es. Die Soldaten setzten sich in der Küche auf die Bank. Schwejk ging vor der Küche auf und ab und bewachte sie. Die Soldaten beschwerten sich, daß er sie mit dem Aufhängen zum Narren gehalten habe.
„Laß uns nach Haus", sagte der Lange zu Schwejk, „mach keine Geschichten, Kollege!"
„Jetzt kennen wir uns nicht mehr", antwortete Schwejk streng.

In der Tür erschien der Feldkurat: „Ich kann mit der Ka-ka-kaserne keine Verbindung bekommen. Gehts also nach Haus und merkts euch, daß man im Dienst nicht saufen darf. Marsch!" Zur Ehre des Herrn Feldkuraten sei bemerkt, daß er gar nicht mit der Kaserne telefoniert hatte, weil er nämlich überhaupt kein Telefon besaß. Er hatte nur in eine Stehlampe gesprochen.

Als Schwejk schon drei Tage Putzfleck beim Feldkuraten Katz war, kam jemand und sagte ihm, er solle seinen Herrn abholen. Der Feldkurat Katz saß betrunken vor der Wohnungstür des Oberleutnants Helmich, der ihn hinausgeschmissen hatte. Er war in Zivil.
„Melde gehorsamst, Herr Feldkurat, daß ich da bin", meldete Schwejk und rüttelte den Feldkuraten gehörig. „Was wollen Sie da? Ich hab keinen Putzfleck", sagte der Feldkurat zu Schwejk, „ich bin ein Schwein! Lassen Sie mich los, mein Herr, ich kenn Sie nicht!"

Schwejk machte nicht viel Federlesens mit ihm. Er zog ihn einfach über die Treppe in den Hausflur hinunter. Doch hier wehrte sich der Feldkurat. — „Ich war beim Erzbischof", brüllte er und hielt sich am Haustor fest. „Der Vatikan interessiert sich für mich!"
„Laß los, hörst du!" sagte Schwejk in vertraulichem Ton. „Oder ich hau dir eins über die Pratzen. Wir gehn nach Haus, und damit basta! Und kein Wort mehr!" Endlich gelang es Schwejk, den Feldkuraten in eine Droschke zu schaffen.

In der Droschke führte sich der Herr Feldkurat schrecklich auf. „Lieber Herr“, bat er flehentlich, „teurer Freund, geben Sie mir eine Ohrfeige!“ „Eine oder mehrere?“ fragte Schwejk. „Zwei? Da ham Sie!“ Der Feldkurat zählte die Ohrfeigen und machte ein seliges Gesicht dazu. „Das tut mir sehr gut, das hilft dem Magen, das fördert die Verdauung: Geben Sie mir noch eine!“ Er äußerte auch den Wunsch, Schwejk solle ihm ein Bein ausreißen, ihn ein bißchen würgen usw. Es kostete jedenfalls viel Mühe, bis Schwejk den Feldkuraten nach Haus gebracht hatte.

Am nächsten Tag hatte der Feldkurat einen fürchterlichen Kater. Er bekam Appetit auf Nußbranntwein. „Der tät mich auf die Beine stellen“, seufzte er. „Schwejk, gehen Sie gleich zum Hauptmann Schnabl und sagen Sie ihm, er soll mir hundert Kronen bergen. Denken Sie sich aus, was Sie wollen, kommen Sie auf keinen Fall mit leeren Händen zurück, sonst schick ich Sie an die Front!“ Schwejk führte seinen Auftrag erfolgreich aus. Sein ehrliches Gesicht flößte Vertrauen ein. Er bekam das Geld, nachdem er seine Bitte mit der Erklärung begründet hatte, daß der Feldkurat Alimente zahlen müsse.

Zu der Zeit ging Schwejk auch einmal in seine eigene Wohnung. Dort fand er eine Kusine von Frau Müller vor, die ihm unter Tränen mitteilte, daß man Frau Müller verhaftet und nach Steinhof ins Auffanglager gebracht habe. Die Kusine war nicht zu beruhigen und befürchtete zu guter Letzt, daß Schwejk desertiert sei. Sie behandelte ihn wie einen nichtsnutzigen Hallodri. „Also damit Sie's wissen, liebe Frau, ich bin desertiert. Vorher hab ich noch fünfzehn Wachtmeister und Feldwebel umbringen müssen. Aber sagen Sie's nich weiter!"

Schwejk verließ sein Heim, das ihn so schlecht aufgenommen hatte, und begab sich ins Gasthaus „Zum Kelch". Als ihn Frau Palivec erblickte, wollte sie ihm nichts einschenken, denn er sei sicher desertiert. „Mein Mann war doch immer so vorsichtig, und jetzt sitzt er. Und solche Leute sind in Freiheit und desertieren!" Ein älterer Herr führte Schwejk auf die Gasse hinaus und drückte ihm, ohne darauf zu hören, daß er ja gar kein Deserteur sei, eine Zehnkronennote in die Hand. Sein Sohn sei auch desertiert, flüsterte er. Schwejk kam erst spät in der Nacht nach Hause, aber der Feldkurat war noch nicht da.

Eines Tages besuchte den Feldkuraten ein Herr mit strengem Gesichtsausdruck. In rauhem Tone sagte er zu Schwejk: „Nicht zu Haus? Ist ins Kaffeehaus gegangen, nicht wahr? Aufs Kaffeehaus hat er Geld, aber Schulden zahlen kann er nicht. Pfui Teufel!" Und spuckte aus.
„Herr, spucken Sie hier nicht herum!" entfuhr es Schwejk. „Sie spucken aufn Fußboden, als wären Sie in der Straßenbahn oder im Zug. Sicher sind wegen Ihnen dort überall die Tafeln angebracht: ‚Nicht auf den Boden spucken!' " Der Mann antwortete mit einem Schwall von Schimpfworten. Da öffnete Schwejk die Tür, stellte den gestrengen Herrn vor sich hin und versetzte ihm einen Fußtritt, für den sich nicht einmal der beste Fußballspieler hätte schämen müssen.

Der Feldkurat kam in trauriger Stimmung nach Haus. „Lieber Schwejk", sagte er zu seinem Putzfleck, „ich hab großes Pech im Kartenspiel gehabt. Ich wollte die Bank sprengen, weil ich ein As in der Hand hatte, dann ist ein Zehner gekommen, aber der Bankhalter hat auch einundzwanzig gehabt. Mein ganzes Geld hab ich verspielt. — Und zum Schluß, Schwejk, hab ich Sie verspielt! Sie gehören jetzt dem Oberleutnant Lukáš."
„Und war viel Geld in der Bank?" fragte Schwejk ruhig. „Oder ham Sie auch ab und zu gewonnen?" Der Feldkurat sagte leise: „Ich bin ein Schuft, ich hab keinen Charakter!" und schlief dann ein.

So kam es, daß an diesem Nachmittag Oberleutnant Lukáš zum erstenmal das ehrliche Gesicht des braven Soldaten Schwejk erblickte.
„Melde gehorsamst, Herr Oberlaitnant, ich bin der Schwejk, den was der Feldkurat im Kartenspiel verloren hat. Als Aktiver bin ich wegen Blödheit superarbitriert worden. Vom Regiment ham sie deswegen insgesamt zwei weggeschickt, mich und den Hauptmann von Kaunitz!“
„Hören Sie, Schwejk, sind Sie wirklich so ein Rindvieh Gottes?“
„Melde gehorsamst: Jawohl!“ erwiderte Schwejk feierlich. „Schon von klein auf hab ich so ein Pech!“

Als Oberleutnant Lukáš nachts nach Hause kam, meldete ihm Schwejk, die Katze habe den Kanarienvogel aufgefressen. Schwejk sagte, er hätte nur versuchen wollen, ob die Katze den Kanarienvogel auf sich reiten lasse, aber dieses Luder von einer Katze habe ihm den Kopf abgebissen. Der Oberleutnant schimpfte ihn schrecklich aus und ging schlafen. Nach ungefähr einer Stunde weckte ihn Schwejk: „Melde gehorsamst, daß ich keinen Befehl wegen dieser Katze erhalten hab!“
„Drei Tage Kasernenarrest!“ brüllte der Oberleutnant und schlief weiter. Schwejk zog die unglückliche Katze unter dem Diwan hervor und sagte zu ihr: „Hast drei Tage Kasernenarrest! Abtreten!“

Um den Oberleutnant zu beschwichtigen, versprach ihm Schwejk einen schönen Hund. Er begab sich auf die Kleinseite in einen Bierausschank und verhandelte dort geheimnisvoll mit einem Zivilisten. „Jeden Tag um acht Uhr geht er spazieren", flüsterte der Zivilist, „er ist aber ein Luder, er läßt sich nicht streicheln! Nicht mal Knackwurst frißt er! Und ist verwöhnt wie ein Erzbischof. Ich hab schon das Dienstmädchen gefragt, was er frißt, sie hat aber nur gesagt: ‚Was geht das Sie an!' Sie ist nicht grad hübsch und außerdem eine Kuh, aber mit einem Soldaten wird sie schon sprechen. Zuerst müssen wir rauskriegen, was dieser Hund frißt!"

Um acht Uhr wartete Schwejk auf das Dienstmädchen mit dem Stallpinscher. Schwejk ließ sich mit ihr in eine Unterhaltung ein und sagte, daß sie aus der gleichen Gegend wären. „Ich dien bei einem Oberst, und unser Herr ist streng", erzählte das Dienstmädchen. „Wie wir in Serbien was auf den Frack gekriegt ham, hat er in der Küche alle Teller hinuntergeschmissen, und mir hat er kündigen wollen!"
„Und das is Ihr Hund?" unterbrach sie Schwejk. „Der is sehr hübsch! So ein Hund frißt aber nicht alles!"
„Unser Lux ist furchtbar wählerisch."
„Was frißt er denn am liebsten?" fragte Schwejk mit Interesse.
„Rindsleber." — Und Schwejk wußte, was er wissen wollte.

Noch am selben Vormittag brachte der Zivilist den gestohlenen Hund. „Da ich wußte, daß er Leber frißt, hab ich sie ihm gleich angeboten. Er hat sie beschnuppert und ist an mir hochgesprungen. Ich hab ihm nichts gegeben und bin weitergegangen; der Hund mir nach. Dann hab ich ihm ein Stückchen gegeben und bin wieder weitergegangen. So hab ich ihn bis hierher gelockt!“ Sie banden den Hund an den Tisch, und Schwejk legte ihm den Rest der Leber vor. Doch der Hund sah ihn nur scheel an, als wollte er sagen: Darauf bin ich schon einmal reingefallen, das könnt ihr selber fressen! Plötzlich aber stand er auf und machte Männchen.

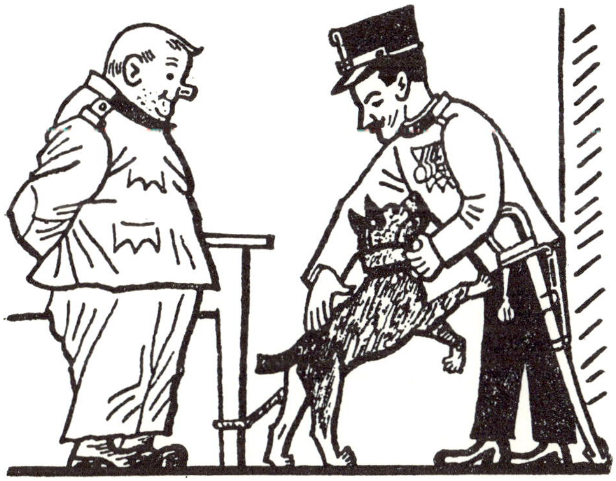

Oberleutnant Lukáš war angenehm überrascht, als er den Hund sah. Auf die Frage, woher er sei und was er koste, sagte ihm Schwejk mit vollendeter Ruhe, daß er den Hund von einem Kameraden geschenkt bekommen habe und daß er Max heiße.
„Gut, Schwejk, am Ersten bekommen Sie von mir fünfzig Kronen!“
„Das kann ich nich annehmen, Herr Oberlaitnant!“
„Schwejk, wenn ich Ihnen sage, daß Sie fünfzig Kronen bekommen, so müssen Sie sie annehmen und vertrinken! Und jetzt baden Sie den Hund. Morgen geh ich mit ihm spazieren.“

Während Schwejk den Max badete, tobte sein ehemaliger Besitzer, der Oberst Kraus, schrecklich durch seine Wohnung. Demjenigen, der den Hund gestohlen habe, drohte er mit dem Kriegsgericht und daß er ihn erschießen, aufhängen, auf zwanzig Jahre einsperren und in Stücke hacken lassen werde. „Der Teufel soll den Kerl holen...!" erdröhnte es in des Obersten Wohnung, daß die Fensterscheiben zitterten. „Mit solchem Meuchelmörder werde ich bald fertig!" Über den Häuptern Schwejks und des Oberleutnants Lukáš braute sich ein Gewitter zusammen.

Oberleutnant Lukáš verließ mit dem Hund das Haus und schlug den Weg zum Graben ein. Plötzlich riß ihn ein strenges „Halt" aus den Gedanken an eine gewisse Dame. Vor Oberleutnant Lukáš stand Oberst Kraus. Der Hund hatte sich von Lukáš losgerissen und sprang mit freudigem Gebell am Obersten hoch.
„Herr Oberleutnant", sagte Kraus mit furchtbarer Stimme, „die niedrigere Charge muß der höheren immer die Ehrenbezeigung leisten. Das ist noch nicht abgeschafft! Und zweitens: Seit wann gehen die Herren Offiziere mit gestohlenen Hunden auf die Promenade?"

„Dieser Hund", wandte Oberleutnant Lukáš ein...
„Gehört mir!" brüllte der Oberst. „Das ist mein Lux! Mit gestohlenen Hunden spazierenzugehen verträgt sich nicht mit der Offiziersehre! Nicht gewußt? Haben Sie denn in der ‚Bohemia' nicht das Inserat gelesen, daß mein Stallpinscher verlorengegangen ist? Und das nennen Sie Disziplin?"
‚Ach, wenn ich dir bloß ein paar Ohrfeigen geben könnte, du alter Trottel', dachte sich Oberleutnant Lukáš.
„Sie dürfen Ihren Spaziergang fortsetzen", brüllte der Oberst, entfernte sich mit dem Hund und schlug wütend mit der Reitpeitsche um sich.

Oberleutnant Lukáš begab sich auf den gegenüberliegenden Gehsteig und hörte auch dort wieder ein strenges „Halt!" Der Oberst hielt gerade einen unglücklichen Reservisten an, der nicht salutiert hatte. Eigenhändig schleppte der Oberst den Reservisten in die Kaserne und keifte: „Meerschwein! Meerschwein!"
‚Was fang ich nur mit diesem Schwejk an', überlegte Lukáš. ‚Ich zerschlag ihm das Maul, aber das ist viel zuwenig. Sogar Riemen aus seiner Haut zu schneiden, wäre für diesen Lumpen zu milde. Ich erschlag ihn, den Kerl!' Aufgeregt machte sich Oberleutnant Lukáš auf den Heimweg.

Schwejk hatte unterdessen zu Hause eine freundschaftliche Unterhaltung mit der Ordonnanz aus der Kaserne.
„Seine Majestät der Kaiser muß schon ganz blöd davon sein", erklärte Schwejk, „er war ja nie gescheit, aber dieser Krieg gibt ihm sicher den Rest."
„Er is blöd", sagte die Ordonnanz mit Bestimmtheit, „er is schon völlig verblödet. Wahrscheinlich weiß er gar nicht, daß Krieg is. Vielleicht ham sie sich geschämt, es ihm zu sagen."
Zu guter Letzt erledigte Schwejk Österreich endgültig: „So eine blöde Monarchie sollt es einfach nich geben. Wie ich an die Front komm, verduft ich ihnen!"

Da trat Oberleutnant Lukáš ein. Er schickte die Ordonnanz fort und setzte sich auf einen Stuhl. Während seine Augen fürchterliche Blitze auf Schwejk schossen, überlegte er, wie er mit dem Massaker beginnen sollte. ‚Zuerst geb ich ihm ein paar übers Maul, dann zerschlag ich ihm die Nase, reiß ihm die Ohren aus, und das weitere ergibt sich schon von selbst!'
Schwejk schaute den Oberleutnant treuherzig an und unterbrach die Stille mit den Worten: „Melde gehorsamst, Herr Oberlaitnant, daß Sie um die Katze gekommen sind. Sie hat die Schuhkrem aufgefressen und hat sich unterstanden, zu krepieren!"
‚Was fang ich nur mit ihm an', dachte sich Lukáš, ‚um Christi willen, er sieht doch sooo blöd aus!'

Plötzlich sprang der Oberleutnant auf, fuchtelte Schwejk mit der Faust unter der Nase herum und brüllte: „Schwejk, Sie haben den Hund gestohlen!“
„Melde gehorsamst, Herr Oberlaitnant, daß Sie mit dem Max heut nachmitag spazierengegangen sind, und so hab ich ihn gar nich stehln können. In der Brenntegasse wohnt ein gewisser Kuneš...“
„Schwejk, Himmellaudon, halten Sie's Maul! Entweder sind Sie so ein Nichtsnutz, oder Sie sind ein Kamel. Warum haben Sie mir einen gestohlenen Hund gebracht?“
„Ich wollt Ihnen eine Freude machen, Herr Oberlaitnant!“
Der Oberleutnant setzte sich wieder und stöhnte: „Warum hat mich Gott mit einem solchen Rindvieh gestraft?“

Ohne selbst zu wissen, warum, schickte Oberleutnant Lukáš Schwejk nach der „Bohemia“. Er wollte das Inserat wegen des gestohlenen Hundes lesen. Als Schwejk mit der Zeitung zurückkam, strahlte er übers ganze Gesicht: „Es is drin, Herr Oberlaitnant! Der Herr Oberst gibt hundert Kronen Belohnung. Das is eine sehr anständige Belohnung. Gewöhnlich gibt man fünfzig Kronen. Ein gewisser Božetěch aus Košíře...“
„Gehen Sie schlafen, Schwejk“, befahl Lukáš. „Sie sind imstand und blödeln bis morgen früh!“
Der Oberleutnant ging ebenfalls zu Bett, schlief aber erst gegen Morgen ein. Da aber weckte ihn Schwejk mit der Frage, wann er ihn eigentlich wecken solle.
„Hinaus, du Rindvieh!“ stöhnte Lukáš. „Das ist ja nicht auszuhalten!“

Am Morgen sagte der Oberleutnant zu Schwejk: „Ich hätte Lust, Sie vors Kriegsgericht zu schicken, aber dort würde man Sie freisprechen. Schaun Sie sich mal im Spiegel an! Sehen Sie Ihr blödes Gesicht? Wird Ihnen nicht schlecht bei diesem Anblick? Sie gefallen sich wohl selbst?"
„Melde gehorsamst, daß ich mir nich gefall. Ich seh in diesem Spiegel irgendwie schief aus. Das is kein geschliffener Spiegel. In der Staněkschen Großhandlung ham sie mal einen bauchigen Spiegel gehabt, und wer hineingeschaut hat, dem war zum Kotzen. Der Herr Statthalter is grad vorbeigegangen..."
Weiter hörte der Oberleutnant nicht zu, sondern begab sich zum Herrn Oberst zum Rapport.

Nach seiner Rückkehr fragte Oberleutnant Lukáš vielsagend: „Wissen Sie, Schwejk, was ein Marschbataillon ist?"
„Melde gehorsamst, Herr Oberlaitnant, ein Marschbataillon ist ein Marschbaťák! So kürzen wirs ab!"
„Wenn Sie diese Abkürzung so gern haben, Schwejk, so teile ich Ihnen also mit, daß Sie mit dem nächsten Marschbaťák an die Front abgehen. Freuen Sie sich darüber?"
„Melde gehorsamst, Herr Oberlaitnant, daß ich mich darüber freu", antwortete Schwejk, „es wird wunderbar sein, wenn wir beide zusammen für Seine Majestät den Kaiser und seine Familie fallen wern!"

In einem Abteil zweiter Klasse des Schnellzugs Prag — Budweis saßen Oberleutnant Lukáš und ein kahlköpfiger Herr. Schwejk stand bescheiden an der Tür. Der Oberleutnant schimpfte ihn gerade aus: „Einen Koffer hat man uns gestohlen? So? Das kann jeder sagen, du Halunke!“
„Melde gehorsamst, Herr Oberlaitnant, er is wirklich gestohln worden. Ich hab Ihnen grad melden wolln, daß alles in Ordnung is, und inzwischen hat uns jemand den Koffer gestohln. Irgend so ein Lump . . .“
„Schwejk, halten Sie's Maul! Wissen Sie, daß ich Sie einsperren laß?“
„Melde gehorsamst, Herr Oberlaitnant, daß ich das nich weiß, Sie ham sich darüber noch nich geäußert“, sagte Schwejk milde.

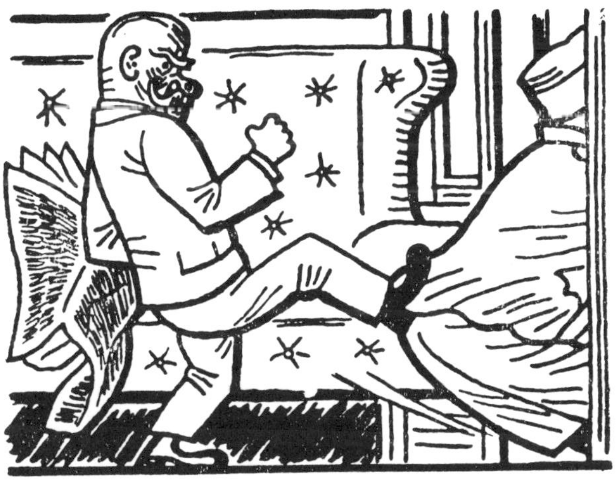

Der Oberleutnant knirschte mit den Zähnen, stieß einen Seufzer aus und begann die „Bohemia“ zu lesen. Da sprach Schwejk den kahlhköpfigen Herrn an: „Entschuldigen Euer Gnaden, sind Sie nich Herr Purkrabek? — Melde gehorsamst, Herr Oberlaitnant, ein normaler Mensch soll 60 000 bis 70 000 Haare aufm Kopf ham. Schwarzes Haar pflegt schütterer zu sein. Den Haarausfall verschuldet herich die seelische Erregung im Wochenbett!“
Da sprang der kahlköpfige Herr auf und brüllte Schwejk an: „Marsch hinaus, Sie Schweinehund!“ und gab ihm einen Fußtritt, daß er auf den Gang hinausflog. Der kahlköpfige Herr war der Generalmajor von Schwarzburg, der schrecklichste General auf Inspektion.

Nachdem Oberleutnant Lukáš einen strengen Verweis erhalten hatte, stürzte er auf den Gang hinaus, um mit Schwejk abzurechnen. Er rief ihn in ein leeres Abteil und sagte ihm dort feierlich: „Schwejk, endlich ist der Augenblick gekommen, wo Sie ein paar Ohrfeigen bekommen werden, wie sie die Welt noch nicht gesehen hat! Wissen Sie, daß das der General von Schwarzburg ist?"
„Melde gehorsamst, ich hab keine Ahnung von irgendeinem General gehabt. Er sieht wirklich genau wie der Herr Purkrabek aus. Das is ein tragischer Irrtum. Einmal is der Schneider Hývl im Zug durch die Steiermark gefahren und hat Schinken gegessen..."
„Schwejk", brüllte der Oberleutnant. „Sie Blödian, verschwinden Sie, und kommen Sie mir nicht mehr unter die Augen!"

Schwejk ging an das andere Ende des Ganges, wo er sich mit dem Schaffner in ein Gespräch einließ. Er fragte ihn, ob die Notbremse auch richtig funktioniere, und sagte, ein gewisser Hofmann hätte behauptet, daß diese Alarmapparate nichts taugten. Der Schaffner erläuterte Schwejk den Mechanismus der Bremse, und als beide den Griff angefaßt hatten, geschah es, daß sie daran zogen und so den Zug zum Stehen brachten. Schwejk behauptete, er sei es nicht gewesen, er sei schließlich kein Gassenbub.
„Das wird Sie zwanzig Kronen kosten!" drohte der Schaffner.
„Das is wirklich billig", sagte Schwejk bieder, „ein gewisser Mlíček hat auch einmal an so einer Bremse gezogen und sich dabei so erschrocken, daß er davon die Sprache verloren hat."

Da sie sich wegen der Geldstrafe nicht einigen konnten, erklärte der Schaffner, daß er Schwejk in Tábor dem Stationsvorsteher vorführen müsse. „Gut", sagte Schwejk darauf, „ich unterhalt mich gern mit gebildeten Menschen." In Tábor mußte Schwejk tatsächlich aussteigen, und der Zug mit Oberleutnant Lukáš, der froh war, Schwejk losgeworden zu sein, keuchte weiter in Richtung Budweis. „Liebe Leute, ich bin unschuldig!" beteuerte Schwejk vor der Menge, die sich auf dem Bahnhof um ihn drängte. Ein Herr erklärte sich bereit, die Geldstrafe für den Soldaten zu bezahlen, und eine ältere Frau bemerkte: „Schon wieder sekkieren sie da einen braven Soldaten!"

Plötzlich tauchte ein Gendarmeriewachtmeister auf, griff einen Bürger aus der Menschenmenge heraus und führte den Verhafteten ab mit den Worten: „Ich werds Ihnen schon zeigen, die Leute aufzuwiegeln! Sie haben gesagt, wenn man die Soldaten so behandelt, kann niemand von ihnen verlangen, daß Österreich den Krieg gewinnt." Der unglückliche Bürger stotterte nur, daß er doch der Fleischermeister vom „Alten Tor" sei und daß er es nicht so gemeint habe. Ein anderer Herr führte Schwejk inzwischen in die Restauration und bewirtete ihn mit Bier. Er gab ihm noch ein Fünfkronenstück für die Fahrkarte und für weitere Ausgaben. Schwejk trank und blickte still vor sich hin. Er dachte an seinen Oberleutnant.

Und Schwejk trank lustig weiter. Ein ungarischer Soldat setzte sich zu ihm, durchsuchte die zerrissene Geldbörse und fragte ihn: „Magyarul?"
„Ich bin Tscheche, Kamerad! Willst du nich mittrinken?"
„Nem tudom, barátom!"
„Das macht nix, Kamerad", munterte ihn Schwejk auf, „trink nur ordentlich! Trink, Bruderherz, ungarisches, du!" So zechten sie lustig zusammen, und Schwejk merkte gar nicht, daß inzwischen ein Zug nach dem anderen die Station in Richtung Budweis passierte. Da ertönte es hinter seinem Rücken: „Ihre Dokumente, waschi tókument!? Ich sehn Sie sitzen, trinken, nicht fahren, sitzen, furt trinken...!"

Es war die Militärpolizei. „Ich hab keine, Miláčku", antwortete Schwejk, „Herr Oberlaitnant Lukáš, Regiment Nummer 91, hat sie mitgenommen, und ich bin hier aufm Bahnhof geblieben."
„Was ist das ‚Milatschku'?" fragte der Feldwebel einen alten Landwehrmann, und der antwortete ruhig: „Miláčku, das ist wie: Herr Feldwebel!"
„Tokument hat jede Soldat", fuhr der Feldwebel in gebrochenem Tschechisch fort, „ohne Tokument den Lauskerl wie tollen Hund auf Bahnhofmilitärkommando einsperren!"
So wurde Schwejk auf dem Bahnhofskommando einem wütenden Leutnant vorgeführt.

„Was haben Sie auf dem Bahnhof gemacht?"
„Melde gehorsamst, Herr Laitnant, ich hab auf den Zug nach Budweis gewartet. Ich bin dem Stationsvorstand vorgeführt worden, weil ich verdächtig war, daß ich den Schnellzug mit Hilfe der Notbremse zum Stehn gebracht hab."
„Quatschen Sie hier keinen Blödsinn", fing der Leutnant zu schreien an.
„Melde gehorsamst, daß uns ein Koffer verlorengegangen is. Und dann, damit ich's nicht durcheinanderbring, hab ich auch einem glatzköpfigen Generalmajor nicht gefalln, und so hab ich auf den Gang hinaus müssen. Und dort bin ich verdächtigt worden, daß ich den Zug zum Stehn gebracht hab. Und bevor man das auf dem Bahnhof in Ordnung gebracht hat, is mir der Herr Oberlaitnant davongefahrn, und ich bin hier ohne Dokumente zurückgeblieben wie ein Waisenkind."

„Und warum haben Sie den Zug versäumt?"
„Melde gehorsamst, Herr Laitnant, weil ich ein Bier nach dem anderen getrunken hab!"
‚So einen Ochsen habe ich noch nicht gesehen', dachte sich der Leutnant, ‚er bekennt sich zu allem!'
„Sie sind degeneriert, Sie Kerl! Wissen Sie, was das ist?"
„Bei uns an der Ecke vom Bojiště hat ein degenerierter polnischer Graf gewohnt. Er hat die Straßen gekehrt..."
„Passen Sie auf, Sie Rindvieh", unterbrach ihn der Leutnant. „Sie werden sich jetzt eine Fahrkarte nach Budweis kaufen, oder ich werde mit Ihnen wie mit einem Deserteur verfahren! Abtreten!" Da sich Schwejk nicht von der Stelle rührte, brüllte ihn der Leutnant an: „Marsch hinaus! Korporal Polánek, kaufen Sie diesem Idioten eine Fahrkarte!"

Nach einer Weile erschien Korporal Polánek abermals in der Kanzlei. Durch die halbgeöffnete Tür wurde hinter Polánek Schwejks gutmütiges Gesicht sichtbar. „Was ist wieder los?"
„Melde gehorsamst, Herr Laitnant, daß er kein Geld für die Bahn hat. Und umsonst will man ihn nicht fahren lassen, wo er doch keine Militärdokumente hat!"
Der Leutnant entschied diese traurige Frage auf salomonische Art: „Dann wird er eben zu Fuß gehen! Einsperren sollen ihn die andern, weil er sich verspätet hat! Wer soll sich denn hier mit ihm abgeben?"
„Da hilft nichts, Kamerad", sagte draußen Polánek zu Schwejk, „du mußt halt zu Fuß nach Budweis."

Die Soldaten von der Bahnhofswache bewirteten Schwejk mit schwarzem Kaffee, und nach einer halben Stunde verließ er Tábor. Weiß der Teufel, wie es geschah, daß der brave Soldat Schwejk statt nach Süden, in Richtung Budweis, immerzu geradeaus nach Westen ging. In seinen Mantel gehüllt, marschierte er wie der Letzte aus Napoleons Garde durch Frost und Schnee und sang dabei vor sich hin:

„In den grünen Wald hinaus,
ging ich mal spazieren..."

Und als ihm das Singen keine Freude mehr machte, setzte sich Schwejk auf einen Schotterhaufen, zündete sich eine Pfeife an und ruhte aus. Dann erhob er sich wieder und zog weiter, neuen Abenteuern, der Budweiser Anabasis entgegen.

Und so tauchte Schwejk westlich von Milevsko auf. Dort begegnete er einem alten Mütterchen und unterhielt sich mit ihm, und das Mütterchen ging ins Dorf und versprach, ihm eine Kartoffelsuppe zu bringen. Es brachte ihm die Suppe in einem Topf, der mit einem Kissen umwickelt war, damit sie nicht auskühlte.

„Lieber Soldat, weicht Čížová aus, dort sind die Gendarmen wie die Schinder und fangen die Deserteure. Da geht lieber nach Radomyšl, am besten so gegen Abend, da sind alle Gendarmen im Wirtshaus. Dort findet Ihr in der unteren Gasse ein Häuschen, das blau angestrichen ist. Da wohnt der Bauer Melichárek. Der ist mein Bruder. Er wird Euch den Weg nach Budweis zeigen!" Das alte Mütterchen schlug noch über Schwejk das Kreuz und wünschte ihm viel Glück auf den Weg.

In Malčín schloß sich Schwejk ein alter Harmonikaspieler an, der gehörig über den Durst getrunken hatte. Der Harmonikaspieler hielt Schwejk für einen Deserteur und riet ihm, mit ihm nach Horažďovice zu gehen, dort habe er eine Schwester, deren Mann ebenfalls desertiert sei. „Schon zwei Monate hält sie ihren Mann im Stall versteckt", versuchte er Schwejk zu überreden, „auch dich wird sie verstekken. Und so könnt ihr bis zum Kriegsende dort bleiben. Zu zweit wird's nich so traurig sein!" Als Schwejk dieses Angebot höflich ablehnte, regte sich der Harmonikaspieler schrecklich auf und schwenkte links in die Felder ab. Dabei drohte er Schwejk, er werde ihn bei der Gendarmerie in Čížová anzeigen.

Als Schwejk in Radomyšl dem Bauern Melichárek einen Gruß von seiner Schwester bestellte, machte das gar keinen Eindruck auf ihn. Er wollte durchaus Schwejks Papiere sehen.
„So einer läuft vom Militär fort, dienen will er nicht, dann streicht er herum und stiehlt, wo er nur kann", sagte er Schwejk offen ins Gesicht. „Und dabei schaut jeder von ihnen aus, als ob er nicht bis drei zählen könnte!"
„Na, Gott mit Euch, Gevatter", rief ihm Schwejk zum Abschied zu.
„Gott mit Euch, und nächstens sucht Euch einen Dümmern aus!" antwortete Melichárek. Und als Schwejk schon weg war, brummte er noch: „Der will nach Budweis zum Regiment? Aus Tábor? Und da geht dieser Strolch zuerst nach Horažďovice? Da macht der Lump ja eine Reise um die Welt!"

Schwejk ging weiter durch den Wald. Bei Štěkna begegnete er einem alten Landstreicher, der ihm einen Schluck Schnaps anbot.
„Treib dich nicht in der Uniform herum", belehrte er Schwejk, „das könnte dir mal verflucht teuer zu stehn kommen! Und wohin des Wegs?"
„Nach Budweis!"
„Um Gottes willen", erschrak der Landstreicher, „dort schnappen sie dich sofort. Ganz in Zivil mußt du gehn, zerlumpt mußt du sein und wie ein Krüppel aussehn! Komm mit mir! Heut bleiben wir bei einem Schwarzenberger Schafhirten über Nacht, und morgen früh ziehen wir nach Vodňany. Dort verkaufst du dem Juden Hermann die Montur, und Zivilkleider besorgen wir schon irgendwo in den Dörfern."

Während der alte Schafhirt Kartoffeln für sie kochte, erzählte er: „Ja, ja! Für'n Krieg is niemand begeistert, weil sich der Kaiser nicht krönen lassen hat. Wenn du's versprochen hast, du alter Lump, so hättest du Wort halten sollen! Und die Menschen ham sich diesen Krieg verdient! Nicht mal mein Schöpsenfleisch war ihnen mehr gut genug. Der liebe Gott konnte das ja nicht mehr mit ansehn. Wie oft hab ich früher einen Schöpsen unter der Hand verkauft, aber die letzten Jahre haben die Leut schon nur lauter Schweinernes oder Geflügel gefressen. Und wie hochnasig sie geworden sind! Der alte Schwarzenberg is nur in der Kutsche gefahren, aber der junge Rotzer stinkt nach lauter Automobil. Der liebe Gott wird ihm das Benzin auch noch ums Maul schmieren!"

In der Nacht jedoch kleidete sich Schwejk an und verließ leise den Schafstall.
‚Immer vorwärts! Die Pflicht ruft!' sagte sich Schwejk. ‚Nach Budweis muß ich!' Durch einen unglücklichen Zufall jedoch lenkte er seine Schritte nach Norden. Als er am Eingang eines Dorfes das Schild „Gemeinde Putim" las, rief er: „Um Gottes willen! Da bin ich also wieder in Putim, wo ich schon einmal war." Da trat aus einem der niedrigen Häuser ein Gendarm und fragte Schwejk nichts anderes als: „Wohin?"
„Nach Budweis, zu meinem Regiment."
Der Gendarm lächelte sarkastisch: „Sie kommen ja von Budweis. Sie haben ja Ihr Budweis schon hinter sich." Und zog Schwejk in die Gendarmeriestation.

In der Wachstube verhörte ihn der Wachtmeister: „Und was haben Sie in Tábor am Bahnhof gemacht?“ fragte er. Das war seine Methode.
„Ich hab mich dort mit den Soldaten unterhalten.“
„Und worüber haben Sie sich mit ihnen unterhalten?“
„Von welchem Regiment sie sind und wohin sie fahren.“
„Haben Sie nicht vielleicht auch gefragt, wieviel Mann so ein Regiment hat?“
„Nein! Das weiß ich ja schon längst auswendig.“
„So, Sie sind also vollkommen über die Zusammensetzung unserer Armee informiert?“ Und der Wachtmeister fragte plötzlich: „Können Sie Russisch?“
„Nein“, antwortete Schwejk gleichgültig, „ich kann nicht Russisch.“ — Der Wachtmeister warf seinen Gendarmen einen triumphierenden Blick zu.

Er rief den Postenführer in den Nebenraum und sagte zu ihm, während er sich zufrieden die Hände rieb: „Haben Sie's gehört? Russisch kann er nicht! Das ist ein ganz Geriebener! Alles hat er gestanden, nur das Wichtigste nicht. Haben Sie bemerkt, wie ich ihn mit einer Flut von Fragen überschwemmt hab? Er schaut so blöd drein! Solchen Leuten kommt man nur mit Klugheit bei. Lassen Sie ihm ein Mittagessen kommen. Er ist ein höherer russischer Offizier, sicher ein Generalstäbler. Na, die Russen werden doch nicht irgendeinen Gefreiten hierher spionieren schicken! Das ist doch klar! Und diese Ruhe, die der Mann bewahrt, was? Dabei weiß er doch, daß er als Spion erschossen wird! Dazu gehören eiserne Nerven! Wenn es in Österreich..., aber lassen wir das lieber...“

„...Aber auch bei uns gibt es Enthusiasten", fuhr der Wachtmeister begeistert fort, „haben Sie gelesen, was da unlängst in der ‚Politika' über diesen Oberleutnant Berger von den Kanonieren geschrieben stand? Der ist auf eine hohe Tanne geklettert und hat sich dort einen Beobachtungspunkt eingerichtet! Als die Unsrigen zurückgegangen sind, hat er nicht mehr hinunterkriechen können, weil er sonst in Gefangenschaft geraten wäre. So hat er gewartet, bis die Unsrigen den Feind wieder vertreiben. Volle vierzehn Tage hat es gedauert, bis es soweit war. Und die ganze Zeit über hat er oben auf dem Baum gesessen und sich von Tannennadeln ernährt. Um nicht Hungers zu sterben, hat er den ganzen Wipfel abgenagt. Und als die Unsrigen wiedergekommen sind, war er schon so geschwächt, daß er vom Baum runtergefallen ist und sich erschlagen hat. Er ist nach dem Tod mit der goldenen Tapferkeitsmedaille ausgezeichnet worden!"

Der Wachtmeister war das Muster eines österreichischen Gendarmen. Kaum hatte er „von oben" die Instruktion erhalten, einen bezahlten Denunziaten aufzutreiben, ließ er den Gemeindehirten, einen Kretin, den man „Pepek Hopp" nannte, zu sich kommen und sagte ihm: „Weißt du, Pepek, wer der alte Procházka*) ist?"
„Mäh, mäh!"
„Meckre nicht und merk dir, daß man so unsern Kaiser nennt."
„Ja, unser Kaiser."
„Gut, Pepek! Merk dir also: Wenn du jemanden sagen hörst, daß unser Kaiser ein Ochs ist und daß wir den Krieg nicht gewinnen, so kommst du zu mir und erzählst mir, wer das war. Und jetzt, Pepek Hopp, spring!" Als Pepek einen Luftsprung gemacht hatte, gab ihm der Gendarm zwei Sechser und schrieb einen Rapport an das Bezirkskommando, daß er einen Denunzianten eingestellt habe.

*) der alte Procházka = Spottname für den Kaiser Franz Josef I.

Am nächsten Tag kam der Pfarrer zu ihm und teilte ihm geheimnisvoll mit, daß ihm heute früh der Gemeindehirt Pepek Hopp erzählt habe: „Knädcher Herr, der Herr Wachtmeister hat gestern ksagt, daß unser Taiser ein Ochs ist und daß wir den Krieg nicht gewinnen. Mäh! Hopp!"
Der Wachtmeister ließ den Hirten sofort verhaften. Pepek Hopp wurde später auf dem Hradschin wegen hochverräterischer Umtriebe, Majestätsbeleidigung und Aufwiegelei zu zwölf Jahren Kerker verurteilt. Er meckerte vor Gericht auf alle Fragen wie eine Ziege, und nach Verkündung des Urteils stieß er hervor: „Mäh, hopp!" und machte einen Luftsprung. Dafür wurde er auf dem Disziplinarwege zu Einzelhaft mit hartem Lager und drei Fasttagen bestraft.

Nach dem Mittagessen ließ der Wachtmeister abermals Schwejk vorführen: „Wie hat's Ihnen geschmeckt?"
„Na, es war nich schlecht. Nur Kraut hätt ein bißl mehr sein können. Das Selchfleisch war gut geräuchert. Und der Tee mit Rum hat mir auch gut getan."
„Ist es wahr, daß man in Rußland viel Tee trinkt? Gibt es dort auch Rum?"
„Rum gibt's auf der ganzen Welt, Herr Wachtmeister."
„Und die Mädel sind in Rußland hübsch?"
„Hibsche Mädel gibt's auf der ganzen Welt."
‚Ach, du Schlaukopf!' dachte sich der Wachtmeister, ‚mach nur Ausflüchte! Aber diese Ruhe, er zuckt nicht mit der Wimper! Das ist die russische militärische Erziehung. Mir an seiner Stelle wäre schon der Schreck in die Glieder gefahren...'

Der Wachtmeister schrieb gerade den Rapport an das Bezirkskommando, als er vom Postenführer mit der Meldung gestört wurde, Schwejk wolle seine Notdurft verrichten. „Bajonett auf!" entschied der Wachtmeister. „Daß nur nichts andres dahintersteckt! Sobald er drin ist, stellen Sie sich hinter dem Abort auf, damit er sich nicht durch die Mistgrube durchgraben kann." Er selbst nahm den Dienstrevolver. „Das ist ein sehr guter Revolver", sagte er unterwegs zu Schwejk, „für sieben Patronen, und schießt präzis!" Und die Argusaugen des Gendarmeriewachtmeisters waren unverwandt auf die Latrinentür gerichtet. Der Wachtmeister überlegte, in welches Bein er Schwejk schießen sollte, falls dieser einen Fluchtversuch unternehmen würde.

Schlimmer war schon, daß Schwejks wegen weder der Wachtmeister noch der Postenführer an diesem Abend ins Wirtshaus gehen konnten. Der Wachtmeister entschied also, daß sie die alte Pejzler nach Bier schicken. Die Bedienerin war nach dem Abendbrot ständig zwischen der Gendarmeriestation und dem Wirtshaus unterwegs. Und als zu guter Letzt die alte Pejzler im Wirtshaus mit der Bestellung erschien, der Wirt solle eine Flasche Kontuschowka schicken, platzte der vor Neugierde. „Wen ham sie denn dort?" fragte er. „Einen verdächtigen Menschen", antwortete die alte Pejzler. „Bevor ich weggegangen bin, ham ihn beide umarmt, und der Herr Wachtmeister hat zu ihm gesagt: ‚Ach, du mein slawischer Goldjunge! Ach, du mein Spionchen!' "

Es war schon lange nach Mitternacht, als der Postenführer auf seiner Pritsche in voller Uniform fest eingeschlafen war und laut schnarchte. Ihm gegenüber saß der Wachtmeister bei dem Rest des Kontuschowka und hielt Schwejks Hals fest umschlungen. Über seine Wangen flossen Tränen, und er lallte nur noch: „Sag doch, daß es in Rußland keinen so guten Kontuschowka gibt. Sag's doch, damit ich ruhig schlafen kann! Bekenne dich wie ein Mann dazu!"
„Nein, es gibt keinen so guten!"
Dann fiel der Wachtmeister auf Schwejk: „Du hast mir Freude bereitet, du hast gestanden! So gehört sich's beim Verhör! Wenn man schuldig ist, wozu dann leugnen?" Er erhob sich und taumelte in sein Zimmer. Dort fiel er angekleidet aufs Bett und schlief sogleich wie ein Klotz.

Als die beiden Gendarmen früh ihren Rausch ausgeschlafen hatten, begannen sie sich ihre gestrigen Äußerungen vorzuhalten. Der Postenführer sagte: „Schöne Reden haben Sie gestern geführt, Herr Wachtmeister. Daß unser Kaiser bald abkratzen wird und daß der Wilhelm ein Rindvieh ist."
„Und Sie haben gesagt: Wie können wir uns schon mit Rußland messen, und haben gebrüllt: Es lebe Rußland! Und wie sind Sie auf die Dummheit gekommen, daß Nikolaj Nikolajewitsch König von Böhmen wird?"
„Daran erinnere ich mich nicht", bemerkte schüchtern der Postenführer.
„Wie sollten Sie sich auch daran erinnern! Sie waren ja völlig besoffen, hatten Schweinsäuglein, und statt durch die Tür, wollten Sie durch den Schrank hinaus!" Es trat Stille ein. Nach einer Weile ließ sich der Wachtmeister vernehmen: „Rufen Sie die alte Pejzler herein."

„Hören Sie zu", sagte der Wachtmeister zur alten Pejzler, „gestern wurden Sie Zeugin einer großen Begebenheit. Dieser Soldat, Alte, ist ein Kundschafter, ein Spion. Damit wir was aus ihm herauskriegen, haben wir verschiedene Reden führen müssen! Und alle diese Reden haben bezweckt, daß er uns vertraut, daß er gesteht. Und das ist uns gelungen. Aber darüber, was hier gesagt worden ist, dürfen Sie sich niemandem gegenüber äußern! Das ist Amtsgeheimnis! Sie müssen schwören!"
„Heilige Jungfrau Maria aus Skočice, warum hab ich bloß je meinen Fuß hierher gesetzt", jammerte die alte Pejzler. Und während sie unter schrecklichem Schluchzen wiederholte, was ihr der Wachtmeister vorsagte, schlotterten ihr die Knie.

Dann erteilte der Wachtmeister dem Postenführer den Befehl, Schwejk nach Písek auf das Bezirkskommando abzuführen. Gerührt verabschiedete er sich von Schwejk und bat ihn, er möge ihn in guter Erinnerung bewahren: „Nicht mal Handschellen geben wir Ihnen, denn Sie sind ein anständiger Mensch und werden nicht weglaufen!" Und zusammen mit dem Postenführer trat Schwejk auf die Straße hinaus. Wer ihnen auch immer begegnete, hielt sie für alte Bekannte, denn sie waren in eine freundschaftliche Unterhaltung vertieft. So näherten sie sich einem Wirtshaus. „Sakra, heut weht aber ein scharfer Wind", sagte der Postenführer, „ich denk, ein Stamperl wird uns nicht schaden. Sagen Sie nur niemandem, daß ich Sie nach Písek führ. Das ist Staatsgeheimnis!"

Als der Wirt mit ihnen ein Gespräch anzuknüpfen versuchte, sagte Schwejk: „Mein Bruder da meint, daß wir um ein Uhr in Písek sein werden."
„Da hat Ihr Herr Bruder Urlaub?" fragte der neugierige Wirt den Postenführer.
„Heut läuft er ihm ab", antwortete der Postenführer, ohne mit der Wimper zu zucken.
„Den hamr drangekriegt", sagte er dann zu Schwejk. Wenn der Postenführer vor dem Betreten des Wirtshauses erklärt hatte, daß ein Stamperl nicht schaden könne, so war er ein Optimist. Und als er ihrer zwölf ausgetrunken hatte, erklärte er ganz entschieden, daß sie Zeit genug hätten. Postenführer und Schwejk kosteten weiter die Schnäpse, die der Wirt auf Lager hatte.

Es war bereits dunkel, als sich der Postenführer mit Schwejk auf den Weg nach Písek machte. Im Schneegestöber sah man keinen Schritt weit, und der Postenführer sagte in einem fort: „Immer der Nase nach! Auf nach Písek!"
Kaum hatte er es zum drittenmal gesagt, rutschte er schon auf dem Schnee den Hang hinunter. Mit Hilfe seines Gewehrs kletterte er mühsam wieder hinauf, war aber gleich wieder unten. Fünfmal wiederholte der Postenführer den Versuch, hinauf zu gelangen. Und als er wieder neben Schwejk stand, sagte er ganz verzweifelt: „Ich könnt Sie sehr leicht verlieren!"
„Ham Sie keine Angst nich, Herr Postenführer", sagte Schwejk, „am besten, wir schließen uns zusamm."

Kunstgerecht legte der Postenführer Schwejk die Handschellen an und befestigte das andere Ende an seinem rechten Handgelenk. Nun waren sie wie siamesische Zwillinge zusammengewachsen. Sie stolperten auf der Landstraße hin und her, konnten aber nicht voneinander; und sooft der Postenführer hinfiel, zog er Schwejk mit sich. Da merkten sie, daß es so nicht weitergehen könne, und bemühten sich, die Fesseln wieder abzunehmen. Nach langer, vergeblicher Anstrengung seufzte der Postenführer: „Wir sind auf ewige Zeiten vereint."
„Amen", fügte Schwejk hinzu, und sie stolperten weiter.
„Das ist schrecklich! Wir können nicht voneinander", stöhnte der Postenführer.

Und als sie in Písek vor dem Rittmeister König standen, war es wirklich schrecklich. „Hauchen Sie mich an!" war des Rittmeisters erstes Wort. „Jetzt begreife ich alles: Rum, Kontuschowka, Kümmel, Wacholderschnaps!" Er ließ beide, den Postenführer und Schwejk, einsperren. Am nächsten Tag verhörte er Schwejk: „Von welchem Regiment sind Sie desertiert?"
„Von keinem! Ich geh zu meinem Regiment, ich such es. Nichts wünsch ich mir, als so schnell wie möglich zu meinem Regiment zu kommen und meine militärischen Pflichten zu erfülln", sagte Schwejk begeistert.
Ein Gendarm brachte ihn also nach Budweis.

Oberleutnant Lukáš saß, nichts Böses ahnend, in seiner Kanzlei, als ihm Schwejk vorgeführt wurde. „Melde gehorsamst, Herr Oberlaitnant, ich bin wieder da!“ meldete Schwejk feierlich.
Oberleutnant Lukáš sprang auf und faßte sich an den Kopf. Auf seinem Antlitz malten sich Entsetzen und Verzweiflung. „Schön willkommen, Schwejk! Gegen Sie wurde schon ein Steckbrief erlassen. Ich werde mich nicht mehr mit Ihnen herumärgern. Wenn ich bedenke, wie lange ich es mit so einem Idioten ausgehalten habe! Ich wundere mich nur, daß ich Sie noch nicht erschossen habe. Wir werden Ihnen aber das Handwerk legen. Sie haben ja Ihre Blödheit ins Unendliche gesteigert, und jetzt hat's gekracht!“

„Aus ist's mit Ihnen, Schwejk, ganz aus“, sagte Oberleutnant Lukáš und rieb sich dabei die Hände. Dann schrieb er einige Zeilen auf einen Zettel, rief die Wache und gab ihr den Befehl, Schwejk zum Profosen abzuführen und ihm diesen Zettel zu übergeben. Schwejk wurde über den Hof geführt, und der Oberleutnant beobachtete mit unverhohlener Freude, wie der Profos die Tür mit der schwarzgelben Tafel „Regimentsarrest“ öffnete, Schwejk hinter der Tür verschwand und nach einer Weile der Profos allein heraustrat. „Gott sei Dank!“ sagte Oberleutnant Lukáš laut vor sich hin. „Jetzt ist er drin!“ Und so endete Schwejks Budweiser Anabasis.

Im Arrest wurde Schwejk von dem beleibten Einjährigfreiwilligen Marek begrüßt. Er erzählte Schwejk, daß er nur wegen einer Kleinigkeit sitze: Er hatte sich nämlich bei einem Invaliden einen „Rheumatismus" gekauft, und seine Beine waren sofort wie Ballons angeschwollen. So kam er ins Spital, wo sein Schwager Arzt war. Er kaufte sich ein Buch, klebte ein Schild mit der Aufschrift „Krankenbuch" darauf und ging mit dem Buch unterm Arm jeden Tag an der Wache vorbei in die Stadt. Aber gestern hatte er sich alles verdorben. Er war nachts betrunken ins Spital zurückgekommen und hatte unter den Lauben einem Leutnant von den Kanonieren, den er irrtümlich für den Kameraden František Materna hielt, eine Ohrfeige gegeben. Und so war alles, auch die Geschichte mit dem Krankenbuch, herausgekommen.

Dann erzählte er, wie er in Zylinder und hohen Stiefeln eingerückt sei, weil ihm der Schneider die Uniform nicht rechtzeitig geliefert hatte. In diesem Aufzug sei er auf den Exerzierplatz gekommen. Der Oberst ritt direkt auf ihn zu, warf ihn dabei fast zu Boden und brüllte: „Donnerwetter, was machen Sie hier, Sie Zivilist?" Der Einjährigfreiwillige antwortete, daß er eingerückt sei und an der Übung teilnehme. Der Oberst galoppierte vor Wut weiß Gott bis wohin und trabte wieder wild zurück, schrie und schlug sich an die Brust. Zu guter Letzt befahl er, den Einjährigfreiwilligen sofort auf die Hauptwache zu bringen. Marek bekam vierzehn Tage Kasernenarrest und statt einer Uniform alte Fetzen.

Dann fingen Schwejk und der Einjährigfreiwillige an zu singen. Ihr Lied „Bei der Kanone dort lud er in einem fort“ ertönte so mächtig, daß auf dem Gang die Fensterscheiben klirrten. Plötzlich tauchte Leutnant Pelikán in Begleitung des Profosen im Arrest auf. „Hier ist keine Menagerie“, fuhr sie der Profos scharf an. „Lassen Sie das Singen“, sagte der Leutnant streng, „Ihr Konzert ist bis auf den Markplatz zu hören!“
„Bitte, Herr Leutnant“, meldete der Einjährigfreiwillige, „ich möchte mit Ihnen unter vier Augen sprechen. Der Profos soll draußen warten!“ Als diese Bitte erfüllt worden war, sagte der Einjährigfreiwillige vertraulich zu Leutnant Pelikán: „Franta, spendier paar Zigaretten!“ Sie kannten einander nämlich von früher, als sie noch gemeinsam die „Beseda“*) besuchten.

*) Beseda — tschechischer nationaler Geselligkeitsverein.

Am nächsten Tag mußten Schwejk und der Einjährigfreiwillige zum Regimentsrapport. Marek erhielt einundzwanzig Tage verschärften Arrest und sollte nach Verbüßung der Strafe in der Küche Kartoffeln schälen. Dann blieb Oberst Schröder vor Schwejk stehen und betrachtete ihn aufmerksam. Seine Beobachtungen faßte er in einem Wort zusammen: „Idiot!“
„Melde gehorsamst, Herr Oberst, Idiot“, antwortete Schwejk. Oberst Schröder trat an Schwejk heran, blickte in dessen gutmütiges Gesicht und sagte: „Sie blödes Vieh, Sie haben drei Tage Verschärften, und sobald Sie ihn abgesessen haben, melden Sie sich bei Oberleutnant Lukáš!“ So trafen sich Schwejk und Marek wiederum im Regimentsarrest.

Oberleutnant Lukáš hatte allen Anlaß, sich zu freuen, denn Oberst Schröder ließ ihn rufen und teilte ihm mit: „Herr Oberleutnant, als Sie vor ungefähr einer Woche beim Regiment eintrafen, haben Sie mir ein Gesuch um Zuteilung eines Burschen überreicht, weil Ihr Putzfleck auf dem Bahnhof in Tábor verlorengegangen ist. Nun ist er zurückgekehrt..."
„Herr Oberst...", bat Oberleutnant Lukáš.
„...und ich habe mich entschlossen", fuhr der Oberst mit Nachdruck fort, „ihn auf drei Tage einzusperren. Dann bekommen Sie ihn wieder..." Gebrochen taumelte Oberleutnant Lukáš aus der Regimentskanzlei.

Schwejk unterhielt sich in Gesellschaft des Einjährigfreiwilligen ausgezeichnet. Jeden Abend veranstalteten beide auf ihren Pritschen patriotische Feiern, und es tönte aus dem Arrest: „Gott erhalte, Gott beschütze" und „Prinz Eugen, der edle Ritter". Wenn der Profos kam, sangen sie zur Begrüßung: „Unsrem guten Profosen soll niemals was zustoßen, den soll mal erst der Teufel selbst aus der Hölle holen. Er kommt mit einem Wagen, wird an die Wand ihn schlagen, und die Teufel in der Hölle heizen mit ihm ein..." Und während beide so den Profosen reizten, wartete Oberleutnant Lukáš beklommen auf die Stunde, da Schwejk erscheinen und ihm melden würde, daß er wiederum seinen Dienst antrete.

Am dritten Tag wurden Schwejk und der Einjährigfreiwillige Marek früh aus dem Arrest geführt und unter militärischer Eskorte auf den Bahnhof gebracht. Das 91. Regiment verlegte seinen Standort nach Bruck an der Leitha. Hinter einem dummen Korporal einherschreitend, erzählte Schwejk gutgelaunt dem Einjährigfreiwilligen: „Giftgas, das is gar nix! An Giftgas gewöhnt sich doch jeder Soldat in der Kasarne, wenn's frisches Kommißbrot und Erbsen mit Graupen gibt. Aber jetzt ham die Russen was gegen die Chargen erfunden..."
„Das werden wahrscheinlich besondere elektrische Ströme sein", fügte der Einjährige hinzu, „die fahren in die Kragensternchen, und die explodieren, weil sie aus Zelluloid sind!"

Sie näherten sich dem Bahnhof, wo die Budweiser von ihrem Regiment Abschied nahmen. Schwejk konnte nicht anders, er mußte der Menschenmenge ein „Nazdar!"*) zurufen und die Mütze schwenken. Als Antwort ertönten laute Nazdar-Rufe. Der Korporal fuhr Schwejk an, doch die Rufe rollten weiter wie eine Lawine. In das „Nazdar!" mischten sich auch einige Heil-Schreie. Einem Enthusiasten, der „Nieder mit den Serben!" brüllte, stellte jemand ein Bein, und die Menge trampelte ein bißchen auf ihm herum. Die Gendarmen drängten das Spalier zurück. Plötzlich sprang es wie ein elektrischer Funke von Mann zu Mann: „Sie kommen!" Und sie kamen! Schwejk, neben dem aufgepflanzten Bajonett, winkte der Menge freundlich zu, und der Einjährigfreiwillige salutierte mit würdiger Miene.

*) Nazdar — Gruß der national gesinnten Tschechen.

Auf dem Bahnhof tauchte auch Oberfeldkurat Pater Lacina auf — betrunken. Obwohl er dort eigentlich nichts zu suchen hatte, wollte er Ordnung schaffen. „Wohin?“ fragte er streng den Korporal. Statt seiner antwortete Schwejk gutmütig: „Nach Bruck geht's, Herr Oberfeldkurat. Wenn Sie wolln, können Sie mit uns fahren.“
„Das möchte ich auch“, erklärte Pater Lacina und drehte sich zur Eskorte um: „Wer hat da gesagt, daß ich nicht fahren kann? Vorwärts! Marsch!“ Als der Oberfeldkurat mit der Eskorte im Arrestantenwagen war, legte er sich auf die Bank. Der gutherzige Schwejk zog seinen Mantel aus und legte ihn dem Kuraten unter den Kopf.

Kaum hatte sich der Zug in Bewegung gesetzt, fingen Schwejk und der Einjährigfreiwillige an, den Korporal zu ärgern. „Es besteht die Vorschrift, daß sich im Arrestantenwaggon außer den Arrestanten keine fremde Person aufhalten darf!“ Der Korporal erwiderte, daß nicht er den Kuraten in den Waggon gelassen habe, sondern daß Schwejk ihn eingeladen habe, mitzufahren. „Ich kann's mir erlauben, Herr Korporal“, antwortete Schwejk, „ich bin blöd.“
„Ihre Beförderung“, sagte zynisch der Einjährige, „können Sie in den Schornstein schreiben. Da schaut nur Degradation und Festung heraus!“
„Es is doch alles eins“, ließ sich Schwejk wieder vernehmen, „ob man als Charge oder als gemeiner Soldat fällt, aber Degradierte steckt man herich in die erste Linie!“

Endlich erwachte auch der Herr Kurat. „Kruzilaudon, wo bin ich denn?“ Er dachte angestrengt darüber nach, wie er in diesen Waggon geraten war. „Wenn's wenigstens ein bißchen Rum gäb“, seufzte er. Der Korporal zog eine Flasche Rum heraus und bot sie dem Kuraten an. Der Kurat nahm einen Schluck, daß die halbe Flasche leer war. „Jesusmaria“, seufzte der Korporal leise vor sich hin. Der Pater führte die Flasche noch mal zum Mund, dann reichte er sie Schwejk und befahl: „Den Rest trink aus!“ Darauf lieh er sich vom Korporal einen Gulden und gab ihn Schwejk mit dem Befehl, aus der Offiziersküche eine doppelte Portion zu bringen, sobald sie in Wien wären. Dann schlief er weiter.

Nach der Ankunft in Wien ging Schwejk in die Offiziersküche. Auf dem Rückweg begegnete ihm Oberleutnant Lukáš. „Schwejk, für wen holen Sie das?“ fragte der Oberleutnant.
Schwejk antwortete geistesgegenwärtig: „Für Sie, Herr Oberlaitnant! Immer hab ich alles geschickt und gut machen wolln, und ich kann wirklich nix dafür, wenn es uns beiden nur Kummer gebracht hat. Immer war's Zufall, Gottes Fügung, wie der alte Vaníček aus Pelhřimov sagte, als er die sechsunddreißigste Strafe abgesessen hat.“
„Na, beruhigen Sie sich, Schwejk, und steigen Sie in den Waggon!“ So traf Schwejk wiederum mit seinem Oberleutnant zusammen.

Bis spät in die Nacht hinein wartete Schwejk auf Oberleutnant Lukáš. Mikulášek, der Putzfleck Major Wenzels, war bei ihm zu Besuch. Mikulášek saß auf dem Tisch. Da öffnete sich die Tür. Oberleutnant Lukáš trat ein und setzte sich Mikulášek gegenüber, der so erschrocken war, daß er vergaß, vom Tisch zu springen.
„Wie heißen Sie?“ brüllte der Oberleutnant. Mikulášek schwieg, blickte Lukáš verstört an und salutierte.
„Schwejk, bringen Sie mir meinen Revolver“, kommandierte der Oberleutnant. Mikulášek wollte hinunterspringen, konnte aber nicht. Schwejk half ihm, zog den verängstigten Putzfleck vom Tisch und trug ihn hinaus.

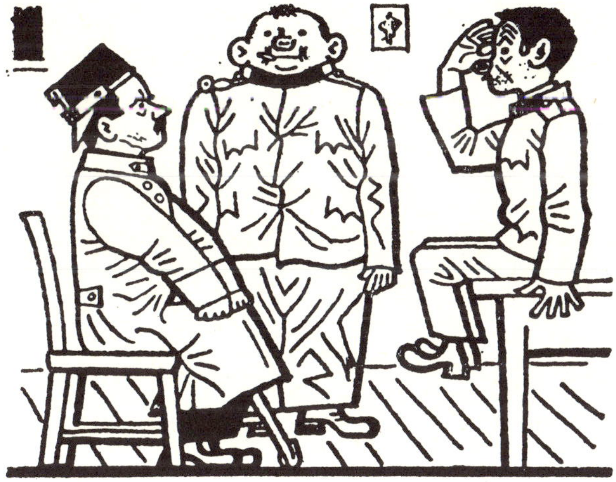

Als Schwejk ins Zimmer zurückgekehrt war, wollte Oberleutnant Lukáš mit ihm sprechen. „Stehen Sie nicht wieder so blöd Habtacht! Setzen Sie sich, Schwejk! Halten Sie den Mund und passen Sie auf! Wissen Sie, wo in Királyhida die Soproni utca ist? Nummer 16? Herrgott, sagen Sie nicht wieder: Melde gehorsamst! Dort wohnt der Ungar Kákonyi. Daß Sie das nicht wissen! Kruzilaudon! Morgen früh gehen Sie hin und übergeben Frau Kákonyi einen Brief von mir. Es handelt sich um eine überaus wichtige Sache, Schwejk! Ich verlasse mich völlig darauf, daß Sie diesen Brief diskret abgeben! So, und jetzt geh ich schlafen!“

Als Schwejk mit dem Brief auf dem Weg in die Stadt war, begegnete er zufällig dem alter Sappeur Vodička.
„Wohin gehst du?" fragte Vodička.
„Das is ein Geheimnis", erwiderte Schwejk, „aber einem alten Kameraden verrat ich's." Und er erzählte dem Sappeur alles haargenau.
„Da geh ich mit", entschied Vodička, „das wird sicherer sein! Diese madjarischen Kerle muß man scharf anfassen."
„Aber Vodička, es is ja ein Weibsbild!"
„Ich hau auch einem Weibsbild eine herunter, das ist mir egal." Und im Hausflur fügte Vodička leise hinzu: „Du wirst sehen, mit diesem madjarischen Lackl werden wir ohne weiteres fertig!"

Schwejk klingelte. Als das Dienstmädchen öffnete, gab er ihr den Brief mit der Bemerkung: „Für Frau ein Brief, aber halten Goschen! Ich Antwort warten hier in die Vorzimmer!"
Das Dienstmädchen trug den Brief ins Zimmer, aus dem bald Lärm und Geschrei ertönte. Die Tür flog auf, in den Gang stürzte ein Herr, der mit dem Brief herumfuchtelte. „Wo ist der verfluchte Kerl, der diesen Brief gebracht hat!"
„Diesen Brief hab ich geschrieben, mein Herr", sagte Schwejk feierlich. Der aufgeregte Herr wollte sich auf ihn stürzen, aber Vodička stellte ihm ein Bein, entriß ihm den Brief und warf Herrn Kákonyi die Treppe hinunter.

Josef Lada

Frau Müller

Der Gastwirt Palivec

Der Geheimpolizist Bretschneider

Schwejk hob die Serviette auf, die Herr Kákonyi verloren hatte, klopfte höflich an die Tür und ging ins Zimmer. „Ich bring Ihnen die Serviette", sagte er sanft zu Frau Kákonyi, die auf dem Diwan lag und heulte, „man könnt auf ihr herumtreten." Er salutierte und ging hinaus. Herrn Kákonyi begoß man im Hausflur mit Wasser. Auf der Fahrbahn kämpfte der Sappeur Vodička wie ein Löwe gegen eine Handvoll Honvéds, die sich ihres Landsmanns angenommen hatten. Vodička standen einige tschechische Soldaten zur Seite. Schwejk wußte selbst nicht, wie er da hineingeraten war und wie es kam, daß er plötzlich den Stock eines Passanten in der Hand hielt.

Das dauerte eine ganze Weile, aber wie bei allem Schönen kam auch hier das Ende vom Liede. Die „Bereitschaft" erschien und nahm alle mit. Schwejk trug den Stock, der vom Kommandanten zum Corpus delicti erklärt worden war. Er schritt zufrieden neben Vodička einher und hatte den Stock wie ein Gewehr geschultert. Während des ganzen Weges schwieg der alte Sappeur hartnäckig. Erst als sie bei der Hauptwache angelangt waren, bemerkte er trübsinnig: „Ich hab dir doch gleich gesagt, daß du die Magyaren nicht kennst."

Oberst Schröder betrachtete das bleiche Gesicht von Oberleutnant Lukáš. „Sie wissen also schon, daß sich Ihr Bursche Schwejk in Haft befindet? Die Öffentlichkeit ist empört. Alle Zeitungen haben Ihren Namen in Zusammenhang mit dieser Affäre gebracht. Auf der Hauptwache hat Schwejk Ihren Brief an Frau Kákonyi aufgefressen! Was sagen Sie dazu? Und er behauptet, daß er den Brief selbst geschrieben hat! Herr Oberleutnant, Ihr Schwejk hat Charakter! Der Rechnungsfeldwebel wird Ihnen aber einen anderen Putzfleck besorgen, und den Schwejk teile ich Ihrer Kompanie als Kompanieordonnanz zu."
Als dem Rechnungsfeldwebel dieser Befehl übermittelt wurde, sagte er nur: „Gott steh uns bei!"

In einer Baracke des Divisionsgerichts saßen Schwejk und der alte Sappeur Vodička auf der Bank. „Wenn ich noch einmal so einen magyarischen Lackl in die Pratzen bekomm, erwürg ich ihn wie einen jungen Hund!" sagte Vodička. Da öffnete sich die Tür, und sie bekamen Zuwachs: den Einjährigfreiwilligen Marek. „Ich bin wegen Meuterei angeklagt! Ich hab den Abort nicht putzen wollen", erklärte er.
„Am besten wird sein", sagte Schwejk, „wenn du dich jetzt für einen Idioten ausgibst."
„Beim Militär glaubt heutzutage niemand mehr an Geisteskrankheit", antwortete der Einjährige, „sonst müßte man alle Generalstäbe sofort ins Irrenhaus sperren."

„Na, daß ihr endlich da seid!" begrüßte Auditor Ruller Schwejk und Vodička, als sie zum Verhör angetreten waren. „Euch wird die Lust schon vergehen, mit den Honvéds zu raufen! Hier ist der Entlassungsschein. Aber führt euch anständig auf!"
„Melde gehorsamst, Herr Auditor, daß wir uns Ihre Worte zu Herzen nehmen wern und daß wir Ihnen vielmals danken! Und es verdrießt uns sehr, daß Sie sich mit uns haben abgeben müssen", sagte Schwejk.
„Schert euch zum Teufel!" brüllte der Auditor. „Hätte sich der Herr Oberst Schröder nicht für euch eingesetzt, weiß Gott, wie's mit euch ausgefallen wäre!"

Erst auf dem Gang war Vodička wieder ganz der alte. „Herrgott, Schwejk, ich hab eine Stinkwut, daß sie mich nicht verurteilt haben. Das sieht ja aus, als würden sie uns zum Narren halten, als ob die Rauferei mit diesen Madjaren nicht der Rede wert gewesen wär! Und dabei haben wir uns doch wacker geschlagen. Aber Kruzitürken, nach dem Krieg werde ich diesen Tagedieb von einem Auditor schon finden und ihm zeigen, wie ich raufen kann. Dann komm ich hierher, nach Királyhida, und mach so einen Zirkus, daß sich die Leute in den Keller verstecken werden, wenn sie hören, ich bin mir diese Gauner in Királyhida anschaun gekommen."

Als Schwejk von Vodička Abschied nahm, sagte er zu ihm: „Wenn dieser Krieg zu Ende is, komm mich im Gasthaus ‚Zum Kelch‘ besuchen. Dort is immer was los, und sollte er dir zu still sein, werden wir schon was arrangieren!“ So gingen sie auseinander, und als sie schon sehr weit voneinander waren, rief der alte Vodička: „Sorg also für Unterhaltung, wenn ich hinkomm!“ Und Schwejk rief zurück: „Komm aber bestimmt!“
„Also nach'm Krieg, um sechs Uhr abends“, schrie Vodička.
„Komm lieber um halb sieben, falls ich mich verspäten möcht“, antwortete Schwejk.

Vorige Woche, am Mittwoch, feierte Herr Josef Schwejk seinen Namenstag. Er erhielt viele Geschenke und Gratulationen von zahlreichen Verehrern aus ehemaligen Militär- und auch aus Zivilkreisen. Glückwünsche kamen gleichfalls vom Sappeur Vodička, vom ehemaligen Einjährigen Marek und von anderen Kameraden aus dem Kriege. Sogar der Autor dieser Illustrationen gratulierte Herrn Schwejk zum Namenstag und überreichte ihm als Geschenk eine Mischung jener acht Liköre (Rum, Kontuschowka, Kümmel, Wacholderschnaps, Nußbranntwein, Griotte, Allasch und Vanilleschnaps), die Schwejk im Wirtshaus gekostet hatte, als ihn der Postenführer von Putim nach Písek aufs Bezirkskommando führte.

Oberleutnant Lukáš ging aufgeregt in der Kanzlei auf und ab und schimpfte seinen neuen Putzfleck Baloun aus: „Ich schick ihn nach Mittagessen, und er frißt mir die Hälfte auf! Ausgegossen hast du's? Den Frankfurter Braten hast du auch ausgegossen? Und wo ist der Strudel? Ist dir in den Dreck gefallen? Ich lang dir eine, daß du einen Kopf kriegst wie ein Eimer. Da haben Sie mir ein herrliches Rindvieh als Burschen ausgesucht, Rechnungsfeldwebel. Führen Sie ihn ab! Der Korporal Wiedenhofer soll den Kerl vor der Küche anbinden, wenn das Gulasch verteilt wird, damit ihm das Wasser im Mund zusammenläuft wie einem hungrigen Köter vor einem Fleischerladen!"

Als der Rechnungsfeldwebel Vaněk zurückgekommen war, fuhr Oberleutnant Lukáš auch ihn an: „Man hat mich darauf aufmerksam gemacht, daß Sie schrecklich saufen, und wenn man Ihre rote Nase sieht, weiß man gleich, mit wem man es zu tun hat!" „Die hab ich aus den Karpaten, Herr Oberleutnant! Die Verpflegung hat man uns dort kalt hinaufgebracht, Feuer haben wir keins machen dürfen, so hat uns nur der Rum aufrecht gehalten. Bei anderen Kompanien hat's nicht mal Rum gegeben, und die Mannschaft hat gefroren. Das hatte wieder den Nachteil, daß der Befehl gekommen ist, auf Patrouille nur Leute mit roten Nasen zu schicken!" „Welcher Ochse klopft da schon wieder an die Tür? Herein!"

Leise trat der brave Soldat Schwejk in die Kanzlei, wobei er ununterbrochen salutierte. „Melde gehorsamst, Herr Oberlaitnant, ich bin wieder da", sagte er mit treuherziger Selbstverständlichkeit. Oberleutnant Lukáš hatte nicht daran geglaubt, daß ihm Oberst Schröder wieder Schwejk auf den Hals schicken würde. In Gedanken hatte er diese Begegnung täglich hinausgeschoben: ‚Bestimmt kommt er nicht, sicher hat er wieder was ausgefressen, und sie behalten ihn dort.' Alle diese Hoffnungen stürzten jetzt wie ein Kartenhaus zusammen. „Rechnungsfeldwebel, Sie werden gut daran tun, mich mit Schwejk allein zu lassen", sagte Oberleutnant Lukáš und seufzte dabei auf.

Schwejk schaute Lukáš mit sanftem Blick an, als wollte er ihm sagen: „Jetzt wird uns nichts mehr entzweien, mein Täubchen!" Aber Lukáš sprang auf und schlug mit der Faust auf den Tisch, daß das Tintenfaß in die Höhe sprang. „Sie Rindvieh!" brüllte er.
„Melde gehorsamst, Herr Oberlaitnant, daß ich in eine ganz kleine Rauferei verwickelt worden bin. Meine Unschuld hat sich aber herausgestellt. Der Herr Oberst hat mich ein bißchen ausgeschimpft; dann hat er mich zur Ordonnanz ernannt und mir befohlen, ich soll Ihnen melden, daß Sie gleich zu ihm kommen solln! Es ist zwar schon eine halbe Stunde her..." Oberleutnant Lukáš stürzte aus der Kanzlei.

Kaum war der Oberleutnant draußen, kam Rechnungsfeldwebel Vaněk in die Kanzlei. Schwejk saß auf einem Stuhl und warf Kohlenstücke in den eisernen Ofen, daß es rauchte und stank. Vaněk beobachtete Schwejk ein Weilchen, dann stieß er die Ofentür zu und forderte Schwejk auf, sich wegzuscheren.
„Herr Rechnungsfeldwebel", sagte Schwejk würdevoll, „ich erlaube mir, Ihnen bekanntzugeben, daß ich Ihrem Befehl nich Folge leisten kann, da ich einer höheren Instanz unterstehe. Ich war Putzfleck beim Herrn Oberlaitnant, aber Oberst Schröder hat mich wegen meiner angeborenen Intelligenz zur Ordonnanz ernannt!"

Vaněk wurde telephonisch abkommandiert. Nach einer Weile läutete das Telephon abermals, und Schwejk nahm den Hörer ab: „Wer dort? Die Ordonnanz von der 12. Kompanie? Servus, Kollege! Wohin wir fahrn? Weiß ich nich."
„Du Schafskopf, mit der Marschkompanie an die Front!"
„Davon hab ich nix gehört."
„Du bist ja eine feine Ordonnanz! Hallo! Schläfst du, oder was? Habt ihr schon Konserven gefaßt? Das weißt du nicht? Du Erztrottel! Wo treibst du dich bloß den ganzen Tag herum?"
„Ich bin erst vor einer Stunde vom Divisionsgericht gekommen!"
„Ach, warum hast du das nicht gleich gesagt, Kamerad, da komm ich dich besuchen! Läute zweimal ab!"

Schwejk zündete sich gerade eine Pfeife an, als wieder das Telephon läutete. Rutscht mir mit eurem Telephon den Buckel runter, dachte sich Schwejk. „Hallo!“ brüllte er ins Telephon. Als Antwort ertönte Lukáš Stimme: „Was machen Sie dort? Treiben Sie sofort den Zugführer Fuchs auf, er soll mit zehn Mann Konserven fassen! Verstanden? Aber gleich, sowie Sie den Hörer aufhängen...“
Pause. Neuerliches Läuten.
„Schwejk, Sie Rindvieh, Sie Hornochs, Sie Trottel. Warum haben Sie das Gespräch unterbrochen?“
„Sie ham mir, bitte, gesagt, ich soll den Hörer aufhängen!“
„Na, Schwejk, in einer Stunde bin ich zu Hause, und dann können Sie sich freuen!“

Schwejk fand den Zugführer und die übrigen Chargen vor der Küche. Sie nagten das Fleisch von den Knochen ab und freuten sich am Anblick des angebundenen Offiziersdieners Baloun. Der Koch brachte ein Stück Rippenfleisch und steckte es ihm in den Mund. Der bärtige Riese Baloun konnte nicht die Hände bewegen, schob also den Knochen behutsam im Mund von einer Seite auf die andere und nagte dabei an dem Fleisch wie ein leibhaftiger Neandertaler.
„Wer von euch is der Zugführer Fuchs?“ fragte Schwejk. Als der Zugführer Fuchs sah, daß ein gemeiner Soldat nach ihm fragte, fand er es nicht der Mühe wert, sich zu melden. „Heda!“ rief Schwejk. „Wie lang wer ich noch fragen müssen?“

Der Zugführer schnauzte im Bewußtsein seiner Würde: „Was heißt hier Zugführer! Wer in meinem Zug nicht sagt: ‚Melde gehorsamst, Herr Zugführer', der kriegt eine aufs Maul!"
„Nur mit der Ruhe!" sagte Schwejk bedächtig. „Nehmen Sie sich sofort zehn Mann, und dann aber im Laufschritt zum Magazin, Konserven fassen!"
„Was?" stieß der Zugführer hervor.
„Gar kein was", antwortete Schwejk, „grad hab ich mit Herrn Oberlaitnant Lukáš gesprochen. Und wenn der Zugführer nich gleich abzieht, so wer ich's melden, und vom Zugführer wird nich mal ein Andenken übrigbleiben!"
„Gleich werd ich mit zehn Mann im Magazin sein", meldete Fuchs.

Nach seiner Rückkehr in die Kanzlei erhielt Schwejk von Lukáš den Befehl, Baloun losbinden zu lassen. Baloun blickte Schwejk wie den Erlöser an und erzählte ihm: „Bei uns zu Haus ist jetzt Schweineschlachten. Was ißt du lieber, Blutwurst oder Leberwurst? Die Leberwürste hab ich immer selbst gemacht und mich dabei so vollgefressen, daß ich fast geplatzt wär. Die Schinken hab ich in Salzlake gelegt. So ein gebratenes Stück Schinken und Kartoffelknödel, mit Grieben bestreut, Kraut dazu, das is ein Leckerbissen! Und um das alles hat uns der Krieg gebracht."
Baloun stieß einen tiefen Seufzer aus, und Schwejk begab sich in die Kantine.

In der Kantine trat Schwejk auf den Feldwebel Vaněk zu, der sich Mut angetrunken hatte, und meldete: „Herr Rechnungsfeldwebel, Sie solln gleich ins Magazin gehn, man wird Konserven fassen!“
„Da müßt ich verrückt sein“, lachte Vaněk, „das stellt sich der Herr Oberlaitnant in seiner Phantasie so vor, daß im Magazin Konserven sind. In unserem Magazin hat's aber nie Konserven gegeben. Noch keine Marschkompanie hat auf'n Weg Konserven bekommen. Waggons sind auch keine da. Und wie sollen wir ohne Waggons fahren? Heh? Und so eine verrückte Ordonnanz macht sich da wichtig!“
Schwejk war jedoch schon zur Tür hinaus.

Schwejk war beim Telephon eingenickt, als ihn das Klingeln weckte. „Hallo, hier ist die Regimentskanzlei!“ Danach folgten irgendwelche unverständliche Sätze. Zum Schluß hörte Schwejk nur: „Vorlesen!“
„Was soll ich vorlesen?“
„Das Telephonogramm, du Trottel!“
„Ich hab nichts gehört!“
„Du Aff du, glaubst du, ich werd mich mit dir noch unterhalten? Die Unterschrift lautet: ‚Oberst Schröder‘, Rindvieh! Wiederhol das!“
„Oberst Schröder, Rindvieh!“
„Gut, schlummere süß!“
Und Schwejk schlief süß ein und hatte längst vergessen, den Hörer aufzuhängen.

Rechnungsfeldwebel Vaněk erwachte morgens in der Kanzlei und wollte wissen, was er gestern zusammengeredet habe.

„Nur so ein bißl verrücktes Zeug", sagte Schwejk, „daß ein Truppenteil kein Truppenteil is, und daß das, was kein Truppenteil is, ein Truppenteil is. Da hab ich mich an einen gewissen Zátka, einen Laternenanzünder, erinnert. Der hat sich beim Anzünden immer gelangweilt und fortwährend vor sich hingesagt, daß der Würfel eine Kante hat, und deshalb ist er kantig. Ich hab's auf eigene Augen gehört, als mich ein besoffener Polizist aus Versehen in die Gasanstalt statt auf die Polizeiwache geführt hat."

„Ja, das is gefährlich, wenn man sich aufs Philosophieren verlegt", fuhr Schwejk fort. „Da hat uns vor Jahren ein gewisser Major Blüher einmal im Monat rufen lassen und dann mit uns philosophiert. Zum Beispiel hat er gefragt, was für Gefühle wir haben, wenn wir die Ausgangszeit überschreiten. Ich hab ihm gesagt: ‚Melde gehorsamst, Herr Major, wenn ich über die Zeit ausbleib, dann fühl ich immer so was wie Unruhe, Angst und Gewissensbisse. Wenn ich aber rechtzeitig in die Kaserne zurückkehr, dann kommt eine selige Ruhe über mich, und ich bin voll innerer Zufriedenheit!' Der Major hat mich angebrüllt: ‚Voller Wanzen bist du höchstens, du Lackel!' Und Spangen hab ich dafür gekriegt."

„Und dann hatten wir noch den Laitnant Moc. ‚Ihr grünen Rekruten, ihr verfluchten Kerle', hat er zu uns gesagt, ‚eure Antworten müssen klar und genau aufeinanderfolgen, als würdet ihr mit der Peitsche knallen!' Als er nun den Rekruten Pech gefragt hat, woher er sei, hat der geantwortet: ‚Dolní Bousov, Unterbautzen, zweihundertsiebenundsechzig Häuser, neunzehnhundertsechsunddreißig Einwohner tschechischer Nationalität, Kreishauptmannschaft Jičín, Bezirk Sobotka, Schule, Post, Telegraph, Zuckerfabrik, Mühle mit Sägewerk und sechs Jahrmärkte.' Aber da hat ihm schon der Laitnant eine Watschen nach der anderen heruntergehauen und dabei geschrien: „Da hast du einen Jahrmarkt, da hast du den zweiten Jahrmarkt, den dritten, den vierten, den fünften, und da hast du den sechsten Jahrmarkt.' Und seither is Pech ein sehr schlechter Soldat gewesen."

Da klingelte wieder das Telephon. „Schwejk", sagte Oberleutnant Lukáš, „was ist denn mit den Konserven?"
„Es gibt keine, Herr Oberlaitnant!"
„Sonst was Neues?"
„Ein Telephonogramm, Herr Oberlaitnant! Ich hab's aufgeschrieben. Es lautet: ‚Nehmen Sie das Telephonogramm auf! Wer ist am Apparat. Hast du's, Vorlesen oder so irgendwie!' "
„Kruzifix, Schwejk, läuten Sie ab!"
Während sich Feldwebel Vaněk aus einer Flasche mit der Aufschrift ‚Tinte' Rum eingoß, sagte er: „Schwejk, Sie müssen mit dem Herrn Oberlaitnant sehr gut stehen."
„Wir sind ein Herz und eine Seele", antwortete Schwejk.

„Manche Leute sind furchtbar empfindlich", fuhr Schwejk fort. „Einmal bin ich von Vysočany nach Prag mit der Elektrischen gefahren. In Karolinental is ein gewisser Herr Novotný eingestiegen. Ich tret auf ihn zu und sag ihm, daß ich aus Stražov bin und daß in Stražov doch zwei Novotnýs gewohnt haben, der Tonda und der Josef. Und er müßte doch der Josef sein, der was seine Frau erschossen hat, als sie ihm wegen dem Saufen eine Szene gemacht hat. Da holt er auf einmal weit aus, ich spring aber schnell zur Seite, und er schlägt die große Scheibe vor dem Führerstand kaputt. Auf dem Kommissariat stellt sich dann heraus, daß er gar nicht Novotný, sondern Doubrava heißt, daß er aus Montgomery in Amerika is und hier seine Verwandten besucht hat."

In der Regimentskanzlei hielt Oberst Schröder Vortrag über die Kriegslage. Auf dem Tisch lag eine Landkarte. Aber in der Nacht hatte der Kater, den sich die Schreiber hielten, den ganzen Kriegsschauplatz schrecklich verunreinigt. Oberst Schröder war kurzsichtig, und die Offiziere schauten ihm mit Interesse zu. „Von hier, meine Herren, nach Sokal am Bug...", sagte Oberst Schröder prophetisch und bohrte dabei den Zeigefinger in eines jener Häufchen.
„Wahrscheinlich Katzendreck, Herr Oberst", machte ihn Hauptmann Sagner höflich aufmerksam.
Der Oberst stürzte in die Kanzlei, aus der man bald sein furchtbares Fluchen hören konnte.

Schließlich wurden alle in die Waggons gepfercht und nach Galizien geschafft. In einem Wagen saßen Schwejk und der Feldwebel Vaněk. Sie spielten Mariage zu zweit. Schwejk sprach über die Befehle, die ihnen vor dem Einwaggonieren verlesen worden waren und die auch das 28. Regiment betrafen, das mitsamt der Regimentskapelle zu den Russen übergelaufen war.
„Da wunder ich mich aber, daß sie uns das erst jetzt verlesen, wo doch der Kaiser diesen Befehl am 17. April erlassen hat. Ich, wenn ich der Kaiser wär, würd ich mir so eine Zurücksetzung nich gefalln lassen. Wenn ich am 17. April einen Befehl erlaß, muß er auch am siebzehnten verlesen wern, und wenns Schusterbuben hageln tät!"

Auf der gegenüberliegenden Seite saß Baloun, der Putzer des Oberleutnants, und erzählte bestürzt, daß er beim Einwaggonieren seinen Oberleutnant im Gedränge verloren habe; der Telephonist Chodounský wollte ihm einen Schreck einjagen und sagte, daß darauf der Tod durch Erschießen stehe.
„Während der Manöver bei Votice war ich schon mal nahe dran", jammerte Baloun. „Dort ham wir trotz Hunger und Durst marschieren müssen, und als der Bataillonsadjutant zu uns kam, hab ich geschrien: ‚Gebt uns Wasser und Brot!' Er hat gesagt, daß er mich einsperren läßt, aber ich hab Glück gehabt. Als er weggeritten ist, um es zu melden, hat plötzlich sein Pferd gescheut. Er ist hinuntergefallen und hat sich, Gott sei Dank, das Genick gebrochen."

Dann sprachen sie darüber, daß es nicht schlecht wäre, wenn man sie irgendwo mit einem guten Mittagessen erwarten würde. Und Chodounský erzählte: „Als wir zu Kriegsbeginn nach Serbien gefahren sind, so hamr uns auf jeder Station überfressen. Aus den Gansbiegeln hamr das beste Fleisch herausgeschnitten. In Esseg in Kroatien hatten uns Veteranen einen großen Kessel Hasenbraten in den Waggon gebracht, aber wir ham ihnen alles übern Kopf gegossen. Der Korporal Matějka in unserem Waggon hat sich so vollgefressen, daß wir ihm ein Brett über'n Bauch legen mußten, und drauf sind wir wie beim Krautstampfen herumgesprungen. Erst das hat ihm Erleichterung gebracht.

Als wir durch Ungarn gefahrn sind, hams uns auf jeder Station gebratene Hühner in den Waggon geworfen, und ham nur das Hirn gegessen. In Koposfalva ham uns die Madjaren ganze Stücke von gebratenen Schweinen in den Waggon geschmissen, und ein Kamerad von mir hat mit einem gebratenen Schweinskopf so eins über den Kopf gekriegt, daß er den Spender über drei Gleise mit dem Koppel gejagt hat. In Bosnien hingegen ham wir nich mal Wasser bekommen. Aber Schnäpse gab's nach Herzenslust, und der Wein is in Strömen geflossen. Wir waren alle wie benebelt. Ich hab nich mal das Eichel-As erkannt — und plötzlich hat's geheißen: ‚Alle raus aus den Waggons!'

Irgendein Korporal hat geschrien, wir sollen singen: ‚Und die Serben müssen sehen, daß wir Österreicher Sieger, Sieger, Sieger sind!‘ Aber jemand hat ihm einen Tritt in den Hintern gegeben, daß er auf die Schienen gefallen is. Und auf einmal sind Schrapnells explodiert. Oberlaitnant Macek hat befohlen, die Gewehre zu laden, aber der Dienstführende is zu ihm gegangen und hat ihm gesagt, daß wir keine Munition bei uns haben, weil wir sie erst in der Stellung fassen sollten. Über uns is ein Flieger erschienen, und die Chargen ham gebrüllt: ‚Alles in Deckung gehen!‘ Dann hat sich gezeigt, daß es unser Flieger war. Aus Versehen is er auch von unserer Artillerie abgeschossen worden. Auf allen vieren sind wir dann zurückgekrochen..."

Inzwischen war Baloun eingenickt, und Chodounský stand auf, um beim Mariage zu kiebitzen.
„Sind Sie nicht mit dem Chodounský verwandt, der das Detektivinstitut hat?" fragte ihn Schwejk. „Vor Jahren hab ich beim Militär mit einem Privatdetektiv, einem gewissen Stendler, gedient. Der hat so einen Spitzkopf gehabt, daß unser Feldwebel immer zu ihm gesagt hat, in den zwölf Jahren, die er dient, hat er schon viel militärische Spitzköpfe gesehen, aber so einen konnte er sich früher nich mal im Traum vorstellen. Und manchmal, auf dem Marsch, hat er ihn fünfhundert Schritte vorausgeschickt und kommandiert: ‚Richtung Spitzkopf!‘ "

Im Stabswaggon hielt Hauptmann Sagner eine Besprechung ab. Er erläuterte den Offizieren das neue Chiffriersystem anhand des Buches „Die Sünden der Väter“ von Ludwig Ganghofer, das alle Offiziere bekommen hatten. „Sollten wir zum Beispiel den Befehl erhalten: Auf der Kote 228...“ legte der Hauptmann dar, „so schlagen wir Seite 161 auf und suchen auf der gegenüberliegenden Seite das Wort ‚Sache‘ “.
Alle sahen schweigend im Buch nach. Plötzlich meldete sich der Kadett Biegler: „Herr Hauptmann, ich melde gehorsam, es stimmt nicht!“
Nach längerem Hin und Her stellte sich heraus, daß das Buch zwei Bände hatte. Hauptmann Sagner hatte den zweiten Band, die übrigen Offiziere hingegen den ersten. Deshalb konnte sich auch der Vortragende mit den Hörern nicht einigen.

Während der ganzen Besprechung hatte Oberleutnant Lukáš eine dunkle Ahnung. Er stürzte als erster aus dem Waggon heraus, um Schwejk aufzusuchen: „Schwejk, wie war das damals mit diesen Büchern?“
„Ich hab sie aufs Bataillon getragen, Herr Oberlaitnant. Das Buch hat zwei Bände gehabt. Und als man mir sagte, daß ich den zweiten Band verteilen soll, hab ich mir gedacht, daß sie dort sicher alle besoffen sind, denn man soll ein Buch ja vom Anfang und nich vom Ende her lesen. Ich hab auch Sie, Herr Oberlaitnant, per Telephon gefragt, ob man jetzt Bücher verkehrt liest, und Sie ham mir darauf geantwortet, daß ich ein besoffenes Rindvieh bin.“ — Oberleutnant Lukáš wurde bleich und mußte sich am Trittbrett der Lokomotive festhalten.

„Weiter, Schwejk“, sagte Lukáš nach einer Weile, „jetzt ist schon alles egal.“
„Es war sowieso komisch mit diesen Büchern. Die Herren Offiziere lesen doch überhaupt wenig, und nun erst im Schlachtgetümmel...“
„Behalten Sie Ihre Weisheiten gefälligst für sich, Schwejk, Sie haben etwas Entsetzliches angestellt!“
„Melde gehorsamst, Herr Oberlaitnant, was war es denn? Sagen Sie mir's doch, damit ich mich nächstens vor so etwas hüten kann! Aus Fehlern lernt der Mensch, wie jener Gießer Adamec aus der Danekschen Fabrik, der aus Versehen Salzsäure getrunken hat...“
„Sie Trottel, Sie“, brüllte Lukáš, „steigen Sie wieder ein und sagen Sie Baloun, er soll mir die Leberpastete bringen. Und dem Vaněk richten Sie aus, daß er ein Esel ist!“

Gewichtig kletterte Schwejk in seinen Waggon. Er hatte Respekt vor sich selbst. Nicht jeden Tag gelang ihm etwas so Entsetzliches, daß er nicht einmal erfahren durfte, was es eigentlich war. Er richtete Vaněk aus, daß er ein Esel sei, und Baloun, daß er dem Herrn Oberleutnant die Pastete bringen solle. Baloun ließ nur den Kopf sinken. „Ich hab sie aufgemacht, um nachzusehn, ob sie nich verdorben ist. Ich hab sie gekostet...“
„Aufgefressen haben Sie sie, mitsamt dem Stanniol“, sagte Rechnungsfeldwebel Vaněk zu ihm.
„Daß du dich nicht schämst“, bemerkte Schwejk verächtlich, „das will ein Soldat sein?“
„Wenn ich halt nicht für'n Krieg geschaffen bin“, jammerte Baloun, „ich bin ein Vielfraß.“

„Als ich noch Bursche beim Herrn Oberlaitnant war", erzählte Schwejk, „hat er mich manchmal ins Restaurant nach Mittagessen geschickt. Damit er ja nicht denkt, daß ich vielleicht die Hälfte unterwegs auffreß, hab ich vom eigenen Geld noch eine Portion zugekauft. Einmal is der Oberlaitnant Šeba zu uns auf Besuch gekommen und hat nicht glauben wollen, daß mein Oberlaitnant zum Mittagsmahl zwei Ganskeulen bekommt. Er hat also seinen Putzfleck auch in dieses Restaurant geschickt. Selbstverständlich hat der ihm nur eine einfache Portion Hühnerpilaf gebracht, so ein Häufchen, als hätt sich ein Kind ausgemacht. Da hat ihm der Oberlaitnant Šeba gleich eins aufs Maul gegeben, weil er herich die Hälfte aufgefressen hat.

Darauf hat sich der unschuldig geohrfeigte Soldat am nächsten Tag in diesem Restaurant genau erkundigt, hat alles seinem Oberlaitnant gesagt, und der hat's wieder meinem Oberlaitnant erzählt. Ich sitz abends in der Küche und les die Zeitung, da kommt mein Oberlaitnant herein. Er is ganz blaß, geht auf mich zu und fragt, wie alles gewesen ist. Ich hätt ihm solche Schande gemacht, daß er mich erschießen möcht. ‚Herr Oberlaitnant', hab ich gesagt, ‚als ich bei Ihnen antrat, ham Sie mir gesagt, daß jeder Putzfleck ein Dieb und ein gemeiner Kerl is. Und weil es in diesem Restaurant so kleine Portionen gibt...' Da hat der Herr Oberlaitnant in die Westentasche gegriffen und mir seine silberne Uhr geschenkt, so gerührt war er!"

Im Stabswagen hatte Hauptmann Sagner mit dem Kadetten Biegler eine überaus scharfe Unterredung. „Ich habe doch gesagt“, schrie der Hauptmann, „ins Magazin zugweise, eine Kompanie nach der andern! Sie haben den lieben Gott einen guten Mann sein lassen. Sie waren froh, daß Sie sich nicht um das Abzählen der Wurstportionen kümmern mußten!“
„Melde gehorsamst, Herr Hauptmann, die Mannschaft hat statt 15 Dekagramm Wurst je zwei Ansichtskarten bekommen!“
„Wenn wir im Trommelfeuer sind, werden Sie die Drahthindernisse durchschneiden!“ Mit diesen Worten schloß der Hauptmann die Unterredung und entließ den Kadetten. Und Biegler betrank sich aus Verzweiflung derart, daß ihn die Ordonnanzen Matušic und Batzer in den Wagen schleppen und auf die Bank legen mußten.

Und der Kadett Biegler hatte folgenden Traum: Er besitzt das Signum laudis und ist Generalmajor. Er fährt im Automobil durch eine Zwetschgenallee, auf beiden Seiten explodieren Granaten und zerstören die Gräben. „Herr General“, brüllt der Chauffeur, „haben Sie keine Generalstabskarte?“ Biegler sieht, daß er die Karte auf den Knien hat, aber es ist die Karte von Helgoland aus dem Jahre 1864. Dann gibt es einen ohrenbetäubenden Knall, und Sterne sind um ihn, groß wie Räder. Vom Automobil ist nur das Vorderteil übriggeblieben. „Wohin fahren Sie denn?“
„Wir fliegen in den Himmel, Herr General, und müssen den Kometen ausweichen. Jetzt sind wir am Himmelstor. Steigen Sie aus, Herr General! Wir können nicht durchfahren, hier ist großer Andrang. Lauter Soldaten!“

„Überfahr ruhig einen Soldaten", schreit er den Chauffeur an, „dann werden sie ausweichen." Er beugt sich aus dem Automobil hinaus und brüllt: „Achtung, ihr Schweinebande! Rindviecher! Sehen einen General und können nicht ‚Rechts schaut' machen!"
Der Chauffeur beschwichtigt ihn: „Schwierige Sache, Herr General, den meisten fehlt der Kopf." Erst jetzt bemerkt General Biegler, daß die Soldaten, die sich vor dem Himmelstor drängen, Invaliden sind und ihre abgeschossenen Körperteile im Rucksack tragen. „Das ist der Ordnung wegen", bemerkt der Chauffeur. Das Automobil fährt ins Paradies.
„Herr General", meldet ein Offizier — ein Engel mit Flügeln —, „Sie haben sich sofort beim Oberkommando zu melden!"

Sie fahren an einem Exerzierplatz vorüber, wo es nur so von Rekruten-Engeln wimmelt, die Halleluja schreien lernen. Sie fahren vorbei an einer Gruppe, vor der ein rothaariger Korporal einen ungeschickten Rekruten-Engel in der Parade hat, ihm mit den Fäusten in den Bauch schlägt und ihn anbrüllt: „Mach dein Maul besser auf, du jordanische Kuh, du! Wie ruft man Halleluja? Hast du einen Knödel im Maul? Ich möchte bloß wissen, welcher Ochs dich ins Paradies gelassen hat, du Rindvieh. Ruf noch einmal . . .!"
„Hlahlehluja!"
„Was, du Trottel, du willst hier im Paradies durch die Nase reden?"
Sie fahren weiter, und noch lange ertönt hinter ihnen „Hla-hle-hlu-ja! Ha-le-lu-ja!"

Sie halten vor einem Gebäude mit der Aufschrift „K.u.K. Gottes Hauptquartier".
„Benehmen Sie sich anständig beim lieben Gott!" sagt man General Biegler und schiebt ihn hinein.
„Kadett Biegler!" sagt der liebe Gott mit Nachdruck. „Erkennen Sie mich nicht? Ich bin Ihr früherer Hauptmann Sagner! Mit welchem Recht haben Sie sich den Titel eines Generalmajors zugelegt?"
„Melde gehorsamst..."
„Halten Sie's Maul, Kadett Biegler!"
„Melde gehorsamst..."
„So, Sie wollen also nicht das Maul halten?" brüllt der liebe Gott und ruft: „Zwei Engel zu mir!" Zwei Engel mit geschultertem Gewehr treten ein. „Schmeißt ihn in die Latrine!" Kadett Biegler fällt in schrecklichen Gestank...

Dem schlafenden Kadetten Biegler gegenüber saß Matušič mit Batzer, dem Putzer vom Hauptmann Sagner. Sie spielten Karten. „Stinkt awer dr Kerl wie a Stockfisch", bemerkte Batzer, der aufmerksam beobachtete, wie sich Kadett Biegler im Schlaf behutsam auf die andere Seite drehte, „muß d' Hosen voll ha'n."
„Das kann einem jeden pasieren", sagte philosophisch Matušič, „laß ihn liegen, umziehn wirst du ihn sowieso nicht. Teil lieber aus!" Weil sich Kadett Biegler wieder umdrehte, verbreitete sich ein so intensiver Duft, daß Batzer ausspuckte und bemerkte: „Stinkt wie a Haislputza!" Und Kadett Biegler wälzte sich immer unruhiger hin und her.

Auf dem Bahnhof in Budapest tauchte Schwejk plötzlich vor Oberleutnant Lukáš in Begleitung des unglücklichen Baloun auf. Baloun zitterte am ganzen Körper.
„Melde gehorsamst, Herr Oberlaitnant", meldete Schwejk, „Sie ham befohlen, daß Ihnen Baloun nach der Ankunft in Budapest die Leberpastete bringen soll. Leider Gottes hab ich Ihre Pastete aufgefressen. Nur, damit sie nicht verdirbt", fuhr Schwejk fort. „Einigemal hab ich in der Zeitung gelesen, daß sich schon ganze Familien mit Leberpastete vergiftet ham: in Prag am Karlplatz, in Beroun, oder war's gar in Tábor? Leberpastete, das is der größte Dreck..."

Baloun trat zur Seite und übergab sich in kurzen Abständen. „Was fehlt Ihnen, Baloun?"
„I-ich bre-brech, He-herr Ober-erlaitnant, ich ha-hab sie aufge-ge-gefressen, ich, a-allein!" Aus Baloun kamen sogar Stücke der Stanniolhülle hervor. „Wie Sie sehn, Herr Oberlaitnant", sagte Schwejk, ohne sein seelisches Gleichgewicht zu verlieren, „jede solche Pastete steigt wie Öl aus dem Wasser empor. Ich hab einen Diener gekannt..., wenn ihn die Beamten nach Leberwürsten geschickt ham, so hat er sie immer mit'm Messer aufgeschnitten und die Löcher dann mit Englischpflaster zugepappt. Das hat ihn bei fünf Leberwürsten mehr gekostet als..." Oberleutnant Lukáš winkte ab und ging weg.

Schwejk diskutierte mit dem Rechnungsfeldwebel Vaněk und dem Telegraphisten Chodounský über die Kriegserklärung Italiens. „Jetzt möchten wir einen neuen Radetzky brauchen", legte Schwejk dar, „der hat sich in der dortigen Gegend ausgekannt. Es is nämlich so leicht, irgendwohin vorzudringen. In einem Buch über Radetzky war genau beschrieben, wie er aus Santa Lucia weggelaufen is und wie die Italiener auch weggelaufen sind und wie er erst am nächsten Tag draufgekommen is, daß er eigentlich gewonnen hat, weil die Italiener gar nicht mehr da waren!"
Feldwebel Vaněk meinte, der Krieg mit Italien werde verschiedene Überraschungen bringen, denn Österreich würde sich rächen.

„Leicht gesagt, sich rächen", lachte Schwejk. „Auf den Weinbergen besuchte ein Beamter immer den Bierausschank in der Krameriusgasse. Dort war auch ein Herr Stammgast, der hat darauf bestanden, daß der Beamte sich von ihm den Urin analysieren laßt. Immer is er hinter ihm hergewesen, bis ihn der Beamte zu einem Hausmeister geschickt hat. Und der Herr is also hingegangen und hat sechs Kronen dafür verlangt. Der Hausmeister aber hat den Ochsenziemer ergriffen und den Herrn durch die Gassen gejagt. Und als die Wachleute den Hausmeister festgenommen hatten, hat er gebrüllt: ‚Ihr Halunken, ich wer euch zeigen, mir den Harn analysieren!' Und hat sechs Monate wegen Beamtenbeleidigung gekriegt."

„Jetzt aber, wo wir wieder eine neue Front ham", bemerkte Schwejk, „wird man mit der Munition sparen müssen!"
„Ich hab nur Angst", sagte Baloun und zitterte dabei am ganzen Körper, „daß wegen diesem Italien die Portionen kleiner werden."
„Das ist alles möglich", erwiderte Rechnungsfeldwebel Vaněk, „denn jetzt wird unser Sieg irgendwie auf sich warten lassen."
Baloun dachte inzwischen angestrengt nach und fragte endlich: „Bitte, Herr Rechnungsfeldwebel, Sie glauben also, daß wir wegen diesem Krieg mit Italien weniger Menage fassen wer'n?"
„Das ist klar wie Schuhwichs", antwortete Vaněk.
„Jesus Maria!" rief Baloun verzweifelt und ließ still den Kopf sinken.

Im Stabswagen sprach nur Leutnant Dub, im Zivil Tschechischprofessor, über den Krieg mit Italien. „Zu Ende des Schuljahrs, knapp vor Kriegsausbruch, habe ich meinen Schülern folgende Stilaufgabe gegeben: ‚Unsere Helden in Italien von Vicenza bis Custozza' oder ‚Blut und Leben für Habsburg'!" Dann verstummte er und wartete, was Hauptmann Sagner dazu sagen würde. Der blätterte jedoch im „Pester Lloyd" und bemerkte: ‚Da schau her, die Weiner, die wir in Bruck auf Gastspiel gesehen haben, ist gestern hier im Kleinen Theater gewesen!" Damit war im Stabswagen die Debatte über Italien abgeschlossen.

Matušič und Batzer betrachteten den Krieg mit Italien vom rein praktischen Gesichtspunkt. „Auf diese Berge raufklettern, wird keine Kleinigkeit sein", bemerkte Batzer, „Hauptmann Sagner hat eine Menge Koffer. Schon zweimal hab ich sie verloren; einmal in Serbien, das zweitemal in den Karpaten, und vielleicht passiert es an der italienischen Grenze zum drittenmal. Und dann das Fressen dort unten, lauter Polenta und Öl! Weißt du, bei uns in Bergreichenstein machmr so kleine Knödel aus rohen Erdäpfeln, die kocht man, dann taucht man sie in Eigelb, bestreut sie mit Semmelbröseln und bäckt sie auf Speck aus. Und am besten sind sie mit Sauerkraut", fügte er melancholisch hinzu.

Plötzlich wurde die ganze Mannschaft aus den Waggons gejagt, weil irgendein greiser General den Transport inspizieren wollte. Der General tapperte vor der angetretenen Truppe auf und ab, blieb vor einem jungen Soldaten stehen und fragte ihn, ob er eine Uhr habe. Der Soldat hatte zwar eine Uhr, sagte jedoch, daß er keine besitze. „Gut so", bemerkte der General mit demselben idiotischen Lächeln, das Kaiser Josef eigen war. Den Korporal, der daneben stand, fragte er, ob seine Frau gesund sei. „Melde gehorsamst", brüllte der Korporal, „daß ich nicht verheiratet bin."
Und der General näselte mit herablassendem Lächeln wiederum: „Gut so, gut so!"

Den Hauptmann Sagner suchte eine Deputation des „Vereins zur Begrüßung der Helden" auf. Es waren zwei schrecklich geplagte Damen, die ihm ein Geschenk überreichten: zwanzig Schachteln parfümierter Mundpastillen. Auf jeden Mann kamen drei Pastillen. Außerdem brachten sie ein Paket mit gedruckten Gebeten. „Gott segne eure Bajonette, damit sie tief in die Bäuche eurer Feinde dringen. Der barmherzige Gott gebe, daß alle Feinde im eigenen Blut ersticken!" Der gütige Gott sollte außerdem Serben, Russen, Engländer, Franzosen und Japaner vierteilen und umbringen, ähnlich wie es Herodes mit den unschuldigen Kindlein getan hatte.

Nachdem die Damen alles abgegeben hatten, äußerten sie den Wunsch, bei der Verteilung der Geschenke zugegen sein zu dürfen. Als Hauptmann Sagner ihre Bitte abgelehnt hatte, taten beide schrecklich beleidigt. Sie durchschritten also nur die Reihen der Soldaten. Eine von ihnen konnte bei dieser Gelegenheit nicht umhin, einem bärtigen Soldaten die Wange zu tätscheln. Es war ein gewisser Šimek aus Budweis, der von der erhabenen Mission der Damen keine Ahnung hatte und bemerkte: „Hier sind die Luder aber frech! Wenn so eine Kuh wenigstens nach was aussehen tät, aber Figur wie'n Storch, und will noch was mit Soldaten anfangen!"

Leutnant Dub, ein berüchtigter Denunziant, gewahrte hinter dem Bahnhofsgebäude den Soldaten Schwejk, der dort herumstand und ein Lotterie-Plakat betrachtete. Auf dem Plakat war ein österreichischer Soldat abgebildet, der einen Kosaken mit dem Bajonett an eine Mauer festnagelt. Dub fragte Schwejk, wie ihm das gefalle.
„Melde gehorsamst, Herr Laitnant, daß ich so was Blödes noch nie gesehen hab. Er kann das Bajonett ja zerbrechen! Da hilft alles nichts. Die Mauer is doch aus Stein, und Stahl is spröde. Wir hatten mal einen Laitnant, der is uns eines Tages verrückt worn und hat für die Kompanie einen ganzen Wagen Kokosnüsse gekauft, und die halbe Kompanie hat sich an den Kokosnüssen die Bajonette zerbrochen…"

Leutnant Dub blickte wütend in das arglose Gesicht des braven Soldaten Schwejk und fragte zornig: „Kennen Sie mich?"
„Ich kenn Sie, Herr Laitnant."
Dub rollte die Augen und stampfte auf: „Ich sage Ihnen, Sie kennen mich noch nicht, Sie kennen mich vielleicht von der guten Seite, aber warten Sie, bis Sie mich von der schlechten Seite kennenlernen! Sie Esel! Haben Sie Brüder?"
„Melde gehorsamst, Herr Laitnant, daß ich einen hab."
„Da wird Ihr Bruder genau so ein Rindvieh sein. Was ist er?"
„Professor, Herr Laitnant. Er war auch beim Militär und hat die Offiziersprüfung abgelegt", erwiderte Schwejk mit Gleichmut.

Während Schwejk weiterging, hörte er, wie Leutnant Dub zwei neue Opfer gefunden hatte. Leutnant Dub brüllte: „Kennen Sie mich? — Ich sage euch, ihr kennt mich noch nicht! — Habt ihr Brüder? — Das werden genau solche Rindviecher... Was sind sie? Beim Train...? Also gut...! Abtreten." Im großen und ganzen hatte Leutnant Dubs Rundgang kein positives Ergebnis. Er hielt noch ungefähr drei Gruppen Soldaten an, aber seine pädagogischen Bemühungen, sie „bis zum Weinen zu bringen", scheiterten völlig. Alle waren vom gleichen Schlag, und Leutnant Dub konnte in den Augen eines jeden lesen, was sie von ihm hielten.

Leutnant Dub fühlte sich in seinem Stolz verletzt. Deswegen verlangte er von Hauptmann Sagner, Schwejk einzusperren. Als aktiver Offizier haßte der Hauptmann alle Reserveoffiziere. Er machte Leutnant Dub darauf aufmerksam, daß solche Anzeigen nur in Form eines Rapports und nicht auf Zivilistenart erstattet werden könnten. Von der Kompanie gehe die Sache zum Bataillon, erste Instanz sei jedoch Oberleutnant Lukáš. Doch der sagte, Schwejks Bruder sei tatsächlich Professor. Da wurde Leutnant Dub wankend und ließ durchblicken, daß Schwejks Antworten zwar einen frechen Eindruck machten, er aber wohl nur von schwachem Verstand wäre.

In dem Kanzlei- und Magazinwaggon des Bataillons gab der Rechnungsfeldwebel des Bataillons, Bautanzel, folgendes zum besten: „Ich hab schon zwei Marschbataillone durchgemacht, aber so eine elende Fahrt wie diese hab ich noch nie erlebt. Das letzte Mal hatt ich zehntausend Memphiszigaretten, zwei Laib Emmentaler und dreihundert Konserven versteckt. Als es dann nach Bardějov in die Schützengräben ging, ham die Russen von Musin her unsere Verbindung nach Prešov abgeschnitten. Ach, da hat's Geschäftchen gegeben! Ein bißchen hab ich ans Marschbataillon abgegeben und alles übrige beim Train verkauft. Wir ham aber bei uns noch den Major Sojka gehabt, na, das war vielleicht ein Schwein!

Er war kein Held, und am liebsten hat er sich beim Train herumgedrückt. Gewöhnlich kam er unter dem Vorwand, daß er sich überzeugen muß, ob man für die Mannschaft auch ordentlich kocht. Wenn es hieß, der Russe bereitet wieder was vor, hat er am ganzen Leib zu zittern angefangen. Erst nach einem richtigen Rum war er fähig, die Vorräte zu revidieren. In die Schützengräben hamr die Verpflegung nachts schicken müssen, und da ham noch die Reichsdeutschen die besseren Sachen zurückbehalten und aufgefressen. Während dieser ganzen Zeit hab ich beim besten Willen nicht mehr als ein Schwein absparen können. Das hab ich räuchern lassen. Und damit der Major Sojka nicht draufkam, hatten wir's eine Stunde weg bei der Artillerie versteckt, wo ich mit einem Feuerwerker bekannt war.

Sooft nur dieser Major zu uns gekommen ist, immer hat er in der Küche von der Suppe gekostet. Einmal hat er, meiner Seel, das Fleisch für die ganze Kompanie aus dem Kessel herausgefischt. Mit dem Schweinskopf hat er angefangen und nach und nach alles Fleisch aufgefressen. Dann hat er die Brühe gekostet und Krawall geschlagen, daß sie herich wie Wasser schmeckt. Was das für Zustände sind, Fleischsuppe ohne Fleisch! Er hat also Einbrenne hineintun lassen, und meine letzten Makkaroni, was ich während der Zeit erspart hatte, hat er auch hineingeschmissen. Das alles hat mich aber nicht so sehr verdrossen wie die zwei Kilo Teebutter, die ich noch an der Offiziersmenage eingespart hatte und die auf die Einbrenne draufgegangen sind. Er findet die Butter auf dem Regal, und gleich brüllt er mich an, wem die denn gehört.

Er hat geschrien, daß ich bloß darauf wart, bis die Russen kommen und uns die letzten zwei Kilo Butter wegnehmen. Und daß ich sie gleich in die Suppe tun soll, wenn schon kein Fleisch drin ist. Er hat eine so gute Nase gehabt, daß ich nichts vor ihm verstecken konnt. Da hatt ich mir mal an der Mannschaft Rindsleber eingespart. Er hat sie aber sofort unter der Pritsche gefunden und hervorgezogen. Auf sein Gebrüll hab ich geantwortet, daß sie zum Eingraben bestimmt ist. Also hat der Major einen Trainsoldaten aufgelesen, und mit ihm zusammen hat er die Leber in einem kleinen Kessel gekocht, oben, unter den Felsen. Der Russe hat aber das Feuer gesehen und den Major, den Kessel und den Trainsoldaten mit einem Achtzehner bedacht."

Den Stabswagen betrat ein General, der alle Strekken inspizierte. Als ihm Hauptmann Sagner Rapport erstatten wollte, winkte er ab: „Ihr Transport ist nicht in Ordnung. Ihr Transport schläft nicht. Vor neun Uhr ist die Mannschaft auf die Latrine zu führen, und anschließend soll sie schlafen gehen! Wiederholen Sie das! Oder: Alarm blasen, alles auf die Latrinen jagen, dann Zapfenstreich blasen und schlafen. Und während der Fahrt nicht aus dem Wagen springen! Wenn der Feind einem Soldaten ein Bein bricht, ist das lobenswert. Sich aber durch Abspringen verstümmeln ist strafbar!" Dann ertönte der Befehl „Bereitschaft!" Der Hauptmann ließ Alarm blasen.

Der General stellte sich vor die elfte Kompanie. An ihrem linken Flügel stand Schwejk und gähnte über das ganze Gesicht. Dabei hielt er sich zwar die Hand vor den Mund, aber sein Baß drang durch. Der General wandte sich zu Schwejk und sagte auf polnisch: „Stul pysk, drsch gubu a nebutsch! Warst du schon auf der Latrine?" „Melde gehorsamst, nein, Herr Generalmajor! Was hätten wir auch auf der Latrine machen solln? Schon auf ein paar Stationen sollten wir Nachtmahl fassen, aber gekriegt hamr nichts. Mit leerem Magen geh ich nicht auf die Latrine! Wenn schon Befehl gegeben wird, in Reih und Glied auf die Latrine zu marschieren, muß sich so ein Befehl auch innerlich auf was stützen!"

Am nächsten Morgen wurde Reveille geblasen, und der General kam persönlich, um die Latrinen zu inspizieren. Leutnant Dub hatte die Aufsicht über die Latrinen. Die Soldaten saßen wie Schwalben auf Telegraphendrähten. Am linken Flügel saß Schwejk und warf unwillkürlich einen Blick auf den Ausgang der Latrine: Dort stand in voller Gala der Herr Generalmajor! Schwejk empfand den Ernst der Situation, sprang auf und brüllte: „Einstellen! Auf! Habt acht! Rechts schaut!“ Und salutierte. Zwei Züge erhoben sich von der Latrine.
Der General lächelte freundlich und sagte: „Ruht! Weitermachen!“
Schwejk salutierte jedoch weiter, denn von der einen Seite näherte sich ihm drohend Leutnant Dub und von der anderen der Generalmajor.

Leutnant Dub wandte sich an den Generalmajor: „Ich melde gehorsamst, Herr Generalmajor: Dieser Mann ist blödsinnig und als Idiot bekannt. Ein notorischer Dummkopf!“
„Was sagen Sie da!“ brüllte der Generalmajor und fuhr den Leutnant Dub an, gerade das Gegenteil sei der Fall. Ein Mann, der weiß, was sich gehört, wenn er einen Vorgesetzten sieht. Leutnant Dub hätte selbst das Kommando geben sollen. Und während der General den Finger in Schwejks Bauch bohrte, fuhr er fort: „Notieren Sie! Diesen Mann beim Eintreffen an der Front sofort befördern und für präzise Ausübung seines Dienstes für die Bronzene Medaille vorschlagen. Na, Sie wissen, was ich meine! Abtreten!“

Als Schwejk am Stabswaggon vorüberging, rief ihm Oberleutnant Lukáš zu: „Schwejk, richten Sie Baloun aus, er soll sich mit dem Kaffee beeilen!“ Schwejk stieg in den Waggon und sah, daß alle Kaffee tranken. Die Kaffee- und Milchkonserven des Oberleutnants waren schon halb leer. Man bot auch Schwejk Kaffee an, er lehnte jedoch ab und sagte zu Baloun: „Grad is ein Befehl gekommen, daß jeder Putzfleck, was eine Milch- oder Kaffeekonserve seines Offiziers veruntreut, binnen vierundzwanzig Stunden erhängt wern soll.“ Der erschrockene Baloun entriß dem Telegraphisten Chodounský die Tasse und rannte mit dessen Portion in den Stabswagen.

Die Augen starr vor Entsetzen, reichte er Oberleutnant Lukáš den Kaffee. „Ich hab mich aufgehalten“, stotterte er, „weil ich die Konserve nicht hab aufmachen können.“
„Da hast du sie sicher löffelweise gefressen. Weißt du, was dich erwartet?“
Baloun jammerte: „Melde gehorsamst, Herr Oberlaitnant, ich hab drei Kinder!“
„Nimm dich in acht, Baloun! Hat dir Schwejk nichts gesagt?“
„Daß ich binnen vierundzwanzig Stunden erhängt wern soll“, antwortete verängstigt Baloun.
„Dummkopf“, sagte der Oberleutnant lächelnd, „bessere dich! Und sag Schwejk, er soll sich nach etwas Gutem zum Essen umsehen. Gib ihm den Zwanziger da! Anschließend bringst du die Büchse Sardinen her und zeigst sie mir!“

Als Baloun vom Oberleutnant zurückgekommen war, tadelte ihn Schwejk wegen seines Heißhungers und erzählte ihm: „Du tätst halt so ein Schwein brauchen, wie es der Bauer Svoboda aus Hrusice großgezogen hat. Er hat das Schwein in eine Scheune gesperrt, hat ihm zehn Zentner Erdäpfel und zehn Zentner Schrot hineingestellt, und weiter hat er sich darum nich mehr gekümmert. Nach einiger Zeit sieht er, daß sich das Scheunendach hebt. Da war das Schwein schon so gewachsen, daß es die Scheune durchgestoßen hat. Svoboda hat das Schwein mit einer Handgranate erschlagen müssen. Aus dem Schwein is soviel geflossen, daß alle Fässer und auch der Wasserwagen nich groß genug waren, um es aufzufangen. Alles war voller Blut.

Deshalb ham sie's in den Teich abgeleitet, bald is aber auch dort das Blut übergeflossen und hat den Stall des Nachbarn überflutet. Drei Stück Vieh sind dabei ertrunken. Für Wurstspeile hat Svoboda ein Stück Wald unter dem Ježov geschlagen. Das Schwein hat eine so große Blase gehabt, daß man aus ihr zehn wasserdichte Mäntel hat machen können. Und draußen auf der Mauer hat Svoboda ganze Kränze von Würsten hängen gehabt, er hat schon nich mehr gewußt, wohin damit. Eines Tages fährt ein Automobil vorüber, und plötzlich gibt's einen Knall! Die Pneumatik is geplatzt. Da geht also der Chauffeur zum Svoboda und sagt: ‚Ach, Gevatter, borgen Sie uns, bitte schön, eine von diesen Pneumatiks.' Der Chauffeur hat nämlich die Würste für Gummireifen gehalten. Er hat also eine anmontiert und is damit glücklich in Prag angelangt."

Baloun brachte Oberleutnant Lukáš die Büchse Sardinen, um ihn zu überzeugen, daß sie noch ganz war. „Schwejk ist schon fortgegangen?" fragte der Oberleutnant.

„Melde gehorsamst, Herr Oberlaitnant, daß er sich schon auf'n Weg gemacht hat", meldete Baloun heiter. „Er hat gesagt, er wird bis Rákos Palota gehn. Wenn der Zug vielleicht inzwischen ohne ihn abfährt, wird er sich der Automobilkolonne anschließen. Sie solln sich um ihn keine Sorgen machn, er weiß, was seine Pflicht is, auch wenn er sich auf eigene Kosten einen Fiaker nehmen und darin dem Transport bis nach Galizien nachfahren müßte. Er läßt sich's nachher herich von der Löhnung abziehn."

„Schau, daß du weiterkommst!" sagte Oberleutnant Lukáš traurig.

Im Stabswaggon ging es lustig zu, weil die Offiziere je zwei Liter Wein und eine Flasche Kognak gefaßt hatten. Nur Lukáš war die ganze Zeit über irgendwie niedergeschlagen. Es war schon eine Stunde vergangen, und Schwejk kam immer noch nicht. Nach einer weiteren halben Stunde aber näherte sich dem Stabswaggon ein eigenartiger Aufzug. Vorn an der Spitze schritten Schwejk und zwei Honveds, hinter ihnen eine Frau mit einer Henne und ein Mann mit einem blauen Auge. Und der Zugführer meldete Lukáš: „Vorgeführt wird Schwejk Josef wegen Plünderung, begangen an den Ehegatten Istvan in Isatarcsa. Infanterist Schwejk hat sich einer Henne bemächtigt, und als ihn der Eigentümer angehalten hat, versetzte er demselben mit der Henne einen Schlag übers rechte Auge."

Während Oberleutnant Lukáš den Empfang der Akten unterschrieb, zitterten ihm die Knie.
„Melde gehorsamst, Herr Oberlaitnant", sagte Schwejk zu ihm, „dieser Lump will für die Henne fünfzehn Gulden ham. Aber ich denk, Herr Oberlaitnant, daß er sich da schon zehn Gulden für sein blaues Auge einrechnet. Und zehn Gulden is für so ein blödes Auge wohl zuviel. Im Gasthaus ‚Zur Alten Frau' ham sie mal dem Drechsler Matěj mit einem Ziegel die ganze Kinnlade mit sechs Zähnen für zwanzig Gulden ausgeschlagen, und damals hat das Geld einen größeren Wert gehabt wie heut. Sogar der Henker Wohlschläger henkt für vier Gulden."
„Komm her!" winkte Schwejk dem Mann mit dem blauen Auge.

Der Mann trat in den Waggon. „Also zehn Gulden", sagte Schwejk zu ihm, „fünf Gulden Henne, fünf Auge. Öt forint, siehst du, kikiriki, öt forint, kukuk, igen? Hier Stabswaggon, du Dieb! Gib Henne her!" Er steckte dem überraschten Mann zehn Gulden in die Hand, nahm ihm die Henne ab und drehte ihr den Hals um. Dann ergriff Schwejk freundschaftlich seine Hand, schüttelte sie kräftig und schob ihn mit den Worten: „Já napot, barátom, adieu, oder ich schmeiß dich hinunter!" zum Waggon hinaus.
„Na, sehn Sie, Herr Oberlaitnant, daß man alles in Ordnung bringen kann. Und ich koch Ihnen mit Baloun eine Suppe, die man bis nach Siebenbürgen riecht."

Oberleutnant Lukáš hielt es nicht mehr aus und schlug Schwejk die Henne aus der Hand: „Wissen Sie, Schwejk, was ein Soldat verdient, der in Kriegszeiten plündert?"
„Den Ehrentod durch Pulver und Blei", antwortete Schwejk feierlich.
„Sie allerdings verdienen den Strick! Sie Kerl, Sie haben Ihren Eid vergessen!"
„Melde gehorsamst, ich hab nich vergessen, daß ich meinem durchlauchtigsten Fürsten Franz Josef I. feierlich geschworen hab, seine Befehle im Dienst zu erfüllen und gegen jeden Feind, wer immer es auch sei und wo immer es der Wille Seiner kaiserlichen Majestät erfordert, bei Tag und bei Nacht und überhaupt an jedem Ort..."

Schwejk hob die Henne vom Boden auf und fuhr fort, wobei er dem Oberleutnant treuherzig in die Augen blickte: „...zu jeder Zeit und bei jeder Gelegenheit tapfer und mannhaft zu kämpfen, meinen Truppenteil, meine Fahnen und Feldzeichen nie zu verlassen, daß ich in Ehren leben und sterben will, so wahr mir Gott helfe! Amen! Und ich melde gehorsamst, daß ich diese Henne nich gestohlen hab."
„Laß die Henne los, du Mistvieh", brüllte der Oberleutnant, „schau dir diese Akten an: Vorgeführt wird der Soldat Schwejk wegen Plünderung... Und jetzt sag mir, du Marodeur, du Hyäne, sag mir, du Trottel von einem Räuber, wie hast du dich so vergessen können?"

„Melde gehorsamst", sagte Schwejk freundlich, „daß es sich um nichts andres handeln kann wie um einen Irrtum. Als ich Ihren Befehl erhalten hab, hab ich darüber nachgedacht, was so ganz besonders gut wär. Und ich hab Ihnen eine Freude machen wolln, daß es Sie einfach umhaut: Ich wollt Ihnen Hühnersuppe kochen."
„Hühnersuppe!" wiederholte der Oberleutnant und griff sich an den Kopf.
„Jawohl! Melde gehorsamst, daß ich Zwiebeln und fünf Deka Nudeln gekauft hab. Und ich bin nach Isatarcsa gegangen, wo hinter einem Haus einige Hennen herumstolziert sind. Und so hab ich die größte ausgesucht. Belieben Sie anzusehn, Herr Oberlaitnant, lauter Fett.

Ich hab sie ganz öffentlich genommen, hab sie an den Füßen festgehalten und frag auf tschechisch und auf deutsch paar Leute, wem diese Henne gehört. Doch da kommen grad ein Mann und eine Frau aus dem Haus gelaufen, und beide fangen an, mich auszuschimpfen. Ich sag dem Mann, er soll nich schrein, und erklär ihm, wie die Dinge stehn. Und wie ich so die Henne an den Füßen festhalt, will sie auf einmal in die Höh fliegen, hebt mir die Hand hoch und will sich ihrem Herrn auf die Nase setzen. Und der fängt gleich an zu schreien, daß ich ihm mit der Henne eins übers Maul gegeben hab. Da sind aber auch schon die Honveds heran, und ich hab sie selbst gebeten, daß sie mit mir aufs Bahnhofskommando kommen solln, damit meine Unschuld ermittelt werden kann.

Aber dieser Herr Laitnant, der dort Dienst macht, läßt mich gar nich zu Wort kommen. Er schreit mich an, ich soll's Maul halten und daß mir herich ein starker Ast mit einem festen Strick ausn Augen schaut. Vorgestern wär dort ein Truthahn verschwunden, und wie ich ihm sage, daß wir da noch in Raab waren, antwortet er, ich soll ihm nicht mit solchen Ausreden kommen. Und dann hat mich unterwegs noch ein Gefreiter, den ich nich bemerkt hab, angefahren, ob ich nicht weiß, wen ich vor mir hab. Ich hab ihm gesagt, daß er ein Gefreiter is, und daß er bei den Jägern Patrouillenführer und bei der Artillerie Oberkanonier wär."

„Schwejk", sagte nach einer Weile der Oberleutnant, „ein fester Strick um den Hals wird Sie sicher einmal mit allen militärischen Ehren im Karree von Ihren ‚Irrtümern' befreien. Verstanden?"
„Jawohl! Melde gehorsamst, ein Karree besteht aus einem sogenannten geschlossenen Bataillon von vier oder fünf Kompanien. Befehlen Sie, Herr Oberlaitnant, daß ich in die Suppe mehr Nudeln tu, damit sie dicker wird?"
„Schwejk, verschwinden Sie mit dieser Henne, Sie Blödian, Sie...!"
„Zu Befehl, Herr Oberlaitnant, aber Sellerie hab ich keinen finden können und Möhren auch nich! Ich werd Erd..." Schwejk hatte „äpfel" noch nicht zu Ende gesagt, da flog er schon mit der Henne aus dem Stabswaggon.

Kaum war Schwejk mit der Henne im Waggon aufgetaucht, verbreitete sich unter den Anwesenden berechtigte Unruhe, und alle blickten ihn an, als wollten sie fragen: ‚Wo hast du sie gestohlen?'
„Ich hab sie für den Herrn Oberlaitnant gekauft", sagte Schwejk und zog dabei Zwiebeln und Nudeln aus der Tasche, „aber er hat sie mir geschenkt. Ich hab ihr selbst den Hals umgedreht." Baloun warf einen dankbaren Blick auf Schwejk. Der Telegraphist Chodounský jedoch fragte Schwejk vertraulich: „Ist's weit von hier? Muß man über einen Zaun klettern? Oder ist's im Freien?"
„Ich hab sie gekauft!"
„Kein Wort mehr! Ein schöner Kamerad bist du! Wir ham gesehn, wie sie dich hergebracht ham!"

Eifrig begannen sie die Henne zu rupfen. Die Federn, die sie aus dem Waggon hinauswarfen, erregten jedoch die Aufmerksamkeit Leutnant Dubs. „Was ist das?" schrie Leutnant Dub Schwejk an, den Kopf der Henne vom Boden aufhebend.
„Melde gehorsamst, das is der Kopf einer Henne von der Art der schwarzen Welschen. Das sind gute Eierleger, Herr Laitnant. Belieben Sie, bitte herzusehen, was sie für einen großen Eierstock gehabt hat." Und Schwejk hielt dabei Leutnant Dub die Innereien der Henne unter die Nase. Dub spuckte aus und fragte: „Für wen ist diese Henne?"
„Melde gehorsamst, Herr Laitnant, für uns!"
Leutnant Dub ging weiter und brummte vor sich hin: „Bei Philippi sehen wir uns wieder!"

Während das Wasser im Kessel kochte, unterhielten sich die Anwesenden über verschiedene interessante Dinge. „Hast du's gesalzen?" wandte sich Schwejk an Baloun, der die allgemeine Verwirrung ausgenützt und etwas im Rucksack versteckt hatte. „Zeig, was du dort hast!"
„Baloun", sagte Schwejk ernst, „was willst du mit diesem Hühnerschenkel? Da schaut her, was er uns gestohlen hat! Weißt du, Baloun, daß man einen Soldaten, der was im Feld seinen Kameraden bestiehlt, vors Kanonenrohr bindet und mit einer Kartätsche in die Luft schießt? Jetzt is es schon zu spät zum Seufzen. Bis wir irgendwo Artillerie treffen wern, meldest du dich beim nächsten Oberfeuerwerker. Derweil wirst du strafexerzieren. Marsch — aus dem Waggon!"

Der unglückliche Baloun kletterte hinunter, während Schwejk in der Waggontür saß und kommandierte: „Hab acht! Ruht! Hab acht! Rechts schaut! Hab acht! Rechts um! Menschenskind! Sie sind eine Kuh! Ihre Hörner solltn sich dort befinden, wo Sie früher die rechte Schulter gehabt ham. Herstellt! Links um! Halbrechts! Na, siehst du, daß es geht? Links um! Front! Front, du Trottel! Weißt du nich, was Front is? Kehrt euch! Ruht! Auf! Ruht!
Na, siehst du, Baloun, das is gesund, dabei verdaust du wenigstens. Macht gefälligst Platz!" schrie Schwejk. „Er wird marschieren. Also, Baloun, gib acht, daß ich nich ‚herstellt' rufen muß. Ich quäl die Mannschaft nich gern überflüssig. Also!

Richtung Bahnhof! Schau, wohin ich zeig! Marschieren! Marsch! Glied — halt! Bleib stehn, sakra, oder ich sperr dich ein! Glied — halt! Endlich hast du haltgemacht, du Dummkopf. Kurzer Schritt! Ohne Schritt! Du Hornochs, du. Wenn ich sag: ohne Schritt, so trittst du mit den Haxen nur auf der Stelle!" Baloun schwitzte, wußte nicht mehr, was er tat, und Schwejk kommandierte weiter: „Gleicher Schritt! Glied rückwärts marsch! Glied halt! Laufschritt! Und jetzt ruh dich ein Weilchen aus. Dann fangen wir von vorne an! Mit gutem Willen bringt man alles zustand."

„Was geht hier vor?" ließ sich die Stimme Leutnant Dubs vernehmen.
„Melde gehorsamst, Herr Laitnant", sagte Schwejk, „daß wir uns ein bißl üben, damit wir ans Exerzieren nicht vergessen und die kostbare Zeit nicht vertrödeln."
„Steigen Sie vom Wagen herunter!" befahl Leutnant Dub. „Jetzt hab ich's aber wirklich satt. Ich werde Sie dem Herrn Bataillonskommandanten vorführen!"
Als Hauptmann Sagner alles gemeldet wurde, war er in bester Stimmung, weil er gerade Gumpoldskirchner trank. „Sie wollen also nicht, daß die kostbare Zeit vertrödelt wird?" lächelte der Hauptmann bedeutungsvoll. „Matušič, rufen Sie den Feldwebel Nasáklo!"

Feldwebel Nasáklo war als größter Tyrann bekannt. „Dieser Mann hier", sagte Hauptmann Sagner zu ihm, „will nicht, daß die kostbare Zeit vertrödelt wird. Nehmen Sie ihn und üben Sie mit ihm eine Stunde Gewehrgriffe. Schwejk, Sie werden sehen, daß Sie sich nicht langweilen werden!"
Und nach einer Weile brüllte schon Feldwebel Nasáklo hinter dem Waggon: „Bei Fuß! Schultert!" Dann konnte man Schwejks zufriedene und bedächtige Stimme vernehmen: „Das hab ich alles gelernt, wie ich aktiv gedient hab. Auf das Kommando ‚Bei Fuß' wird das Gewehr auf die rechte Hüfte gestützt, und die Spitze des Kolbens is mit der Fußspitze in einer geraden Linie. Die rechte Hand is dabei ausgestreckt und hält das Gewehr so, daß der Daumen den Lauf umspannt."

„Also genug mit dem Gequatsche!" Wiederum ertönten Feldwebel Nasáklos Kommandorufe: „Habt acht! Rechts schaut! Herrgott, was machen Sie da?" „Ich hab geschultert, und bei ‚Rechts schaut' fährt meine rechte Hand am Gewehrriemen hinunter, umfaßt den Hals des Kolbens, und ich werf den Kopf nach rechts. Aufs Kommando ‚Hab acht' nehme ich wieder mit der rechten Hand den Gewehrriemen, und mein Kopf is geradeaus auf Sie gerichtet!" Und wieder erscholl des Feldwebels Stimme: „In die Balance! Bei Fuß. In die Balance! Schul-tert! Zum Gebet! Vom Gebet! Laden! Schießen! Schießen halbrechts! Ziel Stabswaggon! Fertig! An! Feuer! Setzt ab! An! Feuer! Ruht!" Der Feldwebel drehte sich eine Zigarette.

Schwejk betrachtete unterdessen die Nummer auf dem Gewehr und bemerkte: „Vier-zwei-sechs-acht! Diese Nummer hat eine Lokomotive gehabt, was auf dem Bahnhof in Pečky auf dem sechzehnten Gleis gestanden is. Sie sollte zur Reparatur weggeschafft wern, aber das war nich so leicht, weil der Lokomotivführer, was sie hat wegziehn solln, ein sehr schlechtes Zahlengedächtnis gehabt hat. Da hat ihn der Streckenmeister in die Kanzlei gerufen und ihm gesagt: ‚Geben Sie gut acht, wenn Sie schon so einen schwachen Kopf für Zahlen ham! Die Lokomotive, die Sie ins Depot bringen sollen, hat die Nummer vier-zwei-sechs-acht. Also: die erste Ziffer is eine Vier, die zweite eine Zwei. Sie merken sich also zweiundvierzig, das is zweimal zwei, und vorn die Vier, dividiert durch zwei ist zwei!“

Und wieder ham Sie nebeneinander vier und zwei. Wieviel is zweimal vier? Acht, nicht wahr? Prägen Sie sich also ein, daß die Acht in der Zahl vier-zwei-sechs-acht die letzte in der Reihe is, und jetzt müssen Sie sich nur noch irgendwie geschickt die Sechs merken, die vor der Acht steht. Das is furchtbar einfach. Die erste Ziffer is Vier, die zweite eine Zwei, na, und vier und zwei is sechs. Jetzt sind Sie schon sicher, daß die zweite von hinten eine Sechs is, und die Reihenfolge der Ziffern wird Ihnen niemals mehr aus dem Gedächtnis schwinden. Oder Sie können auch zu diesem Resultat viel einfacher gelangen...‘ “
Da hörte der Feldwebel zu rauchen auf, glotzte Schwejk an und stotterte nur: „Kappe ab!“

Schwejk fuhr mit ernstem Gesicht fort: „Er hat es ihm also auf die einfachste Art erklärt: Acht weniger zwei is sechs. Jetzt merkt er sich also schon achtundsechzig. Sechs weniger zwei is vier; schon merkt er sich vierachtundsechzig und dann is noch die Zwei dazwischen, also vier-zwei-sechs-acht. Es is auch nich zu anstrengend, wenn man's anders macht, und zwar mit Hilfe vom Multiplizieren und Dividieren. ‚Merken Sie sich', hat der Streckenmeister gesagt, ‚zweimal zweiundvierzig is vierundachtzig. Das Jahr hat zwölf Monate. Man subtrahiert also zwölf von vierundachtzig, und es verbleibt uns zweiundsiebzig, davon noch zwölf Monate, das macht sechzig. Wir haben also schon eine sichere Sechs, und die Null streichen wir. Jetzt merkn wir uns zweiundvierzig, vierundsechzig, vier...' Ihnen is doch am End nich schlecht, Herr Feldwebel? Donnerwetter, ich muß eine Tragbahre holn!"

Der herbeigerufene Arzt konstatierte, daß es entweder Sonnenstich oder akute Gehirnhautentzündung sei. Als der Feldwebel zu sich gekommen war, stand Schwejk neben ihm und sagte: „Damit ich Ihnen diese Geschichte zu Ende erzähl. Glauben Sie, daß sich dieser Lokomotivführer das gemerkt hat? Er hat alles mit drei multipliziert, weil er sich an die heilige Dreifaltigkeit erinnert hat, und die Lokomotive hat er nich gefunden!"
Der Feldwebel schloß wiederum die Augen. Und als Schwejk in seinen Waggon zurückgekehrt war, gab er auf die Frage, wo er so lange gewesen sei, folgende Antwort: „Wer einem anderen Laufschritt lernt, der macht hundertmal Gewehr schultert!"
Hinten im Waggon zitterte Baloun. Als die Henne schon gekocht war, hatte er Schwejks halbe Portion aufgefressen.

Vor der Abfahrt holte den Transport eine Bahn mit Nachzüglern ein. Unter ihnen befand sich auch der Einjährige Marek, der wegen Meuterei angeklagt worden war, weil er die Aborte nicht hatte reinigen wollen. Als er sich beim Bataillonskommando meldete, sagte Hauptmann Sagner zu ihm: „Das Regiment muß sich schämen für Sie! Aber Sie können Ihren Fehler wiedergutmachen, Sie sind ein intelligenter Mensch und sicher ein guter Stilist. Ich werde sie zum Bataillonsgeschichtsschreiber ernennen!"
Der Einjährige legte die Hand aufs Herz und sagte: „Ich werde die ruhmreichen Tage unseres Bataillons beschreiben, sobald es das Schlachtfeld mit seinen Heldensöhnen bedeckt, damit die Seiten der Geschichte unseres Bataillons voller Lorbeeren sind."

Dann ließ Hauptmann Sagner den Feldwebel Vaněk zu sich rufen: „Der Einjährigfreiwillige Marek wird sich mit Schwejk in einem Waggon aufhalten. Marek is politisch verdächtig. Mein Gott! Von wem sagt man das heute nicht. Sie verstehen mich doch. Ich mache Sie also nur darauf aufmerksam, daß Sie ihn sofort zum Schweigen bringen müssen, falls er vielleicht etwas sagen sollte, was... Na, Sie verstehen schon! Sagen Sie ihm einfach, daß er solche Reden für sich behalten soll, und damit genug! Daß es Ihnen ja nicht einfällt, gleich zu mir gerannt zu kommen! Erledigen Sie's mit ihm freundschaftlich. Kurz und gut, ich will nichts hören, weil... Verstanden! So eine Sache fällt doch immer aufs ganze Bataillon zurück!"

Nach seiner Rückkehr in den Waggon nahm Vaněk den Einjährigen Marek beiseite und sagte ihm: „Menschenskind, Sie sind ja politisch verdächtig! Aber das macht nichts. Nur reden Sie hier nich viel vor diesem Chodounský, dem Telegraphisten, herum."

Kaum hatte er das gesagt, kam Chodounský herangewankt, fiel dem Rechnungsfeldwebel um den Hals und schluchzte mit trunkener Stimme: „Wir wern einander niemals verlassen, was ich im Telephon hör, werd ich euch gleich sagen. Auf den Eid scheiß ich!" In der Ecke betete unterdessen Baloun mit lauter Stimme zur Mutter Gottes, daß sie ihm helfen möge. Und wirklich, sie half. Marek zog aus seinem magern Rucksack ein paar Büchsen Sardinen und gab jedem eine.

Baloun machte den Koffer des Oberleutnant Lukáš auf und legte die Büchse Sardinen, die er vorher gestohlen hatte, wieder hinein. Als nun aber alle ihre Sardinen mit Appetit verzehrten, geriet Baloun in Versuchung, öffnete den Koffer wieder und verschlang die Sardinen.

Da tauchte die Ordonnanz Matušič vor dem Waggon auf und rief hinauf: „Baloun, du sollst deinem Oberleutnant die Sardinen bringen!"

„Na, das wird Ohrfeigen setzen!" sagte Feldwebel Vaněk.

„Was haben Sie denn angestellt, daß Gott Sie so straft", sagte der Einjährige, „in Ihrer Vergangenheit muß es irgendeine Sünde geben. Haben Sie vielleicht als Bub im Pfarrkeller den Meßwein ausgetrunken? Oder haben Sie dem Pfarrer Birnen vom Baum gestohlen?"

„Ja, das ist es“, sagte der Einjährige, „Sie verstehen es eben nicht, so zu beten, daß Sie Gott so bald als möglich aus der Welt nimmt!“
Baloun stieß unter Stöhnen hervor, er habe schon so oft gebetet, daß ihm der Magen zusammenschrumpfe.
„Die Frau mit den Kindern ist deswegen schon auf Wallfahrt nach Klokoty gegangen.“
„Klokoty kenn ich“, bemerkte Schwejk, „das is bei Tábor. Dort ham sie eine reiche Jungfrau Maria mit falschen Brillanten. Ein Kirchendiener aus der Slowakei hat sie stehln wolln. Zuvor wollt er aber von allen alten Sünden gereinigt werdn, und darum hat er auch gebeichtet, daß er anderntags die Jungfrau Maria bestehln will. Er ist nicht mal bis zum Beten gekommen. Kaum hat er's gesagt, ham sie ihn schon auf die Gendarmeriestation gebracht.“

„Nicht mal die Wallfahrt nach Klokoty hat gegen meine Gefräßigkeit genützt“, fuhr Baloun fort. „Noch vor die Frau von der Wallfahrt heimkommt, ham zwei Hennen gefehlt. Einmal, wie grad die Kinder in Klokoty gebetet ham, daß ihr Vater derweil zu Haus nichts auffrißt, is mir plötzlich ein Truthahn in die Augen gefallen. Und damals hab ich's fast mit dem Leben bezahlt. Der Schenkelknochen von diesem Truthahn is mir im Hals steckengeblieben, und ohne meinen Müllerburschen, was mir den Knochen herausgezogen hat, möcht ich schon nicht mehr hier sitzen. Klein war mein Müllerbursch, dick, untersetzt, ziemlich fett...“
„Zeig die Zunge!“ sagte Schwejk.
Baloun steckte die Zunge heraus.
„Ich hab's gewußt“, rief Schwejk, „er hat sogar den Müllerburschen aufgefressen.“

Das Bataillon war schon bis nach Füzes Abony gelangt, als man merkte, daß einer Kompanie die Feldküche fehlte. Nachforschungen ergaben, daß die unglückselige Küche in Bruck geblieben war. Das Küchenpersonal war nämlich vor der Abfahrt wegen übermütigen Benehmens in der Stadtwache eingesperrt worden und hatte es so einzurichten verstanden, daß es immer noch im Arrest saß, als seine Marschkompanie längst auf der Fahrt durch Ungarn war. Die Kompanie ohne Küche wurde also einer anderen Feldküche zugeteilt, was nicht ohne Streit zwischen den Mannschaften beider Kompanien abging, die zum Kartoffelschälen eingeteilt waren. Sie versuchten sich gegenseitig zu überzeugen, daß sie nicht so blöd seien, sich für die andern abzuschinden.

Auf den anderen Gleisen des Bahnhofs standen Waggons mit zerstörten Flugzeugen und Geschützen. Leutnant Dub kam heran und hörte Schwejks biedere Stimme: „Man kann's nehmen, wie man will, es is eben Kriegsbeute. Aufn ersten Blick wird man zwar stutzig, wenn man hier auf der Lafette ‚K.u.K. Artilleriedivision' liest. Wahrscheinlich is aber dieses Geschütz den Russen in die Hände gefalln, und wir ham es wieder zurückerobern müssen. Das is halt so wie mit jenem Soldaten aus den napoleonischen Kriegen, dem der Feind im Gefecht die Feldflasche aus der Hand gerissen hat. Dieser Soldat is in der Nacht ins feindliche Lager gegangen und hat die Feldflasche zurückgeholt. Und hat dabei noch verdient, weil der Feind auf die Nacht Schnaps gefaßt hat!"
Dub sagte nur: „Schwejk, schaun Sie, daß Sie weiterkommen!"

Kaum hatte sich Schwejk entfernt, begegnete er Oberleutnant Lukáš und meldete: „Melde gehorsamst, Kompanieordonnanz Schwejk bittet um Befehle.“
„Hören Sie, Schwejk“, sagte der Oberleutnant, „Sie haben wohl schon vergessen, wie ich Sie genannt habe?“ — „Melde gehorsamst, daß ich's nicht vergessen hab, weil ich nicht ein gewisser Einjährigfreiwilliger Eisner bin. Da hamr damals den Obersten Fiedler von Bumerang gehabt. Und einmal, am ersten Mai, hat's Befehl gegeben, daß kein Soldat aus der Kaserne rausdarf. Da is dieser Oberst Fiedler in Prag herumgegangen, und irgendwo beim Pulverturm hat er auch glücklich diesen Eisner getroffen, der schon vom Tag vorher draußen war.

Und der Oberst hat den Eisner sofort in gebrochenem Tschechisch angebrüllt: ‚Ich dir geben, ich dir zeigen! Du mein! Ich froh sein, daß dich erwischen, ich dir zeigen Ersten Mai. Du sein mein, ich dich einsperren, fein einsperren!‘ Dann hat er ihn geschnappt und in die Kaserne geschleppt. Aufm ganzen Weg hat er die schlimmsten Drohungen ausgestoßen und ihn immerfort gefragt, wie er heißt. ‚Eisner, Eisner, ich dir geben, ich dir zeigen!‘ Und dem Eisner war schon alles egal. Wie sie so über den Poříč gegangen sind, is der Eisner in einen Hausflur gesprungen und durchs Durchhaus verschwunden. So hat er dem Kautschukgreis die Freude daran verdorben, daß er ihn ins Arrest sperren wird.

Den Oberst hat's so aufgeregt, daß er im Zorn vergessen hat, wie der Delinquent heißt. Er hat die Namen verwechselt, und wie er wieder in der Kaserne war, sprang er vor Wut bis an die Decke. Das Zimmer war aber niedrig, und die Bataillonsinspektion hat sich gewundert, warum der Alte auf einmal brüllt: ‚Kupfermann einsperren! Nein, Kupfermann nicht einsperren! Bleier einsperren! Nickelmann einsperren!' Und so hat der Alte Tag für Tag sekkiert und hat immerfort gefragt, ob sie schon den Kupfermann, Bleier oder Nickelmann erwischt ham. Das ganze Regiment hat er ausrücken lassen, aber alle ham gewußt, daß er den Eisner sucht, und so hat man ihn ins Marodenzimmer gesteckt, weil er Zahntechniker war. Bis es dann einmal einem von unserm Regiment gelungen is, einen Dragoner im Wirtshaus zu erstechen.

Da ham alle ausrücken müssn, sogar die ausm Marodenzimmer, und wer sehr marod gewesen is, den ham zwei gehalten. Und so hat's nichts genützt, der Eisner hat ausrücken müssn. Unser Oberst hat dreingeschaut wie ein Tiger, is ums Karree herumgegangen, und plötzlich hat er den Eisner entdeckt. Der Oberst hat angefangen, vor dem Eisner in die Höh zu springen, und hat dabei gebrüllt: ‚Du mir nicht entgehn, du mir nicht weglaufen!' Er hat ihm einen Monat aufgebrummt, aber dann hat er selbst Zahnweh gekriegt und den Eisner aufs Marodenzimmer bringen lassn, damit er ihm den Zahn zieht. Und Eisner hat ihn eine halbe Stunde lang gezogen, daß der Alte dreimal in Ohnmacht gefallen is. Da is er endlich zahm geworn und hat dem Eisner die restlichen vierzehn Tage verziehen."

„Wissen Sie, Schwejk", sagte Oberleutnant Lukáš, „daß Sie Ihre Vorgesetzten gar nicht schätzen? Der Soldat soll doch von seinem Vorgesetzten nur Gutes sagen." — „Melde gehorsamst, Herr Oberlaitnant, der Herr Oberst Fiedler is ja schon längst tot. Er war Ihnen ein fertiger Engel auf die Soldaten, er war wie der heilige Martin. Mit dem nächsten, dem er begegnet is, hat er sein Mittagmahl aus der Offiziersmesse geteilt, und wie wir uns schon an Knödln überfressen ham, so hat er uns noch Grenadiermarsch mit Schweinefleisch machen lassn..."
Oberleutnant Lukáš gab Schwejk einen leichten Schlag übers Ohr und sagte in freundschaftlichem Tone: „Also geh schon, du Halunke, laß ihn selig ruhn!"

Vor dem Waggon, in dem die Telephonanlage untergebracht war, stand ein Posten. An diesem Tage lautete der Feldruf: „Kappel". Der Posten, der sich ihn merken sollte, war ein Pole. Stolz antwortete er Leutnant Dub, der ihn nach der Tagesparole fragte: „Kaffee." Und als sich ihm der Leutnant ständig näherte, rief er drohend: „Halt!" Kaum hatte jedoch Leutnant Dub noch zwei Schritte gemacht und wieder nach dem Feldruf gefragt, zielte der Soldat mit dem Gewehr auf ihn und rief in polnisch-deutschem Kauderwelsch aus: „Bentsche schaißn! Bentsche schaißn!"
Leutnant Dub verstand, wich zurück, wobei er rief: „Wachkommandant!"

Darauf erschien Zugführer Jelínek, der den Polen auf den Posten geführt hatte, und fragte ihn selbst nach dem Feldruf. Der verzweifelte Pole aus Kolomea antwortete mit einem Schrei, der auf dem ganzen Bahnhof widerhallte: „Kaffee, Kaffee!“ Aus allen Waggons sprangen Soldaten mit Eßschalen heraus. Es entstand eine furchtbare Panik, die damit endete, daß der arglose Posten entwaffnet und in den Arrestantenwagen abgeführt wurde. Leutnant Dub hatte jedoch Schwejk in Verdacht und wollte seinen Kopf darüber geben, daß er ihn hatte rufen hören: „Mit den Eßschalen raus, mit den Eßschalen raus!“
Nach Mitternacht setzte sich der Zug in Bewegung und fuhr über Ladovec, Trebišov nach Humenné, wo es Mittagessen gab.

Umstellt von ungarischen Gendarmen, stand dort auf dem Perron eine Gruppe verhafteter ungarischer Ukrainer. Fast alle hatten zerschlagene Nasen und Beulen am Kopf. Unweit davon ließ ein madjarischer Gendarm seine Gefühle an einem russischen Popen aus. Mit einem Strick, dessen Ende er in der Hand hielt, hatte er ihn am linken Fuß festgebunden und zwang ihn, Csárdás zu tanzen. Ab und zu zog er an dem Strick, so daß der Pope auf die Nase fiel. Dabei brach der Gendarm immer in ein so herzhaftes Gelächter aus, daß ihm die Tränen übers Gesicht liefen. Schließlich machte ein Gendarmerieoffizier dieser Szene ein Ende.
Diese Episode gab im Stabswagen Anlaß zu einigen Gesprächen, aber im großen und ganzen kann man sagen, daß die Mehrzahl so etwas verurteilte.

Oberleutnant Lukáš suchte Schwejk auf. „Hören Sie, Schwejk, könnten Sie nicht eine Flasche Kognak auftreiben? Ich fühl mich nicht ganz wohl."
„Melde gehorsamst, das macht die Luftveränderung. Ein gewisser Kalenda is mal aus Strašnice auf die Weinberge gegangen. Unterwegs hat er in der Kronengasse ein Wirtshaus nachm andern aufgesucht und war schon ganz malad. Aber weil er gewettet hat, daß er eine Reise um die Welt machen wird, is er noch ins ‚Schwarze Brauhaus', zum ‚Heiligen Thomas' und zum ‚Montag' gegangen, und plötzlich is er aufm Lorettoplatz gewesen. Dort hat er aber solches Heimweh gekriegt, daß er sich der Länge nach aufs Trottoir geschmissn hat und gerufen hat: ‚Ich pfeif auf die Reise um die Welt!' "

„Kehrt euch! Marschieren — marsch!" unterbrach ihn Oberleutnant Lukáš. Schwejk ging also vor den Bahnhof, und als er gerade hinter dem Perron einbiegen wollte, stieß er wieder mit Leutnant Dub zusammen. „Was treibst du dich da herum?" fragte er Schwejk. „Kennst du mich?"
„Melde gehorsamst, daß ich Sie nicht von Ihrer schlechten Seite kennenzulernen wünsch."
Leutnant Dub war starr vor Schrecken, aber Schwejk stand ruhig vor ihm und fuhr fort: „Melde gehorsamst, daß ich Sie nur von der guten Seite kennenlernen will, damit Sie mich nicht zum Weinen bringen, wie Sie mir's letztemal versprochen ham!"
Leutnant Dub schrie nur: „Pack dich, du Lump, wir sprechen uns noch!"
Schwejk ging weiter, und Leutnant Dub folgte ihm.

Hinter dem Bahnhof stand mit dem Boden nach oben eine Riehe von Tragkörben, auf denen Strohschüsseln mit verschiedenen Leckerbissen ausgestellt waren, die ganz unschuldig aussahen. Es gab Bonbons, Gurken und andere gute Dinge. Im Inneren der Tragkörbe jedoch war Alkohol versteckt. Gleich beim ersten Korb kaufte Schwejk Bonbons, wobei ihm ein Herr mit Schläfenlocken zuflüsterte: „Schnaps hab ich auch, gnädiger Herr Soldat!" Die Unterhandlungen näherten sich ihrem Ende, und Schwejk begab sich in eine Holzbude, wo man die Geschäfte abzuschließen pflegte, und kostete aus der Flasche. Er war mit dem Kognak zufrieden. Die Flasche steckte er unter die Bluse und kehrte zum Bahnhof zurück.

Leutnant Dub vertrat ihm den Weg zum Perron. „Wo warst du, du Schuft?"
„Melde gehorsamst, Herr Laitnant, daß ich Bonbons kaufen war." Schwejk griff in die Tasche und zog eine Handvoll schmutziger, verstaubter Bonbons hervor: „Wenn sich Herr Laitnant nich ekeln möcht — ich hab sie schon gekostet, sie sind nicht schlecht. Sie ham so einen angenehmen eigenartigen Geschmack wie nach Powidel." Auf der Bluse zeichneten sich die runden Umrisse der Flasche ab.
Leutnant Dub griff nach ihr. „Was hast du da, du Lump? Raus damit!" Schwejk zog die Flasche mit der gelblichen Flüssigkeit und dem unmißverständlichen Etikett „Cognac" hervor.

„Melde gehorsamst, Herr Laitnant, ich hab in eine leere Kognakflasche ein bißl Trinkwasser gepumpt. Ich hab von diesem Gulasch noch so einen schrecklichen Durst. Nur is das Wasser, wie Sie selbst sehn, Herr Laitnant, bißl gelblich. Sicher is es eisenhaltig."
„Wenn du solchen Durst hast, Schwejk", sagte der Leutnant und lächelte dabei diabolisch, „so trink doch alles auf einen Zug aus!" Leutnant Dub dachte, Schwejk käme nach einigen Schlucken nicht mehr weiter. Welch ein Triumph, wenn er sagen könnte: ‚Reich mir die Flasche!'
Schwejk jedoch nahm den Korken ab, legte die Flasche an den Mund, und ihr Inhalt verschwand Schluck für Schluck in seiner Kehle. Leutnant Dub war starr.

Ohne mit der Wimper zu zucken, trank Schwejk vor Dubs Augen die ganze Flasche aus. Die leere Flasche warf er dann in einen Teich neben der Straße, spuckte aus und sagte: „Dieses Wasser hat wirklich einen Beigeschmack von Eisen gehabt. In Kamýk an der Moldau hat ein Gastwirt alte Hufeisen in den Brunnen geschmissen. Auf diese Weise hat er für seine Sommergäste eisenhaltiges Wasser gehabt."
„Ich werd dir geben, alte Hufeisen! Komm und zeig mir den Brunnen, aus dem du das Wasser hast! Geh voraus, du Lump, damit ich seh, ob du dich gerade hältst!" Das ist wirklich eigenartig, sagte sich Leutnant Dub, diesem elenden Kerl ist aber auch gar nichts anzumerken.

In Gottes Willen ergeben, ging also Schwejk voraus. Eine innere Stimme sagte ihm ständig, hier müsse ein Brunnen sein, und tatsächlich war auch einer da. Sogar eine Pumpe stand dort. Als Schwejk sie in Bewegung setzte, gab sie gelbliches Wasser, so daß er feierlich erklären konnte: „Da is das eisenhaltige Wasser, Herr Laitnant."
Der verängstigte Herr mit den Schläfenlocken kam näher, und Schwejk sagte ihm, er solle doch irgendein Glas bringen, damit der Herr Laitnant trinken könne. Leutnant Dub war von all dem schon derart blöd, daß er das ganze Glas Wasser austrank. Völlig verwirrt gab er dem Juden mit den Schläfenlocken ein Fünfkronenstück und sagte, zu Schwejk gewandt: „Was gaffst du da herum, schau, daß du nach Haus kommst!"

Fünf Minuten später tauchte Schwejk vor dem Stabswaggon auf und lockte durch geheimnisvolle Gesten Oberlautnant Lukáš heraus: „Melde gehorsamst, Herr Oberlaitnant, daß ich in fünf, spätestens aber in zehn Minuten völlig besoffen sein wer. Alles war in Ordnung, nur der Herr Laitnant Dub hat mich erwischt. Ich hab ihm gesagt, daß es Wasser ist. So hab ich müssen vor ihm die ganze Flasche austrinken, aber jetzt spür ich's schon, mir schlafen die Füße ein..."
„Schieb ab, du Vieh!" rief Lukáš, seine Stimme verriet jedoch keinen Groll. Schwejk kletterte vorsichtig in seinen Waggon, legte sich auf seinen Mantel und sagte zu den andern: „Einmal hat sich euch ein Mensch besoffen und hat gebeten, daß man ihn nicht wecken soll..."

Im Waggon saß der Einjährigfreiwillige Marek an seinem Tisch und verfaßte auf Vorrat Heldentaten seines Bataillons. „Ich werde etwas über unsere Toten schreiben", sagte er zum Rechnungsfeldwebel Vaněk, „die Geschichte des Bataillons darf sich nicht nur aus trockenen Tatsachen über unsere Siege zusammensetzen, deren ich schon zweiundvierzig im voraus verzeichnet habe. Sie, zum Beispiel, Herr Vaněk, werden an den Ufern eines kleinen Flüßchens fallen, und unser Baloun da wird nicht durch eine Kugel oder eine Granate sterben; ihn erwartet eine ganz andere Todesart. Er wird mit einem Lasso erdrosselt werden, das gerade in dem Augenblick aus einem feindlichen Flugzeug geschleudert wird, da er seinen Oberleutnant Lukáš verzehrt."

Baloun fuchtelte verzweifelt mit den Händen herum und sagte deprimiert: „Ich kann ja nichts dafür, daß ich immer Hunger hab. Einmal, wie ich noch aktiv gedient hab, hab ich dreimal in der Küche um Menage gezeigt, und dafür bin ich dann einen Monat gesessen. Gottes Wille geschehe!"
„Des weiteren", sagte Marek und blätterte in seinen Notizen, „beispielloser Heldenmut! Unser Koch Jurajda stürzt sich mit einem Kessel siedender Suppe auf den Feind und verbreitet Angst und Schrecken. Wundervoll ist sein Tod: Er erstickt an Giftgas, das ihm der Gegner unter die Nase hält, da er nichts anderes bei sich hat, um sich zu wehren. Jurajda stirbt mit dem Ruf: ‚Es lebe unser Bataillonskommandant!' "

„Wenn Schwejk Sie so hören könnte", sagte Rechnungsfeldwebel Vaněk. Schwejk murmelte nur „hier" und schlief weiter. Da tauchte in der halbgeöffneten Waggontür der Kopf des Leutnants Dub auf. „Ist Schwejk hier?" fragte er.
„Melde gehorsamst, Herr Leutnant, er schläft", antwortete der Einjährigfreiwillige Marek.
„Wenn ich nach ihm frage, Sie Einjährigfreiwilliger, springen Sie sofort auf und rufen ihn."
„Das geht nicht, Herr Leutnant, er schläft."
„Also wecken Sie ihn! Ich wundere mich, daß Ihnen das nicht gleich eingefallen ist. Sie sollten Ihren Vorgesetzten etwas mehr Dienstiefer bezeigen! Sie kennen mich noch nicht! Aber bis Sie mich kennenlernen..."

Der Einjährigfreiwillige Marek wollte Schwejk wecken.
„Schwejk, es brennt, steh auf!"
„Wie damals die Odkolekmühlen gebrannt ham", brummte Schwejk und drehte sich dabei auf die andere Seite, „is die Feuerwehr bis aus Vysočany gekommen..."
„Belieben sich zu überzeugen, daß ich ihn wecke", sagte der Einjährige freundlich zu Dub, „aber es geht nicht." Leutnant Dub geriet in Zorn. „Wie heißen Sie? Marek?"
„Jawohl, Herr Laitnant, und jetzt bin ich zum Bataillonsgeschichtsschreiber ernannt worden."
„Sie werden es nicht lange bleiben", brüllte Leutnant Dub und wurde feuerrot im Gesicht, „dafür werde ich schon sorgen!" Wütend verließ er den Waggon und vergaß Schwejk...

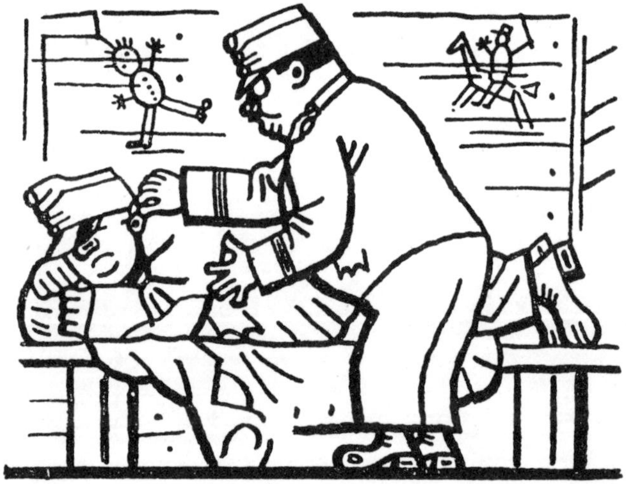

Feldkurat Katz

Oberleutnant Lukáš

Kompanieordonnanz Josef Schwejk

Der Einjährig-Freiwillige Marek

. . . zu rufen, obwohl er vor einer Weile hatte Schwejk beordern und ihm sagen wollen: „Hauch mich an!" Als er nach einer halben Stunde wieder zum Waggon zurückgekommen war, hatte inzwischen die Mannschaft schwarzen Kaffee mit Rum gefaßt. Schwejk war schon wach und sprang wie ein Reh aus dem Waggon heraus.
„Hauch mich an!" brüllte ihn Leutnant Dub an. „Wonach stinkst du, Kerl?"
„Melde gehorsamst, daß Ich nach Rum stink."
„Na, siehst du, Bürscherl, zum Schluß haben wir dich doch gekriegt", rief Dub trumphierend aus.
„Jawohl, Herr Laitnant", sagte Schwejk mit der größten Ruhe, „grad hamr Rum mit Kaffee gefaßt, und ich hab zuerst den Rum ausgetrunken."
Leutnant Dub ging verlegen davon.

Aber gleich kam er wieder zum Waggon zurück und sagte: „Merkt euch alle, daß die Zeit kommt, wo ihr vor mir winseln werdet!" Zu mehr raffte er sich nicht auf und ging zum Stabswaggon, wo Hauptmann Sagner gerade einen Unglücklichen von der 12. Kompanie verhörte, der von irgendwoher eine mit Blech beschlagene Schweinestalltür herbeigeschafft hatte. Dieser Mann redete sich jetzt darauf aus, daß er sie als Schutz gegen die Schrapnells mitnehmen wollte. Das gab Leutnant Dub Anlaß zu einer großen Strafpredigt, wie sich ein Soldat benehmen solle. Dieses Gequatsche widerte den Hauptmann Sagner derart an, daß er dem Übeltäter auf die Schulter klopfte und sagte: „Tragen Sie's wieder zurück, und scheren Sie sich zum Teufel!"

Leutnant Dub bildete sich ein, daß die Aufrechterhaltung der sich langsam zersetzenden Disziplin eigentlich nur von ihm abhänge. Deshalb unternahm er noch einen Rundgang um den Bahnhof und fand bei einem Magazin mit der Aufschrift „Rauchen verboten" einen Soldaten, der Zeitung las. „Habt acht!" brüllte er und rüttelte ihn. Der madjarische Soldat erhob sich, hielt es nicht einmal für nötig zu salutieren und ging davon.

Leutnant Dub folgte ihm wie in Trance, der madjarische Soldat beschleunigte jedoch seinen Schritt, und als er sich umdrehte, hob er spöttisch die Hände hoch, um dem Leutnant zu zeigen, daß er dessen Zugehörigkeit zu einem tschechischen Regiment sofort erkannt hatte. Dann verschwand er.

Um zu beweisen, daß er mit dieser Szene eigentlich nichts zu tun hatte, betrat Leutnant Dub majestätisch einen kleinen Laden, wo er eine Spule Zwirn kaufte. Nach seiner Rückkehr in den Waggon rief er seinen Diener Kunert und sagte zu ihm: „Um alles muß ich mich selber kümmern! Wieso haben wir keinen Zwirn?"

„Melde gehorsamst, Herr Leutnant, daß wir ein ganzes Dutzend Spulen haben."

Als ihm Kunert eine volle Schachtel Zwirn gezeigt hatte, sagte der Leutnant: „Siehst du, Kerl, wie dünn dein Zwirn ist, und wie schwer es ist, meinen Zwirn zu zerreißen. Im Felde muß alles solide sein. Wünsch dir nicht, mich kennenzulernen! Du kennst mich noch nicht von der schlechten Seite!"

Etwas später unterhielten sich Schwejk und Kunert über ihre Herren. „Bei meinem Alten gibt's immer Arbeit", sagte Kunert. „Das is eine schöne Sau, und blöd is er wie Dreck!"
„Aber geh weg!" wunderte sich Schwejk. „Und ich hab immer gedacht, daß er ein wirklich braver Mensch is. Wenn er dich vielleicht fragt, ob ich auch über ihn gesprochen hab, so erzähl ihm, wie schön ich gesagt hab, daß ich selten so einen Offizier getroffen hab, was sich so väterlich benimmt wie er. Vergiß auch nicht und sag ihm, daß ich ihn für sehr intelligent halte. Und daß ich dich ermahnt hab, daß du brav bist und ihm alles machst, was du ihm von den Augen abliest. Merk dir das!"

Nach einer Viertelstunde fuhr der Zug nach Nagy-Czaba weiter.
Am Bach unter dem Eisenbahndamm lag eine zerstörte Feldküche. Schwejk zeigte darauf und sagte zu Baloun: „Grad hat die Menage verteilt wern solln, da is eine Granate geflogen gekommen und hat sie so zugerichtet..."
„Das is deshalb", seufzte Baloun, „weil ich gelästert hab. An Gott hab ich noch geglaubt, aber am heiligen Josef hab ich schon gezweifelt."
Der Einjährigfreiwillige meinte: „Da haben Sie entschieden schlecht gehandelt. Der heilige Josef ist doch der Schutzpatron aller Soldaten, die vom Militär loskommen wollen. Er war Zimmermann, und Sie kennen doch den Spruch: „Schaun wir, wo der Zimmermann das Loch gelassen hat!"

Der Zug blieb auf dem Bahndamm stehen. An der Böschung lagen alle möglichen Utensilien, die die Russen weggeworfen hatten. Am Grabenrand stand eine Gruppe Soldaten, und Leutnant Dub stellte sofort fest, daß Schwejk ihnen irgend etwas erklärte.
„Was geht hier vor?" fragte er streng.
„Melde gehorsamst, wir schaun nur, was der Soldat alles auf der Flucht wegschmeißen muß. Wir sehn hier, wie es dumm is, wenn der Soldat überflüssige Sachen mitschleppt".
„Sie glauben also, daß ein Soldat die Patronen wegschmeißen soll?" fragte der Leutnant schnell.
„O keineswegs nicht, Herr Laitnant, belieben Sie sich zu überzeugen, da liegt ein Blechnachttopf!"

Leutnant Dub hätte Schwejk am liebsten hinuntergestoßen, beherrschte sich aber und brüllte: „Abtreten! Und Sie, Schwejk, bleiben hier!"
Sie standen einander allein gegenüber, und Leutnant Dub dachte darüber nach, was er Schreckliches sagen sollte. Schwejk kam ihm aber zuvor: „Melde gehorsamst, Herr Laitnant, wenn wenigstens das Wetter aushalten möcht."
Dub zog den Revolver heraus und fragte: „Kennst du das?"
„Melde gehorsamst, ja. Der Herr Oberlaitnant Lukáš hat nämlich auch so einen."
„Merk dir's also, du Halunke", sagte Leutnant Dub ernst, „damit du weißt, was dir blüht, wenn du deine Propaganda weitermachst." — Und dann ging er fort.

Auf dem Rückweg zu seinem Waggon begegnete Schwejk dem Putzfleck Kunert. Der hatte eine geschwollene Backe und beklagte sich, daß ihn Leutnant Dub mir nichts, dir nichts geohrfeigt habe, nur weil er mit Schwejk verkehre.
„In diesem Falle", sagte Schwejk, „wern wir zum Rapport gehn. Der österreichische Soldat muß sich nur in gewissen Fällen ohrfeigen lassen, dein Herr hat aber alle Grenzen überschritten, wie's der Prinz Eugen sagte: ‚Bis hierher und nicht weiter!' Jetzt mußt du zum Rapport gehn, und wenn du nicht gehst, wer ich dich selbst ohrfeigen, damit du siehst, was das is: Disziplin der Armee. Und ich geh mit dir."
Kunert war ganz benommen und ließ sich von Schwejk zum Stabswaggon führen.

Leutnant Dub beugte sich aus dem Fenster und brüllte: „Was wollt ihr hier, ihr Halunken?"
„Benimm dich würdevoll", ermahnte Schwejk Kunert und schob ihn vor sich her in den Waggon. Im Gang erschien Oberleutnant Lukáš und wunderte sich sehr, denn Schwejk gebärdete sich nicht so gutmütig und bieder wie gewöhnlich. „Melde gehorsamst, Herr Oberlaitnant", sagte Schwejk, „die Sache geht zum Rapport."
„Blödl nur nicht wieder, ich hab's schon satt."
„Erlauben Sie gefälligst", sagte Schwejk, „ich bin Ihre Kompanieordonnanz, und Sie, wenn Sie gestatten, belieben Kommandant der 11. Kompanie zu sein. Ich weiß, daß das komisch klingt, aber ich weiß auch, daß Herr Laitnant Dub Ihnen untergeordnet ist."

„Sie haben den Verstand verloren, Schwejk!“ fiel ihm Oberleutnant Lukáš ins Wort. „Sie sind besoffen, Sie tun besser, wenn Sie weggehen!“
„Melde gehorsamst, Herr Oberlaitnant“, sagte Schwejk, „es sieht grad so aus wie einmal, wie man in Prag einen Versuch mit einem Schutzrahmen gegens Überfahrenwern durch die Elektrische gemacht hat. Der Erfinder hat sich für den Versuch selbst geopfert, und dann hat die Stadt seiner Witwe Schadenersatz zahln müssen.“ Und Schwejk setzte unerbittlich fort: „Alles muß nachn Rapport gehen! Sie ham mir gesagt, daß ich über alles informiert sein muß, und deshalb erlaube ich mir, Ihnen zu melden, daß Herr Laitnant Dub seinen Burschen mir nix, dir nix geohrfeigt hat.“

„Das ist eine merkwürdige Angelegenheit, Schwejk“, sagte Hauptmann Sagner, „warum schleppen Sie mir diesen Kunert her?“
„Melde gehorsamst, Herr Bataillonskommandant, daß alles nachn Rapport gehn muß. Er is blöd, er is vom Herrn Laitnant Dub geohrfeigt worn, und er kann sich's nich leisten, daß er allein zum Rapport geht. Ohne mich hätt er sich gar nich zum Rapport getraut, wie jener Kudelka aus Bytouchov, was im aktiven Dienst so lang zum Rapport gegangen is, bis man ihn zur Marine versetzt hat, wo er auf einer Insel im Stillen Ozean als Deserteur berühmt geworn is. Es is überhaupt sehr traurig, wenn einer wegen solchen paar blöden Ohrfeigen zum Rapport gehn muß.“

Hauptmann Sagner fragte Kunert, was eigentlich geschehen sei. Kunert zitterte aber am ganzen Leibe und erklärte, daß man den Herrn Leutnant Dub fragen könne, daß der ihn überhaupt nicht geohrfeigt habe und daß sich Schwejk alles ausgedacht habe. Dieser peinlichen Situation bereitete Leutnant Dub, der plötzlich auftauchte, selbst ein Ende. Er brüllte nämlich Kunert an: „Willst du noch ein paar Ohrfeigen bekommen?“ Die Sache war also ganz klar, und Hauptmann Sagner teilte Dub einfach mit: „Kunert ist ab heute der Bataillonsküche zugeteilt. Wegen eines neuen Burschen wende dich an Feldwebel Vaněk.“
Leutnant Dub salutierte, und beim Abgang sagte er zu Schwejk: „Wetten, daß Sie einmal hängen werden?“

Kaum war er weggegangen, sagte Oberleutnant Lukáš zu Schwejk: „Sie sind blöd! Und unterstehn Sie sich jetzt nicht, wie es Ihre Gewohnheit ist, ‚Melde gehorsamst, daß ich blöd bin!‘ zu sagen!“
„Frappant“, bemerkte Hauptmann Sagner und beugte sich aus dem Fenster. Gern wäre er aber zurückgetreten, denn es nahte ein Unglück. Leutnant Dub war nämlich unter dem Fenster erschienen.
„Wenn wir die ungeheure Offensive begreifen wollen“, rief Leutnant Dub ins Fenster hinein, „so müssen wir uns darüber klar werden, wie sie sich Ende April entwickelt hat. Wir mußten die russische Front durchbrechen, und als geeignetster Ort für diesen Durchbruch erschien der Abschnitt zwischen Karpaten und Weichsel.“
„Ich streit mich mit dir nicht darüber“, antwortete Hauptmann Sagner trocken.

Als eine halbe Stunde später der Zug in Richtung Sanok weiterfuhr, war Baloun im Waggon mit den Feldküchen. Er hatte sich nämlich die Erlaubnis ausgebeten, den Gulaschkessel mit Brot auszuwischen. Er sah sich aber bald in einer unangenehmen Lage, denn als sich der Zug in Bewegung setzte, flog Baloun kopfüber in den Kessel, und nur seine Füße ragten noch übern Rand, Er gewöhnte sich aber allmählich daran, und aus dem Kessel erscholl ein Schmatzen, als wäre ein Igel darin und jage Schaben. Etwas später ertönte Balouns flehentliche Stimme: „Laßt mich bitte noch drin, es is noch so viel Soße hier.“ Leider währte diese Idylle nur bis zur nächsten Station, dann war der Kessel der 11. Kompanie blankgeleckt, daß die Verzinnung nur so glänzte.

Und es war kaum zu glauben! Auf dem Lubkapaß gelang es Baloun, zwei Portionen Gulasch zu ergattern, und Oberleutnant Lukáš ließ ihm die Hälfte seiner Menage ab. Baloun war restlos glücklich, ließ die Beine aus dem Waggon baumeln, und dieser ganze Krieg schien ihm auf einmal gemütlich und anheimelnd zu sein. Der Koch veralberte ihn und sagte, daß man in Sanok Nachtmahl und noch ein Mittagessen kochen werde, weil die Mannschaft während der ganzen Fahrt nichts bekommen hat. Alle lachten herzhaft darüber, und der Koch sang:

Jupheidi, jupheida,
Gott der Herr ist uns nah,
Schmeißt er uns auch in den Dreck,
Zieht er uns draus wieder weg,
Setzt er uns auf trocken Brot,
Hilft er wieder aus der Not.“

In Kulaschno sahen sie einen zertrümmerten Rote-Kreuz-Zug, der in ein Flüßchen hinabgestürzt war. Darüber regte sich der Koch Jurajda auf und sagte zu den anderen: „Darf man denn auf Waggons mit dem Roten Kreuz schießen?"

„Man darf nich, aber man kann", bemerkte Schwejk, „jeder redet sich dann darauf hinaus, daß es in der Nacht war, wo das rote Kreuz nich zu sehen is. Und überhaupt, auf der Welt gibt's viele Sachen, was man nich tun darf, aber tun kann. Einmal, bei den Kaisermanövern in Pisek, is der Befehl gekommen, daß man die Soldaten am Marsch nich krummschließen darf. Der Hauptmann is draufgekommen, daß ein krummgeschlossener Soldat nich marschieren kann. So hat er die bestraften Soldaten einfach in den Trainwagen werfn lassen, und man is mit ihnen weitermarschiert."

Marek blätterte in seinen Notizen und rief plötzlich: „Sieh mal, da ist gerade etwas über unseren Herrn Vaněk! Passen Sie auf, Herr Rechnungsfeldwebel, was für einen schönen Nachruf Sie in der Bataillonsgeschichte haben werden. Zur Sprengung des feindlichen Panzerzuges meldete sich freiwillig Feldwebel Vaněk. Durch die Explosion wurde er betäubt. Als er wieder das Bewußtsein erlangte, war er schon von Feinden umzingelt. Wegen Spionage wurde er zum Tode durch Erhängen verurteilt. Von der Ruhe, mit der er dem Tode ins Antlitz blickte, zeugt der Umstand, daß er noch vor seiner Hinrichtung mit den feindlichen Offizieren Kaufzwick spielte. Den Spielgewinn widmete er dem russischen Roten Kreuz. Die Militärpersonen, die der Hinrichtung beiwohnten, rührte er dadurch zu Tränen."

Der Koch Jurajda zog aus seinem Rucksack eine Flasche Kognak hervor und sagte: „Ich hab ihn aus der Offiziersmenage genommen. Ihm war vorherbestimmt, von mir gestohlen zu werden, so wie mir vorherbestimmt war, ein Dieb zu werden."
„Und es wär auch nicht schlecht", ließ sich Schwejk vernehmen, „wenn uns vorherbestimmt wär, Ihre Mitschuldigen zu wern." Und jene Vorbestimmung ging tatsächlich in Erfüllung. Trotz des Protestes des Feldwebels Vaněk, der behauptete, daß man den Kognak aus der Eßschale trinken und gerecht verteilen solle, machte die Flasche die Runde. Zu guter Letzt wurde der Vorschlag angenommen, nach dem Abc zu trinken, mit der Begründung, daß auch der Name irgendwie vorbestimmt sei. Vaněk trank also den Rest aus und hatte so einen Schluck mehr.

Dann spielte man gewöhnlichen Zwick. Der Einjährigfreiwillige hatte die Gewohnheit, beim Stechen fromme Sprüche zu zitieren. Wenn er einen Unter stach, rief er: „O Herr, laß mir diesen Knappen das ganze Jahr, auf daß ich mit ihm ackere und dünge und er mir Früchte bringe." Chodounský hatte schon seinen Sold auf ein halbes Jahr im voraus verloren. Marek verlangte von ihm einen Schuldschein, dahin lautend, daß Rechnungsfelwebel Vaněk bei Auszahlung der Löhnung ihm Chodounskýs Sold auszahle.
„Fürcht' dich nich, Chodounský", tröstete ihn Schwejk. „Wenn du Glück hast, fällst du im ersten Gefecht, und Marek kann sich mit deinem Schuldschein das Maul abwischen. Unterschreib's ihm nur!" Chodounský entgegnete freundlich: „Kusch, Tantchen!"

Im Gebäude des Sanoker Gymnasiums fand eine Beratung der Bataillonsoffiziere statt. Nur Leutnant Dub fehlte, und Schwejk erhielt den Befehl, ihn zu suchen. Schwejk fand Dub in einer verrufenen Kaschemme. Leutnant Dub war völlig besoffen und glotzte Schwejk überrascht an. Es fiel ihm ein, daß man Schwejk zu ihm zum Rapport geschickt habe, und deshalb sagte er: „Gleich erledige ich dich!" Und während er den schriftlichen Befehl in Stücke riß, lachte er: „Bei uns gilt keine Entschuldigung!"
„Melde gehorsamst, Herr Laitnant, das is ein allerhöchster Befehl von der Brigade, daß sich die Herren Offiziere anziehen und zur Bataillonsbesprechung kommen sollen. Es soll darüber entschieden wern, wann wir aufbrechen, und ich denk, daß Sie auch was hineinzureden ham."

Auf der Straße stieg es dem Leutnant Dub wieder zu Kopf. Er erzählte Schwejk, daß er gleich nach der Matura seinen Klassenvorstand nich gegrüßt und zu Hause eine Briefmarke aus Helgoland habe. „Ich versteh Sie", antwortete Schwejk darauf, „Sie reden wie der Klempner Pokorný aus Budweis. Der, wenn ihn die Leute gefragt ham: ‚Ham Sie heuer schon in der Maltsch gebadet?', so hat er geantwortet: ‚Nein, ich hab noch nich gebadet, aber dafür wird's heuer viel Zwetschgen gebn.' Oder auf die Frage: ‚Ham Sie heuer schon Schwammerln gegessen?' hat er geantwortet: ‚Nein, ich hab heuer noch keine gegessen, aber dieser Sultan von Marokko is herich ein sehr anständiger Mensch.' "
Dub blieb stehen: „Was, der Sultan von Marokko? Das ist ja eine erledigte Größe, aber so geschwitzt hab ich nicht mal im Winter."

Oberleutnant Lukáš ließ Kunert, den Putzfleck von Leutnant Dub, rufen, damit er seinen Herrn wegführe und ihn auf einen Diwan lege. Dub ergriff Kunerts Hand und erklärte, daß er aus der Handfläche den Namen von Kunerts zukünftiger Gattin erraten werde. „Wie heißen Sie? Kunert? Kommen Sie also nach einer Viertelstunde wieder. Ich lasse Ihnen einen Zettel mit dem Namen Ihrer Zukünftigen hier." Kaum hatte er den Satz ausgesprochen, fing er an zu schnarchen. Nach einer Weile erwachte er aber wieder und schmierte etwas in sein Notizbuch. Kunert war ein so gutmütiger Trottel, daß er wirklich nach einer Viertelstunde wiederkam. Und als er den Zettel vom Fußboden aufgehoben hatte, entzifferte er Dubs Geschreibsel: „Der Name Ihrer Zukünftigen lautet: Frau Kunert."

Die 11. Kompanie marschierte um halb sechs nach Turowa-Wolska ab. Hinten watschelte Schwejk mit dem Kompaniestab und unterhielt sich mit dem Rechnungsfeldwebel Vaněk über die Manöver bei Velké Meziříčí. „Das war akkurat so eine Gegend wie hier, nur daß wir nich so feldmarschmäßig marschiert sind, weil wir damals noch nich gewußt ham, was Reservekonserven sind. Wenn wir eine Konserve gefaßt ham, so hamr sie sofort aufgefressen und an ihre Stelle einen Ziegel in den Rucksack gesteckt. In einem Dorf is Inspizierung gekommen, hat uns alle Ziegel ausm Rucksack herausgeschmissen, und es waren ihrer so viele, daß sich ein dortiger Einwohner ein Einfamilienhaus daraus gebaut hat."

Sie marschierten weiter. „So hamrs bei den Manövern in Písek auch mal gemacht“, sagte Schwejk und zeigte dabei auf die zertrampelten Felder. „Ein gewisser Picha, ein Bauer, hat vom Ärar die achtzehn Kronen Schadenersatz nich annehmen wolln, hat einen Prozeß angefangen und dafür achtzehn Monate gekriegt. Ich denk halt, er hätt seinen Töchtern weiße Kleider anziehen, ihnen Blumensträuße in die Hand stecken und sie auf seinem Grundstück aufstelln solln, damit sie den hohen Herrn begrüßen, wie ich's in einem Buch über Indien gelesen hab, wo sich die Untertanen von dem Elefanten von einem Herrscher ham zertreten lassn. Ich mein den Elefanten, was auf seinem Rücken diesen Herrscher getragen hat.“

Hinten bei den Sanitätern lag auf einem zweirädrigen Karren unter einer Wagenplane Leutnant Dub. Durch das ständige Rütteln kam er allmählich zu sich, beugte sich aus dem Karren und brüllte in den Straßenstaub: „Soldaten, eure erhabenen Aufgaben sind schwer, es stehen euch beschwerliche Märsche und große Strapazen aller Art bevor. Aber ich blicke voll Vertrauen auf eure Willenskraft.“
„Du Ochs“, bemerkte Schwejk.
Leutnant Dub fuhr fort: „Für euch Soldaten ist kein Hindernis so mächtig, daß ihr es nicht überwinden würdet! Nicht zu leichten Siegen führe ich euch, aber ich vertraue auf eure Ausdauer!“ Darauf sank er abermals auf die Rucksäcke im Karren nieder...

In Turowa-Wolska wurde Leutnant Dub vom Wagen gehoben und wieder auf die Beine gestellt. „Danach, wie Sie sich aufgeführt haben, können Sie sich bei Schwejk erkundigen“, sagte Oberleutnant Lukáš zu ihm. Leutnant Dub suchte also Schwejk auf und fand ihn in Balouns und Feldwebel Vaněks Gesellschaft. Baloun erzählte gerade, daß er bei sich zu Haus in der Mühle immer eine Flasche Bier im Brunnen gehabt habe. Jetzt hätte ihn die göttliche Gerechtigkeit mit warmem, stinkendem Wasser aus dem Brunnen in Turowa-Wolska gestraft, in das wegen der Cholera Zitronensäure gegossen werden müsse. Baloun meinte, daß diese Zitronensäure sicher zur Aushungerung der Menschheit da sei. In Sanok habe er zwar gegessen, aber es sei zuwenig gewesen.

In diesem Augenblick trat Leutnant Dub an sie heran. Da er aber sehr unsicher war, fragte er: „Unterhaltet ihr euch?“
„Jawohl, Herr Laitnant, wir unterhalten uns“, erwiderte Schwejk. „Es is überhaupt am besten, sich immer gut zu unterhalten.“ Dub forderte Schwejk auf, ihn ein Stück zu begleiten, er wolle ihn etwas fragen. Als sie sich ein bißchen entfernt hatten, fragte er in bedenklichem Ton: „Habt ihr euch über mich unterhalten?“
„Nein, keinesfalls, Herr Laitnant, wir ham uns über Zitronensäure und Geselchtes unterhalten.“
„Oberleutnant Lukáš hat mir gesagt, daß ich angeblich einiges angestellt habe.“
Darauf sagte Schwejk ernst und nachdrücklich: „Nichts ham Sie angestellt, Herr Laitnant, und Lärm ham Sie auch nicht grad gemacht...

... und Sie ham nicht mal gesagt: ‚Sie kennen mich noch nicht!‘ So was kann jedem passieren, wenn's heiß is. Mancher leidet schrecklich dran. Ein Polier aus Vysočany, ein gewisser Vejvoda, hatte sich vorgenommen, daß er keine Getränke mehr trinken wird, mit denen er sich besaufen könnt. So hat er also diese alkoholfreien Getränke gesucht. Im Wirtshaus ‚Zur Haltestelle‘ hat er ein Viertel Wermut bestellt und den Wirt unauffällig ausgefragt, was eigentlich die Abstinenzler trinken. Der Wirt hat ihm also erklärt, daß Abstinenzler Sodawasser, Milch, kalte Wassersuppe und alkoholfreien Wein trinken. Der alte Vejvoda hat noch gefragt, ob's auch alkoholfreie Schnäpse gibt, hat noch ein Viertel Wermut ausgetrunken...

... und hat mit'n Wirt darüber gesprochen, daß es wirklich eine Sünde is, sich so oft zu besaufen, worauf ihm der Wirt geantwortet hat, daß er alles auf der Welt verträgt, nur keinen besoffenen Kerl, was sich anderwärts besoffen hat und jetzt zu ihm kommt, damit er bei einer Flasche Sodawasser nüchtern wird, und dabei noch Krawall macht. Der alte Vejvoda is also weitergezogen und hat alkoholfreien Wein gesucht. Unterwegs hat er mit einem Auchabstinenzler Bekanntschaft geschlossen. Zur Feier dieser Begegnung hat der alte Vejvoda eine Flasche Wermut spendiert. Dann sind beide in die Bolzanogasse gegangen, wo tatsächlich nur Obstwein ohne Alkohol ausgeschenkt wird. Sie ham davon einen halben Liter ausgetrunken, und schon ham sie zu lärmen angefangen, man soll ihnen eine amtliche Bestätigung geben, daß sie alkoholfreien Wein trinken...

... sonst wern sie alles zerschlagen mitsamtn Grammophon. Dann ham die Polizisten sie die Stiege heraufziehen müssen, ham sie in die Gemeidetruhe gesteckt und in die Zelle gefahren — und so sind alle beide als Abstinenzler wegen Trunkenheit eingesperrt worn."
„Warum erzählen Sie mir das!" rief Dub, der durch diese Reden vollkommen nüchtern geworden war.
„Melde gehorsamst, Herr Laitnant, daß es eigentlich nich zusammengehört, aber wenn wir uns schon so unterhalten..."
In diesem Augenblick fiel Dub ein, daß ihn Schwejk beleidigt habe, und da er schon vollkommen zu sich gekommen war, fuhr er Schwejk an: „Du wirst mich noch kennenlernen! Wie stehst du denn da?"
„Melde gehorsamst, Herr Laitnant, schlecht!" Und Schwejk nahm sofort Habtachtstellung ein.

Nachdem Leutnant Dub Schwejk verlassen hatte, ließ er seinen Putzfleck Kunert rufen und gab ihm den Befehl, irgendwo einen Krug Wasser aufzutreiben. Zu Kunerts Ehre sei gesagt, daß er in Turowa-Wolska lange nach einem Krug und nach Wasser Umschau hielt. Zu guter Letzt gelang es ihm, einen Krug von einem Fenster zu stehlen; und das Wasser schöpfte er aus einem mit Brettern bedeckten Brunnen. Zu diesem Zweck mußte er allerdings einige Bretter herausreißen, denn der Brunnen war wegen Typhusverdacht verschalt worden. Leutnant Dub trank jedoch ohne weitere Folgen den Krug leer, womit die Redensart „Ein gutes Schwein verträgt alles" wiederum ihre Bestätigung fand.

Baloun, Schwejk, Chodounský und Vaněk erhielten den Befehl, sofort nach Liskowiecz aufzubrechen und dort Nachtlager für die Kompanie vorzubereiten.
„Kameraden", sagte Baloun leise, „sie ham uns geopfert."
„Also geh voraus und schütz uns mit deinem Leib", sagte Schwejk zu ihm, „und wenn du eine Kugel kriegst, meld es uns, damit wir rechtzeitig in Dekkung gehn können. Jeder Soldat muß froh sein, wenn ein feindlicher Soldat auf ihn schießt, weil sich dadurch die Munitionsvorräte des Feindes verringern."
„Wenn ich aber zu Haus eine Wirtschaft hab", seufzte Baloun tief auf.
„Pfeif auf die Wirtschaft", riet ihm Schwejk, „fall lieber für Seine Majestät den Kaiser, wie du's beim Militär gelernt hast!"

„Wenn sie uns wenigstens besser füttern täten", klagte Baloun weiter. „Ich hab mir mein häusliches Glück nicht genug geschätzt. Einmal hab ich meiner Frau ein paar heruntergehaun, weil sie die Zwetschgenknödel mit Mohn statt mit Quark bestreut hat. Damals is mir's fort vorgekommen, daß mir der Mohn zwischen den Zähnen steckenbleibt, und jetzt stell ich mir vor: wenn er doch nur steckenbleiben möcht! Was hat die Frau da zusammgeheult, wenn ich gewollt hab, daß sie mehr Majoran in die Leberwürst tut, und dabei hab ich ihr immer eine heruntergehaut. Einmal hab ich die Arme deswegen verbläut, weil sie mir zum Nachtmahl keinen Truthahn schlachten wollt, daß mir herich ein Hendl genügt. Ach, Kameraden", er brach in Tränen aus, „wenn es jetzt wenigstens Leberwürst ohne Majoran gäb!"

Im Dorf fingen alle Hunde an zu bellen, was sie zwang, stehenzubleiben. „Was Ähnliches is uns aufn Manövern bei Tabor passiert", sagte Schwejk. „Wir ham uns damals einem Dorf genähert, und die Hunde ham gleich angefangen, einen Höllenlärm zu machn. Unser Hauptmann hat Befehl gegeben, daß kein Hund bellen darf, sonst wird er hingerichtet. Ich hab's verwechselt und hab dem Bürgermeister bekanntgegeben, daß jeder Besitzer von einem Hund, was in der Nacht bellt, hingerichtet wern soll. Der Bürgermeister is gleich zum Stab gefahrn, fürs ganze Dorf um Gnade zu bitten. Dort hat man ihn überhaupt nich vorgelassn. So is er wieder nach Haus, und bevor wir wieder ins Dorf gekommen sind, hat man allen Hunden Fetzen ums Maul gebundn, so daß drei von ihnen die Tollwut gekriegt ham."

Schwejk belehrte seine Kameraden, daß sich Hunde nachts vor Zigarettenglut fürchten. Darauf stiegen alle ins Dorf hinab. Es zeigte sich jedoch, daß die Hunde vor Freude bellten, weil sie sich mit Liebe an die durchziehenden Soldaten erinnerten, die ihnen immer etwas zum Fressen dagelassen hatten. Weiß der Teufel, woher sie gekommen waren, plötzlich umringten Schwejk vier Köter und sprangen wedelnd an ihm hoch.
Schwejk streichelte und tätschelte sie. In der Dunkelheit sprach er mit den Hunden wie mit Kindern: „Na, da sind wir ja schon! Wir sind zu euch schlaferln und papperln gekommen, wir wern euch Knochen geben und Krusterln, und in der Früh wern wir dann weiterziehn aufn Feind."

Gleich beim ersten Haus klopften sie an. Von drinnen ertönte eine kreischende Frauenstimme und erklärte, daß ihr Mann eingerückt sei, daß die Kinder die Blattern und die Moskowiter alles weggeschafft hätten. Erst als sie erklärten, daß sie Quartiermacher seien, öffnete sich die Tür. Es zeigte sich, daß der Dorfälteste hier wohnte, der sich vergeblich bemühte, Schwejk davon zu überzeugen, daß nicht er jene weibliche Stimme nachgeahmt habe. Er entschuldigte sich, daß das Dorf so klein sei, daß nicht einmal ein Soldat hineingehe. Es gebe überhaupt keine Schlafplätze, und zu essen sei auch nichts da. Wie zum Beweis begannen im Stall die Kühe zu muhen, und man hörte eine kreischende Frauenstimme, die sie zur Ruhe wies.

Der Vorsteher kleidete sich an und sagte dabei: „Meine gnädigen Herren Wohltäter, gehen wir nach Krosienka, das ist ein großes Dorf. Aber bei uns? Nichts als Läuse, Krätze und Blattern. Gestern sind bei uns drei Bauern schwarz geworden... Gott der Barmherzige hat Liskowiecz verflucht..."
„Gut", sagte Schwejk und machte mit der Hand das internationale Zeichen für Hängen, „wir wern dich hier vor deinem Haus aufhängen, weil Krieg is und wir Befehl ham, hier und nich in irgendeinem Krosienka zu schlafen. Du wirst unsere strategischen Pläne nich ändern. Da war euch, meine Herren, so ein Fall..."
„Das wern Sie uns später erzählen, Schwejk", unterbrach ihn Feldwebel Vaněk, „und jetzt Alarm und Quartiere!"

Als der Dorfälteste die Stube verlassen hatte, rief Chodounský plötzlich aus: „Wo ist denn Baloun?" Bevor sie sich jedoch richtig umgesehen hatten, öffnete sich hinter dem Backofen eine kleine Tür, durch die sich Baloun hindurchzwängte. Schnaufend sagte er: „Ich war in der Speis, ich hab in was hineingegriffen und hab mir's ins Maul gestopft. Jetzt klebt's mir am Gaumen: Es is Brotteig." Noch nie im Leben hatten sie einen so verdreckten österreichischen Soldaten gesehen. Dann erschraken sie, denn sie sahen, daß Balouns Bluse aufgebläht war. „Was is dir geschehn?" fragte ihn Schwejk.
„Das sind Gurken, drei hab ich aufgegessen, die andern hab ich euch mitgebracht."

Baloun zog eine Gurke nach der andern heraus und verteilte sie. Auf der Schwelle stand schon der Dorfälteste mit einer Laterne. Als er diese Szene sah, bekreuzigte er sich und jammerte: „Die Moskowiter haben requiriert, und jetzt requirieren auch die Unsrigen!"
Alle gingen ins Dorf, begleitet von einem Rudel Hunde. Doch am zähesten hielten sie sich an Baloun und sprangen ihm an die Hosentasche. Dort hatte Baloun ein Stück Speck versteckt, das er aus Freßgier vor den Kameraden verheimlichte. „Warum sind die Hunde so hinter dir her?" fragte ihn Schwejk. Nach längerem Nachdenken antwortete Baloun: „Sie spüren in mir einen guten Menschen." Er verriet jedoch nicht, daß er in der Tasche die Hand auf dem Speck hielt.

Der Kompaniestab quartierte sich im Pfarrhaus ein und die Kompanie in einer kleinen Spiritusbrennerei. Der Rechnungsfeldwebel und die Köche durchstöberten das ganze Dorf. Sie hielten Umschau nach einem Schwein, alle ihre Mühe war jedoch vergeblich. Sie weckten auch den Juden in der Schenke, der sich die Schläfenlocken zu raufen begann und bedauerte, daß er den Herren Soldaten nicht dienen könne. Zum Schluß nötigte er sie, ihm seine hundertjährige Kuh abzukaufen, ein mageres Krepierl, das nichts als Haut und Knochen war. Er verlangte für sie eine horrende Summe, raufte sich den Bart und schwur, daß sie so eine Kuh in ganz Galizien, in ganz Europa, ja auf der ganzen Erde nicht finden würden, daß es die dickste Kuh sei, die je das Licht der Welt erblickt hätte. Er beteuerte, daß Leute bis aus Woloczisk kämen, um die Kuh zu besichtigen.

„Bringt lieber einen alten Juden um, aber geht nicht fort ohne Kuh!" Er brachte sie mit seinen Reden derartig durcheinander, daß sie schließlich das Vieh, vor dem jeder Schinder Reißaus genommen hätte, zur Feldküche schleppten. Und noch lange nachher, als er das Geld schon in der Tasche hatte, vergoß er Tränen und schwor, sie hätten ihn an den Bettelstab gebracht, weil sie eine so herrliche Kuh so billig bekommen hatten. Er bat sie, ihn aufzuhängen, weil er auf seine alten Tage so eine Dummheit begangen habe, deretwegen sich seine Ahnen im Grab umdrehen müßten. Er wälzte sich vor ihnen in der Stube herum, aber plötzlich schüttelte er allen Schmerz von sich ab, ging nach Hause und sagte zu seiner Frau: „Elsaleben, die Soldaten sind dumm, und dein Nathan ist sehr gescheit."

Es war ganz unmöglich, der Kuh die Haut abzuziehen. Beim Abziehen riß die Haut einigemal, und unter ihr wurden Muskeln, gekrümmt wie ausgetrocknete Schiffstaue, sichtbar. Unterdessen schaffte man einen Sack Kartoffeln herbei und begann, ohne die geringste Hoffnung, diese Knochen und Sehnen zu kochen. Vollkommen verzweifelt tranchierte nebenan der Koch aus einem Stück dieses Skeletts das Fleisch für die Offiziersmenage. Die unglückselige Kuh prägte sich allen Beteiligten unvergeßlich ins Gedächtnis ein, und es ist nahezu sicher, daß sich die 11. Kompanie später in der Schlacht bei Sokal mit furchtbarer Wut im Bajonettangriff auf den Feind gestürzt hätte, wenn die Offiziere vor Beginn der Schlacht die Mannschaft an die Kuh von Liskowiecz erinnert hätten.

Aus dieser schrecklichen Kuh konnte man nicht mal eine Rindssuppe bereiten. Je länger das Fleisch kochte, desto fester haftete es den Knochen an, mit denen es ein Ganzes bildete und wie ein Bürokrat verknöcherte, der das halbe Leben lang wie ein Amtsschimmel weidet und sich nur von Akten ernährt. Schwejk stellte als Kurier die dauernde Verbindung zwischen Stab und Küche her, um festzustellen, ob das Essen schon fertig sei. Schließlich meldete er Oberleutnant Lukáš: „Herr Oberlaitnant, es is schon Porzellan draus geworn. Diese Kuh hat so hartes Fleisch, daß sich damit Glas schneiden läßt. Beim Kosten hat sich der Koch Pavlíček einen Vorderzahn und Baloun einen Backenzahn ausgebrochen."

Im Pfarrhaus von Liskowiecz saß Oberleutnant Lukáš auf einem Diwan. „Hören Sie, Schwejk", sagte er, „bevor wir was zu essen bekommen, könnten Sie mir eine Geschichte erzählen."
„O je", erwiderte Schwejk, „bevor wir zu essen bekommen! Da könnt ich Ihnen die ganze Geschichte des tschechischen Volkes erzähln. Auf unserer Erdkugel gibt's verschiedene Naturelle. Und unser Koch Jurajda hat doch recht gehabt, wie er damals in Bruck besoffen in den Abort gefalln is und von dort geschrien hat: ‚Der Mensch ist dazu bestimmt und berufen, durch seinen Geist in der Harmonie des ewigen Kosmos zu herrschen.' Wie wir ihn herausgezogn ham, hat er gebissen. Er hat gedacht, er is zu Haus und hat nicht hinaus wolln."

Oberleutnant Lukáš rief: „Jesus Maria, ich möchte Ihnen was sagen, Schwejk, aber ich will mir nicht den Appetit aufs Nachtmahl verderben."
„Jeder kann nicht gescheit sein, Herr Oberlaitnant. Wenn jeder gescheit wär, so wär auf der Welt so viel Verstand, daß jeder zweite davon ganz blöd wär: Wenn zum Beispiel ein jeder die Naturgesetze kennen möcht wie ein gewisser Herr Čapek... Er war Stammgast im ‚Kelch' und hat gesagt: ‚Heute scheint der Jupiter wunderschön, du weißt ja gar nicht, du Lackel, was du über'm Kopf hast. Wenn man dich, du Lump, aus einer Kanone schießen tät, so möchtest du ‚Millionen Jahre hinfliegen.' Und dabei war er so ordinär, daß er dann selbst aus'm Wirtshaus geflogen is, und zwar mit gewöhnlicher Geschwindigkeit."

Als das Bataillon früh nach Starasol aufbrach, ging Schwejk neben Oberleutnant Lukáš, der zu Pferd saß, und erzählte: „Der Herr Oberlaitnant Buchánek hat uns immer Vorträge gehaltn. Er hat sich von seinem zukünftigen Schwiegervater die Kaution zum Heiraten auszahln lassn und hat sie durchgebracht. Dann hat er wieder von einem zweiten Schwiegervater die Kaution genommen, und die hat er verspielt. Da hat er zum dritten Schwiegervater greifen müssn..."
Lukáš sprang vom Pferd und sagte in drohendem Tone: „Schwejk, wenn Sie noch was von der vierten Kaution sagen, schmeiß ich Sie in den Graben."
„Melde gehorsamst, daß von einer vierten Kaution nich die Rede sein kann, weil er sich schon nach der dritten Kaution erschossen hat.

Das menschliche Leben ist so kompliziert", fuhr Schwejk fort, „daß das Leben des einzelnen ein Dreck dagegen is. Stammgast im ‚Kelch' war ein Oberwachmann, ein gewisser Hubička. Und den hat mal irgendein lustiger Herr Redakteur besoffen gemacht, und sie ham sich in der Küche die Kleider ausgewechselt, so daß der Oberwachmann in Zivil war und der Herr Redakteur ein Oberwachmann geworn is. Er hat seine Nummer zugedeckt und is nach Prag auf Patrouille gegangen. In der nächtlichen Stille is er in der Resselgasse auf einen älteren Herrn mit einer Dame gestoßen. Beide ham nach Haus geeilt und ham kein Wort gesprochen. Er is auf sie losgestürzt und hat gebrüllt: ‚Machen Sie keinen Krawall, oder ich muß Sie abführen!' Stellen Sie sich vor, wie die erschrocken sind. Umsonst ham sie ihm erklärt, daß es sich bestimmt um einen Irrtum handelt...

...weil sie doch von einer Gesellschaft beim Herrn Statthalter kommen. Daß er Oberstatthaltereirat is mit Gemahlin...
‚Sie wern mich nich zum Narren halten‘, hat sie der verkleidete Redakteur angefahrn, ‚ich beobachte Sie schon die ganze Zeit, wie Sie bei allen Läden mit dem Stock aufs Rouleau dreschen, und dabei hat Ihnen Ihre, wie Sie sagen, Gemahlin, noch geholfen.‘
‚Ich habe ja gar keinen Stock!‘
‚Das kennen wir schon! Wie können Sie auch noch den Stock haben, wenn Sie ihn dort hinter der Ecke auf dem alten Weib, was gebratene Kastanien verkauft, zerhaut ham. Die Frau hat schon nich mehr weinen können.‘
Und der Herr Rat hat sich so aufgeregt, daß er was von Gemeinheit zu sagen angefangen hat, worauf beide verhaftet worn sind, und die nächste Patrouille hat sie auf das Kommissariat...

... in der Salmgasse gebracht, weil der verkleidete Herr Redakteur der Patrouille befohlen hat, das Pärchen abzuführen. Er hat gesagt, daß er vom Kommissariat in der Heinrichsgasse is und auf den Weinbergen Dienst gemacht hat, daß er die beiden bei Störung der Nachtruhe abgefaßt hat, daß sie sich ham eine Beamtenbeleidigung zuschulden kommen lassn und daß er selbst in einer Stunde aufs Kommissariat in der Salmgasse kommen wird. Die Patrouille hat also die beiden mitgenommen. Auf dem Kommissariat sind sie bis früh gesessen und ham auf jenen Herrn Oberwachmann gewartet, was derweil in den ‚Kelch‘ gegangen is. Dort hat er den Hubička aufgeweckt und ihm mit aller Schonung beigebracht, was geschehen is und was für eine Affäre draus wern wird, wenn er nicht das Maul hält..."

Auf dem Weg nach Starosol hielt Leutnant Dub der Mannschaft eine Rede. Schwejk blickte ihn unverwandt an und machte dabei „Rechts schaut". Dub war das unangenehm, weil er irgendwie fühlte, daß in seiner Rede alles durcheinandergeriet. Deshalb schrie er Schwejk an: „Was glotzt du mich an wie die Kuh das neue Tor?"
„Melde gehorsamst, Herr Laitnant, soll ich drauf antworten?"
„Was erlaubst du dir", fuhr ihn Dub an.
„Melde gehorsamst, Sie ham mir einmal befohlen, daß ich überhaupt nicht antworten soll, wenn Sie was sagen."
„Du hast also Angst vor mir", sagte Dub erfreut.
„Vor mir ham schon andere Leute gezittert, deshalb halt's Maul und bleib hinten, damit ich dich nicht ansehen muß."

Als sie vor Feldstein Rast machten, sandte Oberleutnant Lukáš den Feldwebel Vaněk und Schwejk auf Suche nach Nachtquartier für die Kompanie.
„Daß Sie mir unterwegs nichts anstellen, Schwejk", ermahnte ihn Lukáš.
„Melde gehorsamst, Herr Oberlaitnant, daß ich mir Müh geben wer. Ich hab allerdings einen häßlichen Traum gehabt. Mir hat von einem Waschtrog geträumt, aus dem's in den Treppenflur gelaufen is, bis die Decke beim Hausherrn naß war, und der hat mir gleich früh gekündigt."
„Geben Sie uns schon Ruh mit Ihren dummen Reden, Schwejk, und sehen Sie sich lieber mit Vaněk auf der Karte den Weg an, den Sie gehen müssen. Nehmen Sie diesen Feldweg hier oben, dann gehen Sie genau nach Norden, und Sie können sich nicht verirren."

„In der Kaliner Kaserne hat ein Oberlaitnant, ein gewisser Holub, Dienst gemacht", erzählte Schwejk, als sie schon unterwegs waren, „der war so gelehrt, daß ihn alle in der Kompanie für einen Trottel gehalten ham, denn er hat's bei seiner Gelehrsamkeit nicht gelernt, auf die Soldaten zu schimpfen, und hat alles vom wissenschaftlichen Standpunkt aus betrachtet. Einmal ham ihm die Soldaten gemeldet, daß das gefaßte Kommißbrot nich zum Fressen is. Jeder andre Offizier hätt sich aufgeregt über so eine Frechheit, aber der nicht, er is ruhig gebliebn. Zu niemandem hat er ‚Schwein' oder ‚Sau' gesagt, und keinem hat er eins aufs Maul gehaut. Er hat nur seine ganze Mannschaft zusammgerufen und hat ihr mit sympathischer Stimme erklärt: ‚Soldaten, vor allem müßt ihr wissen, daß jeder von euch so intelligent sein soll...

... daß er ohne zu murren alles auffrißt, was er faßt!' ‚Wenn er uns wenigstens beschimpft hätt', ham die Soldaten untereinander gesagt, und seine Feinheiten ham sie verdrossen. Da ham sie mich gewählt, daß ich's ihm herich sagen soll. Ich bin also zu ihm in die Wohnung gegangen und hab ihn gebeten, er soll doch alle Scheu beiseite lassn, denn die Soldaten sind gewöhnt, daß man sie täglich dran erinnert, daß sie Schweine sind, weil sie sonst allen Respekt vor den Vorgesetzten verlieren möchten. Er hat sich zuerst gewehrt, hat was von Intelligenz gesagt, zum Schluß hat er's aber doch eingesehn und mich rausgeschmissen, damit wir Respekt vor ihm kriegen. Wie ich das Resultat meiner Verhandlungen bekanntgegeben hab, is überall große Freude gewesen."

Schwejk blickte sich in der Gegend um. „Ich glaub", sagte er, „wir gehn falsch. Wir sollten hinaufgehn, dann hinunter, später noch links, von da nach rechts, dann abermals nach rechts und wiederum nach links — wir gehn aber fort gradaus. Ich möcht vorschlagen, daß wir nach links abbiegen." Der Rechnungsfeldwebel behauptete jedoch, daß sie nach rechts gehen müßten. „Mein Weg", sagte Schwejk, „is bequemer als Ihrer. Ich wer am Bach langgehn, wo Vergißmeinnicht wachsen, und Sie wern irgendwo in der Hitze herumirren."
„Machen Sie keine Dummheiten, Schwejk, nach der Karte müssen wir grad hier nach rechts einbiegen."
„Auch die Karte kann sich irren", bemerkte Schwejk und begann ins Tal hinabzusteigen.
„Wenn Sie einen harten Schädel haben, so müssen wir halt auseinandergehn. Wir treffen uns am angegebenen Ort in Feldstein."

Am Nachmittag kam Schwejk an einen kleinen Teich, in dem ein geflüchteter russischer Gefangener badete, der beim Anblick Schwejks nackt die Flucht ergriff. Schwejk war neugierig, wie ihm die russische Uniform passen würde. Er zog also seine Uniform aus und dafür die russische an. Er wollte sein Spiegelbild im Wasser in Ruhe betrachten und ging deshalb so lange auf dem Damm des Teiches auf und ab, bis ihn eine Patrouille ungarischer Feldgendarmerie fand, die den geflüchteten Russen suchte. Trotz seiner Proteste schleppten sie ihn in die Etappenkanzlei nach Chyruwa, wo sie ihn in einen Transport russischer Kriegsgefangener einreihten, der für Arbeiten bei der Ausbesserung der Eisenbahnstrecke Richtung Przemysl bestimmt war.

In der Etappenkanzlei in Chyruwa wollte Schwejk einem Offizier alles erklären, aber einer der madjarischen Soldaten, die den Gefangenentransport bewachten, versetzte ihm mit dem Kolben einen Schlag auf die Schulter und schrie dabei: „Baszom az életet, marsch in die Reihe zurück, du russisches Schwein!“ Schwejk kehrte also in die Reihe zurück, wandte sich dem nächststehenden Gefangenen zu und sagte:
„Dieser Mann da erfüllt zwar seine Pflicht, bringt sich aber selbst in Gefahr. Was, wenn er nun zufällig sein Gewehr geladen hätt und der Verschluß wär offen! Da könnt's leicht passieren, daß ihm das Gewehr losgeht und ihm die ganze Ladung ins Maul fliegt und er in Ausübung seiner Pflicht stirbt.“

„Nicht ponymat, ich Krimski Tatar, Allah achper“, sagte der Gefangene zu Schwejk, setzte sich nieder und fing an zu beten: „Allah achper — bezimilaarachman-arachim málikin mustafir.“
„Also, du bist ein Tatar“, sagte Schwejk teilnahmsvoll, „das is gelungen! Und da sollst du mich verstehen! Hm. — Kennst du den Jaroslav von Sternberg? Was, diesen Namen kennst du nich, du tatarischer Lauser, du? Der hat euch aber bei Holštýn den Hintern verdroschen. Da seid ihr mit Schimpf und Schande davongelaufen! Kennst du die heilige Jungfrau Maria von Holštýn? Versteht sich, daß du sie nich kennst. Die war auch dabei. Na warte, Junge, hier in der Gefangenschaft wern sie euch schon zum richtigen Glauben bekehren.“

In der Etappenkanzlei in Dobromil schrieb der Feldwebel die Gefangenen in ein Verzeichnis, verständigen konnte er sich jedoch nicht mit ihnen. Er brüllte also die Gruppe der Gefangenen an: „Wer kann deutsch sprechen?" Schwejk trat vor.
„Du bist ein Jud, gelt?" begann der Feldwebel. Schwejk schüttelte den Kopf. „Du mußt nicht leugnen", fuhr der Feldwebel fort. „Ich bin hier der allerhöchste Herr, Jüdel. Wenn ich was sag, muß alles zittern und sich verkriechen. Euer Zar ist ein Hundsfott, aber unser Zar is ein offener Kopf. Jetzt werd ich dir was zeigen, damit du siehst, was für eine Disziplin bei uns herrscht." Er machte die Tür zum Nebenzimmer auf und rief: „Hans Löffler!"

Als Antwort ertönte ein „Hier", und in den Raum trat ein Soldat mit einem Kropf, ein Steiermärker, der aussah wie ein verheulter Kretin. „Hans Löffler", befahl der Feldwebel, „nimm meine Pfeife, steck sie dir ins Maul, und lauf auf allen vieren um den Tisch herum!" Der Steiermärker mit dem Kropf begann auf allen vieren zu kriechen und bellte dabei. Der Feldwebel warf Schwejk einen triumphierenden Blick zu. „Na, hab ich dir's nicht gesagt, Jüdelchen, was für eine Disziplin bei uns herrscht?" Schließlich hatte er sich genug amüsiert und sagte: „Halt. Jetzt mach Männchen und apportier die Pfeife! — Gut, und jetzt jodle!"
Und den Raum erfüllte ein Gebrüll: „Holadorio, holadririiio..."

„Und jetzt, Jüdelchen, nimm dich zusammen, da hast du Papier und Bleistift, mach das Verzeichnis!" sagte der Feldwebel zu Schwejk. Schwejk salutierte und ging zu den Gefangenen. Mit dem Zusammenstellen der Liste ging es schlecht voran. Schwejk hatte in seinem Leben schon viel erlebt, aber diese Namen hier wollten ihm nicht in den Kopf. „Es wird mir niemand glauben wollen, daß jemand so heißen könnt: ‚Muhlahalej Abdrachmanov — Bejmurat Allahali — Dscheredsche Tscherdedsche — Davlatbatej Nurdagalejev.' Da ham wir bei uns zu Haus doch bessere Namen, wie zum Beispiel jener Pfarrer in Židohouští, was Stromer geheißen hat. Brich dir nur nicht die Zunge", sagte er zu jedem mit gutmütigem Lächeln.

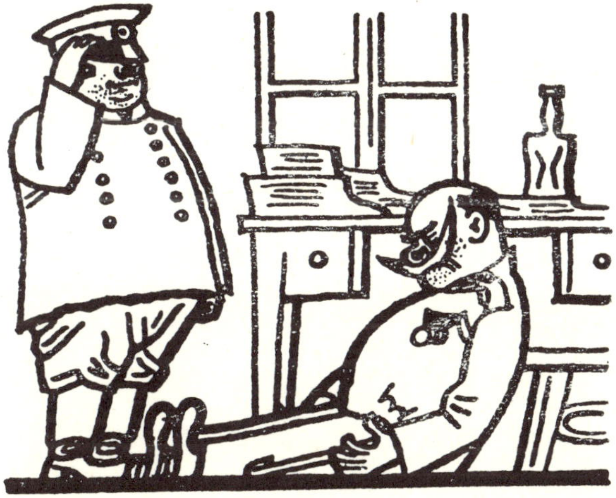

Als Schwejk schließlich das Verzeichnis aufgestellt hatte, nahm er sich vor, dem Feldwebel zu sagen, daß er das Opfer eines Irrtums geworden sei. Der Feldwebel war schon vorher nicht ganz nüchtern gewesen und hatte inzwischen seine Urteilskraft völlig eingebüßt. Schwejk begann damit, daß er doch nur den Bach entlang nach Feldštýn hätte gehen sollen und daß er nicht dafür könne, wenn irgendein russischer Soldat aus der Gefangenschaft entlaufe und in einem Teich bade usw. Erst dann erkannte er, daß es zwecklos war, weiterzusprechen, denn der Feldwebel schlief bereits. Schwejk trat an ihn heran, berührte ihn leicht an der Schulter, und schon fiel er vom Stuhl. „Tschuldigen Sie, Herr Feldwebel", sagte Schwejk, salutierte und verließ die Kanzlei.

Das Militärkommando faßte den Beschluß, den Gefangenentransport, in dem sich Schwejk befand, direkt nach Przemysl zu schicken. Die ungarischen Wachen trieben alle in scharfem Tempo vorwärts. In einem Dorf, wo gerade Rast gemacht wurde, stießen sie am Marktplatz auf eine Trainkolonne. Vor einer Wagengruppe stand ein Offizier und betrachtete die Gefangenen. Schwejk sprang aus der Reihe, stellte sich vor den Offizier und rief: „Herr Laitnant, ich melde gehorsamst...", konnte aber nicht mehr sagen, weil ihn gleich zwei ungarische Soldaten zu den Gefangenen zurückstießen. Der Offizier warf ihm einen Zigarettenstummel nach, den schnell ein anderer Gefangener aufhob und weiterrauchte.

In Przemysl jagte man die russischen Kriegsgefangenen in ein zerstörtes Fort, in dem nur noch die Pferdeställe erhalten geblieben waren. Sie wurden von Major Wolf übernommen, der die fixe Idee hatte, alle russischen Gefangenen verleugneten ihre Bildung, weil sie auf seine Frage: „Kannst du Eisenbahnen bauen?" stereotyp antworteten: „Ich weiß von nichts, von so was habe ich nie gehört, ich habe immer ehrlich und anständig gelebt." Wolf fragte zuerst, wer Deutsch könne. Schwejk trat energisch vor. Der Major fragte ihn sofort, ob er nicht Ingenieur sei.
„Melde gehorsamst, Herr Major, daß ich nicht Ingenieur bin, sondern Ordonnanz beim 91. Regiment. Ich bin in unsere Kriegsgefangenschaft gefalln..."

„Was??“ brüllte Major Wolf.
„Melde gehorsamst, Herr Major, daß es sich so verhält...“
„Sie sind Tscheche!“ brüllte der Major. „Sie haben sich eine russische Uniform angezogen!“
„Melde gehorsamst, Herr Major, daß das alles stimmt. Ich bin wirklich froh, daß sich der Herr Major sofort in meine Situation hineingelebt ham. Vielleicht kämpfen die Unsrigen schon irgendwo, und ich soll hier unnütz den ganzen Krieg vertrödeln!“
„Genug!“ sagte Major Wolf, rief zwei Soldaten heran und gab ihnen Befehl, diesen Mann sofort auf die Hauptwache abzuführen. Langsamen Schrittes folgte er Schwejk dann in Gesellschaft eines anderen Offiziers, wobei er im Gespräch etwas von „tschechischen Hunden“ verlauten ließ.

Der Offizier nickte dazu, bemerkte jedoch, daß es notwendig sei, die Verhaftung beim Garnisonskommando zu melden. So wie es der Herr Major vorhabe, gehe es nicht. Man könne doch nicht den Mann auf der Hauptwache verhören und ihn gleich nachher hinter der Hauptwache aufhängen. Der Major jedoch wurde plötzlich unnachgiebig und erklärte, er werde diesen Überläufer und Spion sofort auf eigenes Risiko hängen lassen.
„Dazu haben Sie kein Recht“, schrie der Hauptmann. „Er muß auf Grund eines Kriegsgerichtsurteils gehängt werden.“
„Er wird ohne Urteil gehängt“, zischte Major Wolf. Schwejk, den man vor ihnen führte, hörte dieses interessante Gespräch mit an. Zu seiner Eskorte gewandt, sagte er aber nur: „Das is gehupft wie gesprungen.“

Schwejk erzählte später: „Jede Übereilung is schädlich. Bei einem Bezirksgericht ist mal der Richter verrückt geworn. Ein gewisser Znamenáček hatte den Kaplan Hortík beschimpft. Und diesen Richter, der sehr fromm war, hat das so aufgeregt, daß er den Verstand verlorn und den Angeklagten angebrüllt hat: „Im Namen Seiner Majestät des Kaisers sind Sie zum Tode durch den Strang verurteilt! Gegen dieses Urteil gibt es keine Berufung! Herr Horáček', hat er dann zum Aufseher gesagt, ‚nehmen Sie diesen Herrn da und hängen Sie ihn an der Teppichstange auf! Dann kommen Sie wieder her! Sie kriegen ein Trinkgeld!' Der Aufseher is so erschrokken, daß er den Herrn Znamenáček mit hinuntergeschleift hat, und wär der Verteidiger nicht gewesen, ich weiß nich, wie alles ausgefalln wär."

Schwejk wurde also unter Bewachung auf das Garnisonskommando gebracht. Dort wurde ein von Major Wolf diktiertes Protokoll aufgenommen, wonach Schwejk als Angehöriger der österreichischen Armee wissentlich und ohne jeglichen Zwang eine russische Uniform angezogen habe und nach dem Rückzug der Russen von der Gendarmerie angehalten worden sei. Dann steckte man ihn in irgendein Loch, wo früher ein Reismagazin untergebracht war, das gleichzeitig einigen Mäusen als Pension diente. Man kann nicht behaupten, daß sich die Mäuse vor Schwejk gefürchtet hätten. Sie liefen munter herum und lasen Reiskörner auf. Nachdem Schwejk seinen Strohsack geholt hatte, blickte er sich im Finstern um und bemerkte, daß in seinen Strohsack gerade eine ganze Mäusefamilie übersiedelte. Die Nacht verbrachte er aber ruhig; die Mäuse waren nicht sehr anspruchsvoll.

Mit dem Morgenkaffee steckte man einen Mann in russischer Militärmütze zu Schwejk ins Loch. Es war ein Geheimagent der Militärpolizei. Er sprach tschechisch mit polnischem Akzent. „Da bin ich in eine schöne Schweinerei hereingeraten", begann er ganz einfach, „ich habe beim 28. Regiment gedient und bin gleich in russische Dienste getreten — und jetzt hab ich mich so dumm erwischen lassen. Ich habe bei der 6. Kiewer Division gedient. Bei welchem russischen Regiment warst du, Kamarad? Ich glaube, wir haben uns irgendwo in Rußland mal gesehen. Sicher erinnerst du dich an jemanden, mit dem du dort verkehrt hast; ich möchte wissen, wer von unseren Achtundzwanzigern dort ist."

Statt einer Antwort griff ihm Schwejk an die Stirn, fühlte ihm dann den Puls und forderte ihn zum Schluß auf, die Zunge herauszustecken. Dann begann Schwejk an die Tür zu schlagen. Als die Wache gekommen war und fragte, warum er solchen Lärm mache, verlangte Schwejk, man solle sofort den Doktor rufen, denn der Mann, den man zu ihm in die Zelle gesteckt hat, sei verrückt. Aber niemand holte ihn ab. Er blieb weiter dort und erzählte von Kiew. „Sie ham sicher Sumpfwasser getrunkn", sagte Schwejk, „so wie der junge Tynecký aus unserer Gasse. Der is nach Italien gefahrn und hat dort von diesem sumpfigen Wasser das Fieber gekriegt.

Wenn's ihn gepackt hat, hat er alle Leute gekannt, auch ganz fremde, grad so wie Sie. Dagegen gibt's nur ein Mittel: wie's jener Wärter im Prager Irrenhaus gemacht hat. Der hat dort einen Professor gehabt, was den lieben langen Tag nichts andres gemacht hat, als gezählt: ‚eins, zwei, drei, vier, fünf, sechs' und wieder vom Anfang. Und wie dieser Professor wieder einmal nur bis sechs zählt, da packt den Wärter die Wut, er springt auf und gibt ihm eine Watsche. ‚Da hast du sieben, acht, neun und zehn.' Und für jede neue Zahl eine neue Watsche. Der Professor greift sich an den Kopf und fragt, wo er is. Und is vollkommen zu sich gekommen und entlassen worn."

„Ich kenne alle Ihre Bekannten aus Kiew", redete der Agent unermüdlich weiter. „Waren Sie dort nicht auch mit so einem Dicken und so einem Mageren zusammen?"
„Da machen Sie sich nix draus, das kann einem jeden passieren, daß er sich nicht alle dicken und mageren Leute merkt."
„Kamerad", klagte der kaiserlich-königliche Schuft, „du traust mir nicht. Uns erwartet ja das gleiche Schicksal."
„Das is Soldatenpech", sagte Schwejk obenhin, „dazu ham uns unsre Mütter geboren, damit man uns auf Nudeln zerhackt, bis man uns die Montur angezogen hat. Und wir tun's gern..."
Der Spion pochte an die Tür. Nach einer Weile holte ihn ein Feldwebel ab.

Am nächsten Tag brachte man Schwejk vor das Militärgericht. Ein Major, der tschechisch sprach, fuhr Schwejk an: „Sie haben Seine Majestät den Kaiser verraten!"
„Jesus Maria, wann denn?" rief Schwejk.
„Lassen Sie die Dummheiten!" sagte der Major. „Haben Sie sich die russische Uniform freiwillig angezogen?"
„Jawohl, freiwillig."
„Ohne Zwang?"
„Ohne Zwang."
„Wissen Sie, daß Sie verloren sind?"
„Jawohl, ich weiß es. Gewiß sucht man mich schon beim 91. Regiment. Das war so: Der Buchbinder Božetěch aus der Kleinen Gasse in Prag hat einmal in der Berounka gebadet. Die Kleider hat er unter die Weiden gelegt, und wie noch ein Herr zu ihm ins Wasser gestiegn is, is ihm das sehr angenehm gewesen.

Dann hat aber der fremde Herr zum Nachtmahl gehn müssen und is deshalb als erster ausm Wasser gekrochen. Und wie sich nach einer Weile der Herr Božetěch anziehn wollt, hat er dort statt seiner Kleider eine zerfetzte Landstreicherkluft gefunden. Herrn Božetěch ist nichts andres übriggeblieben, wie sie anzuziehn. Er is auf Feldwegen in Richtung Prag gegangen, aber eine Gendarmeriepatrouille hat ihn festgenommen und zum Bezirksgericht in Zbraslav abgeführt. Das könnt herich jeder sagen, daß er der Buchbinder Josef Božetěch aus Prag, Kleine Gasse Nr. 16, is." Der Protokollführer, der nicht Tschechisch verstand, dachte, daß der Angeklagte die Adresse eines Mitschuldigen angegeben habe, und schrieb auf: „Prag Nr. 16, Josef Božetěch."

General Fink von Finkenstein, Präsident des Militärgerichts, vor dem Schwejk stand, setzte Standgerichte so regelmäßig an, wie ein andrer jeden Tag seine Partie Billard oder Mariage haben muß. Zuweilen gewann er dem Hängen sogar eine komische Seite ab, worüber er auch einmal seiner Gattin schrieb: „. . . neulich sollte ein Jude gehenkt werden. Der Strick riß jedoch mit ihm ab, und er fiel herunter. Er kam gleich wieder zu sich und schrie: ‚Herr General, ich geh nach Haus, ihr habt mich schon gehenkt, und nach dem Gesetz kann ich für eine Sache nicht zweimal gehenkt werden.' Ich mußte lachen, und wir ließen den Juden laufen. Bei uns, meine Teure, geht's lustig zu . . ."

Der Major stellte den Antrag, an die Brigade eine telegraphische Anfrage zu richten, um festzustellen, wo sich augenblicklich die 11. Kompanie des 91. Regiments, der der Angeklagte seiner Aussage nach angehört, aufhalte. Der General widersprach und erklärte, daß sich dadurch das schnelle Verfahren des Standgerichts nur verzögere. Er beantragte, sich zur Beratung zurückzuziehen, damit das Urteil verkündet und sofort vollstreckt werden könne. Der Major beharrte jedoch auf seinem Standpunkt, daß es nötig sei, die Identität des Angeklagten festzustellen. So könne man weitere Beziehungen des Beschuldigten mit ehemaligen Kameraden jenes Truppenteils, dem er angehörte, aufdecken. Der General protestierte nicht weiter, und Schwejk wurde hierauf ins Garnisonsgefängnis übergeführt.

General Fink von Finkenstein dachte zu Hause darüber nach, wie er das ganze Verfahren beschleunigen könne. Hängen wird er sowieso, dachte er sich und ließ den Feldkuraten Martinec rufen. „Haben Sie schon gehört", jubelte der General dem Feldkuraten zu, „wir werden einen Landsmann von Ihnen hängen!" Der General bat den Kuraten, neben sich auf dem Diwan Platz zu nehmen, und fuhr gutgelaunt fort: „Zu Kriegsbeginn hab ich's noch geschafft, so einen Kerl drei Minuten nach der Urteilsverkündung henken zu lassen. Deshalb bin ich auf die Idee gekommen, daß Sie ihm die letzten Tröstungen im voraus erteilen, damit sich's später nicht unnötig verzögert." Er schenkte dem Feldkuraten ein Glas Wein ein und sagte freundlich: „Vor den letzten Tröstungen trösten Sie sich selbst ein wenig..."

Wie eine Balletteuse schwebte der Feldkurat nach einer Flasche „Gumpoldskirchner" zu Schwejk in die Zelle. Er rief begeistert: „Lieber Sohn, ich bin der Feldkurat Martinec."
Schwejk erhob sich von seinem Lager, schüttelte dem Feldkuraten gutmütig die Hand und sagte: „Freut mich sehr, mein Name is Schwejk, Ordonnanz von der 11. Marschkompanie vom 91. Regiment. Setzen Sie sich hübsch neben mich und erzählen Sie mir, warum Sie eingesperrt sind. Sie ham doch Offiziersrang, und da gebührt Ihnen eigentlich der Offiziersarrest auf der Hauptwache. Manchmal kommt's freilich vor, daß jemand selbst nicht weiß, in was für einen Arrest er eigentlich gehört, wie jener Kadettstellvertreter, was bei uns vor dem Krieg gedient hat.

So ein Kadettstellvertreter is etwas Ähnliches wie ein Feldkurat, weder Fisch noch Fleisch. Die Soldaten hat er wie ein Offizier angebrüllt; wenn jedoch was passiert is, ham sie ihn zur gemeinen Mannschaft gesperrt. Wissen Sie, Herr Feldkurat, das waren solche Bankerte, daß man sie nicht mal in der Unteroffiziersmenage aufgenommen hat. Mit der Mannschaft ham sie auch nich essen dürfen, denn sie waren ja höher im Rang. Also ham sie in der Kantine lauter Quargl gefressen. Sie sind so in der Luft gehangen und ham in wenigen Tagen so einen Leidensweg durchgemacht, daß einer von ihnen in die Maltsch gesprungen is. Ein andrer is desertiert und hat nach zwei Monaten an die Kaserne geschriebn, daß er in Marokko Kriegsminister geworn is."

Erst jetzt faßte sich der Feldkurat Martinec soweit, daß er Schwejk unterbrach: „Jawohl, mein lieber Sohn! Zwischen Himmel und Erde gibt es Dinge! Ich komme, lieber Sohn, um dir die letzten Tröstungen zu spenden."
Nun dachte er darüber nach, wie daran anzuknüpfen wäre, aber Schwejk kam ihm mit der Frage zuvor, ob er nicht eine Zigarette habe.
„Ich rauche nicht, lieber Sohn."
„Das wundert mich", sagte Schwejk. „Ich hab viele Feldkuraten gekannt, und die ham alle geraucht wie die Spiritusbrennerei in Zlichov."
Der Feldkurat wurde nachdenklich. Unterwegs hatte er sich ausgemalt, wie er Schwejk anbrüllen würde: „Tue Buße, mein Sohn, knien wir zusammen nieder!" Und wie dann in dieser stinkenden Zelle die Gebete ertönen würden.

„Ich bin wegen des geistlichen Trostes gekommen", sagte der Feldkurat ernst.
„So kräftig, Herr Feldkurat, fühl ich mich nich, daß ich Sie geistlich trösten könnt. Dazu hab ich nich die Beredsamkeit. Ich hab's mal versucht, aber es is nicht grad gut ausgegangen. Da is eines Tags ein Kamerad zu mir gekommen, ein Hotelportier. Irgendwas hat er angestellt, und jetzt hat er einen Kameraden gesucht, der's aus der Welt schaffen könnt. Ich soll ihn aus dem dritten Stock zum Fenster hinausschmeißen, sagt er. Also hab ich ihn halt rausgeschmissen. — Erschrecken Sie nicht, Herr Feldkurat!" Schwejk stieg auf die Pritsche und zog den Feldkuraten mit sich hinauf. „Sehn Sie, so hab ich ihn gepackt, und schwupps, war er unten." Schwejk hob den Feldkuraten hoch und ließ ihn auf den Fußboden fallen...

...und während sich der entsetzte Kurat langsam vom Fußboden aufrichtete, fuhr Schwejk fort: „Na, sehn Sie, Herr Feldkurat, daß Ihnen nix passiert is, nur war's damals dreimal so hoch. Der Kamerad von mir war vollkommen besoffen und hat vergessen, daß ich im Parterre gewohnt hab."
Dem Kuraten fiel ein, daß er es wohl mit einem Irrsinnigen zu tun habe, deshalb stotterte er nur: „Ja, ja, mein Sohn, es war nicht mal dreimal so hoch" und schob sich langsam rückwärts zur Tür, gegen die er plötzlich zu hämmern begann, wobei er derart schrie, daß man ihm sofort öffnete. Schwejk sah durch das Fenster, wie der Feldkurat in Begleitung einer Wache über den Hof schritt. Ob sie ihn jetzt ins Narrenhaus führen? dachte sich Schwejk.

In der Frühe konnte man den Major, der gegen Schwejk das Verfahren führte, nirgends finden. Abends hatte er noch an einem Festessen beim General Fink teilgenommen, und niemand wußte, wie und wann der Major in der Nacht vom General weggegangen war. Hätte aber jemand durchs vergitterte Fenster in Schwejks Zelle geblickt, hätte er gesehen, daß unter seinem Mantel zwei Männer auf der Pritsche schliefen. Der Major und Schwejk lagen wie zwei Kätzchen aneinandergechmlegt da. Wie war der Major hierhergekommen? Als er beim General im Lehnstuhl erwachte, war ihm plötzlich eingefallen, er müsse augenblicklich Schwejk verhören. Und nach einer Weile platzte er wie eine Bombe in die Wachstube des Militärarrests.

Der Major schlug mit der Faust auf den Tisch und brüllte den Feldwebel an: „Sie indolenter Kerl, tausendmal hab ich Ihnen schon gesagt, daß Ihre Leute eine Saubande sind!" Zum Schluß forderte ihn der Major auf, ihm sofort die Zelle, in der Schwejk saß, aufzuschließen. „Melde gehorsamst", entgegnete der Feldwebel, „daß ich dann gezwungen bin, Sie einzusperren und zu Ihrem Schutz eine Wache vor die Tür zu stellen. Belieben Sie, bitte, Herr Major, anzuklopfen, wenn Sie hinaus wollen." „Du Trottel", sagte der Major, „glaubst du, ich hab Angst vor dem Arrestanten, daß du mir eine Wache zu ihm stellst, wenn ich ihn verhöre? Kruzihimmel, sperrt mich ein und hinaus mit euch!"

Schwejk stand in Habachtstellung neben seiner Pritsche und wartete geduldig ab, was ihm der Besuch bringen würde. Dann rief er schneidig: „Melde gehorsamst, Herr Major, ein eingesperrter Mann, sonst nix vorgefalln!"
Der Major konnte sich auf einmal nicht mehr besinnen, warum er eigentlich hier war, und sagte deshalb: „Ruht! Wo hast du diesen eingesperrten Mann?"
„Melde gehorsamst, Herr Major, das bin ich selber", sagte Schwejk stolz. Der Major beachtete aber die Antwort nicht, denn der Alkohol stieg ihm zu Kopf. Er gähnte so entsetzlich, daß sich dabei jeder Zivilist die Kinnlade ausgerenkt hätte, und begann zu singen.

Ganz ungezwungen sank er auf Schwejks Pritsche nieder, und mit Tönen, wie sie ein abgestochenes Schwein vor seinem Ende ausstößt, grölte er: „O Tannenbaum, o Tannenbaum, wie grün sind deine Blätter!" Das wiederholte er einigemal hintereinander, dann legte er sich auf den Rücken und fing gleich zu schnarchen an. „Herr Major", weckte ihn Schwejk, „melde gehorsamst, Sie wern Läuse kriegen." Aber das half nicht. Der Major schlief wie erschlagen. Schwejk blickte ihn zärtlich an und sagte: „Schlummere nur, du Schnapsbruder", und deckte ihn mit dem Mantel zu. Später kroch er zu ihm, und so fand man sie früh einträchtig aneinandergeschmiegt vor.

Morgens um neun hielt es Schwejk für richtig, den Herrn Major zu wecken. Der Major richtete sich auf und blickte Schwejk stumpf an.
„Melde gehorsamst, Herr Major", sagte Schwejk, „daß man schon paarmal ausm Wachzimmer nachschaun war, ob Sie noch am Leben sind. Drum hab ich mir erlaubt. Sie jetzt zu wecken, damit Sie, um Gottes willen, nich verschlafen. Im Brauhaus von Uhřiněves war ein Faßbinder..."
„Du blöd sein, nicht wahr?" sagte der Major in gebrochenem Tschechisch. Da ihm nach dem gestrigen Abend noch der Kopf brummte, wußte er nicht, warum er eigentlich hier saß, und warum der Kerl, der vor ihm stand, solchen Unsinn quatschte. „Ich schon in Nacht hier sein?" fragte er unsicher.

„Zu Befehl, Herr Major", entgegnete Schwejk, „wie ich vestanden hab, is mich der Herr Major verhörn gekommen."
Da fiel es dem Major wie Schnuppen von den Augen, und er blickte umher, als ob er etwas suchte.
„Belieben Sie sich nur keine Sorgen zu machen, Herr Major", sagte Schwejk. „Die Mütze is dort, ich hab sie Ihnen aus der Hand nehmen müssen, weil Sie sie sich ham unter den Kopf legen wolln. Eine Offiziersmütze aber is wie ein Zylinderhut. Aufn Zylinder schlafen, das hat nur ein gewisser Karderaz aus Lodenice getroffen. Der hat sich im Wirtshaus auf der Bank ausgestreckt und sich den Zylinder unter den Kopf gelegt. Und um ihn nicht zu zerdrücken, is er die ganze Nacht irgendwie über ihm geschwebt. Und wie er sich von einer Seite auf die andere gewälzt hat, dann hat er ihn mit den Haaren gebürstet."

Der Major war sich mittlerweile darüber klar, was los war, und wiederholte nur: „Du blöd sein, nicht wahr? Ich weggehen." Er stand auf, ging zur Tür und klopfte. Bevor man ihm aufmachte, sagte er noch zu Schwejk: „Wenn kein Telegramm kommen, daß du bist du, dann du hängen!"
„Danke herzlichst", sagte Schwejk, „ich weiß, Herr Major, wie sehr Sie sich um mich kümmern, aber wenn Sie vielleicht hier am Kavalett eine Laus erwischt ham und sie is klein und hat rötlichen Hintern, dann is es ein Männchen. Und wenn Sie dazu keine lange, graue, mit rötlichen Streifen aufm Bauch finden, dann is es gut, sonst wär's ein Pärchen..."
„Lassen Sie das!" sagte der Major niedergeschlagen, als man ihm die Tür öffnete.

In seiner Wohnung erwartete den Major eine kleine Überraschung. Im Flur stand General Fink, hielt den Burschen des Majors am Kragen und brüllte: „Wo hast du deinen Major, du Heuochs? Heraus mit der Sprache, du Vieh!" Das Vieh gab aber keinen Laut von sich, denn es war schon ganz blau im Gesicht, so würgte es der General. Die Szene amüsierte den Major, deshalb blieb er in der Tür stehen und blickte auf die Qualen seines Putzflecks, der ihm wegen einiger Diebereien schon lange im Magen lag. Der General ließ für einen Augenblick von dem blau gewordenen Burschen ab, aber nur um ein Telegramm aus der Tasche zu ziehen und damit dem Diener im Gesicht herumzufuchteln. Und wieder brüllte er: „Wo hast du deinen Major, du Vieh, wo hast du deinen Major Auditor?"

„Hier bin ich", rief Major Derwota von der Tür her. Der General sagte, er solle mit ihm ins Zimmer kommen, und als sie sich an den Tisch gesetzt hatten, warf er das Telegramm vor ihn und sagte: „Lies, das ist dein Werk!" Während der Major las, stand der General auf, lief im Zimmer umher, warf Sessel um und schrie: „Und trotzdem häng ich ihn auf!" Das Telegramm hatte folgenden Wortlaut: „Der Infanterist Josef Schwejk, Ordonnanz der 11. Marschkompanie, ist am 16. d. M. bei Übergang Chyrov-Feldstein bei einem Dienstwege verlorengegangen. Der Infanterist Schwejk ist unverzüglich auf das Brigadekommando in Wojalycz zu bringen." Der Major zog die Karte heraus und überlegte. Feldstein liegt 40 km südöstlich von Przemysl.

Er stand vor einem Rätsel. Wie kam der Infanterist Schwejk in einer Entfernung von über 150 km von der Front zu einer russischen Uniform? Als er das dem General mitteilte und ihm auf der Karte die Stelle zeigte, wo Schwejk verlorengegangen war, brüllte der General wie ein Stier, denn er sah alle seine Hoffnungen auf ein Schnellverfahren zuschanden werden. Er ging ans Telephon, ließ sich mit der Wachstube verbinden und gab den Befehl, den Arrestanten Schwejk augenblicklich zu ihm, in die Wohnung des Majors zu bringen. Bevor der Befehl ausgeführt war, brüllte er unaufhörlich, daß er ihn auf eigenes Risiko und ohne jegliche Untersuchung hätte aufhängen lassen sollen.

Als man Schwejk vorführte, befahl der Major, er solle endlich aufklären, was sich dort bei Feldstein zugetragen habe. Schwejk klärte alles gehörig auf. Als ihn dann der Major fragte, warum er das nicht schon beim Verhör vor Gericht gesagt habe, antwortete Schwejk, daß ihn eigentlich niemand danach gefragt hätte. Alle Fragen lauteten: „Gestehen Sie, daß Sie sich freiwillig und ohne Zwang die Uniform des Feindes angezogen haben?" Da dies die Wahrheit war, habe er nur „Ja" sagen können. Deshalb habe er sich doch auch gegen die Beschuldigung gewehrt, er habe Seine Majestät den Kaiser verraten. „Dieser Mann ist ein vollkommener Idiot", sagte der General zum Major.

„Melde gehorsamst", ließ sich Schwejk vernehmen, „daß ich wirklich manchmal an mir selbst bemerk, daß ich schwachsinnig bin, besonders gegen Abend..."
„Kusch, du Ochs!" sagte der Major und wandte sich an den General mit der Frage, was also mit Schwejk geschehen solle. Eine Stunde später führte ihn eine Eskorte auf den Bahnhof, um ihn zum Brigadestab nach Wojalycz zu bringen. Der Gefreite, der die Eskorte führte, war ein Tscheche. Vor seinem arretierten Landsmann machte er sich groß und ließ ihn seine furchtbare Macht fühlen. Er war so aufgeblasen, als sollte er am nächsten Tag mindestens Korpskommandant werden.

Als sie im Zug saßen, bemerkte Schwejk, zu ihm gewandt: „Herr Gefreiter, wenn ich Sie mir so anschau, erinner ich mich immer an einen gewissen Gefreiten Bozda, was in Trient gedient hat. Nämlich, wie man den zum Gefreiten gemacht hat, hat er gleich am ersten Tag zuzunehmen begonnen. Seine Backen sind angeschwollen, und der Bauch is ihm so aufgelaufen, daß ihm am zweiten Tag schon die ärarischen Hosen zu eng waren. Und was das Ärgste war, die Ohren ham ihn angefangen in die Länge zu wachsen. Man hat ihn also aufs Marodenzimmer gebracht, und der Regimentsarzt hat gesagt, das passiert allen Gefreiten. Um ihn zu retten, hat man ihm das Sternderl abschneiden müssen, und da is er wieder zusammengeschrumpft."

Von nun an schwieg der Gefreite, Schwejk aber fuhr fort: „Mir scheint, Herr Gefreiter, Ihnen hat auf der Welt ein Unglück zustoßen müssen, so daß Sie die Sprache verlorn ham. Ich hab viele traurige Gefreite gekannt, aber so ein großes Unglück wie Sie, Herr Gefreiter, Sie entschuldigen schon und nehmen's mir nicht übel, hab ich noch nich gesehn. Vertraun Sie mir an, was Sie kränkt, es könnt doch sein, daß ich Ihnen helfen kann."
„Jetzt hab ich aber genug", schrie der Gefreite.
„Da sind Sie aber ein glücklicher Mensch", sagte Schwejk, „die meisten können niemals nich genug ham."

Baloun

Rechnungsfeldwebel Vaněk

Der Sapeur Vodička

Oberst Schröder

Als Schwejk zur Brigade gebracht und dem Oberst Gerbich vorgeführt wurde, saß Leutnant Dub dort in der Kanzlei. Seit dem Marsch auf Sanok-Sambor waren erst wenige Tage vergangen, und doch war ihm ein neues Abenteuer zugestoßen. Leutnant Dub wußte eigentlich selbst nicht, wie es gekommen war, daß er dem Oberleutnant Lukáš seine Reitkünste vorführen wollte, sich aufs Pferd schwang und plötzlich in einem Graben verschwand. Später fand man ihn so fest in einem kleinen Sumpf stekken, daß ihn wohl der geschickteste Gärtner kaum besser hätte einpflanzen können. Als man Dub mit einer Schlinge herauszog, stöhnte er nur leise, als hätte sein letztes Stündlein geschlagen.

Als er Schwejk nun erblickte, rief er laut: „Also haben wir dich wieder! Viele ziehen als Taugenichtse aus und kommen als noch größere Spitzbuben heim. Du bist auch einer von dieser Sorte.“ Es verdient noch erwähnt zu werden, daß Leutnant Dub bei seinem Abenteuer eine leichte Gehirnerschütterung erlitten hatte, weshalb es uns nicht verwundern darf, daß er in Versen schrie und Gott zum Kampf gegen Schwejk anrief: „Vater, ich rufe dich, brüllend umwölkt mich der Dampf der Geschütze, sprühend umzucken mich rasselnde Blitze, Lenker der Schlachten, dich flehe ich an, Vater steh mir doch gegen diesen Lumpen bei... Wo warst du so lang, du Lümmel? Was hast du da für eine Uniform an?“

Oberst Gerbich pflegte von Zeit zu Zeit an schrecklichen Schmerzen in der großen Zehe zu leiden. Dann wütete er wie ein Stier. Jetzt aber war er gerade gut gelaunt.
„Also, was haben Sie eigentlich angestellt?" fragte er Schwejk in so freundlichem Ton, daß sich dem Leutnant Dub das Herz zusammenzog und er an Schwejks Stelle selbst antwortete. „Dieser Mann, Herr Oberst, spielt sich auf einen Idioten auf, um mit seiner Blödheit seine Niedertracht zu bemänteln." Und zu Schwejk gewandt sagte er: „Du saugst mir das Mark aus den Knochen, nicht wahr?"
„Jawohl", entgegnete Schwejk mit Würde.
„Also sehn Sie, Herr Oberst", fuhr Leutnant Dub fort, „es wird Zeit, ihn exemplarisch zu bestrafen!"

Leutnant Dub vertiefte sich in die Akten, die der Major in Przemysl ausgefertigt hatte, und sagte dann feierlich zu Schwejk: „Jetzt ist's mit dir Matthäi am letzten. Wem hast du die ärarische Uniform gegeben?"
„Ich hab sie am Teich gelassen. Das alles is ein Irrtum, nichts weiter."
„Weißt du, du Fallott, was es heißt, im Krieg die Uniform zu verlieren?"
„Melde gehorsamst, Herr Laitnant, wenn der Soldat die Uniform verliert, muß er eine neue fassen."
„Jessesmaria!" stieß Leutnant Dub hervor. „Du treibst es noch so lange, bis du nach dem Krieg hundert Jahre nachdienen wirst!"

Oberst Gerbich verzog auf einmal schrecklich das Gesicht. Er bekam einen Podagraanfall, machte nur eine abwehrende Handbewegung und brüllte mit der furchtbaren Stimme eines Menschen, der langsam am Spieß gebraten wird: „Alles hinaus! Meinen Revolver!“ Alle wußten Bescheid und stürzten deshalb zusammen mit Schwejk hinaus. Nur Leutnant Dub zauderte, aber der Oberst warf ein Tintenfaß nach ihm, und auch Dub verschwand. Dann hörte man lange Zeit Brüllen und Heulen aus der Kanzlei des Obersten, bis das Wehklagen endlich verstummte. Die Zehe des Obersten hatte sich wieder in ein Lämmchen verwandelt, der Gichtanfall war zu Ende, der Oberst läutete und befahl, Schwejk wiederum vorzuführen.

„Also, was ist eigentlich los mit dir?“ fragte ihn der Oberst wohlwollend. Schwejk lächelte ihn freundschaftlich an, erzählte ihm seine ganze Odyssee, und daß er Ordonnanz der 11. Marschkompanie des 91. Regiments sei und daß er nicht wisse, was sie dort ohne ihn anfangen würden. Auch der Oberst lächelte und gab dann Befehl, Schwejk eine neue ärarische Montur auszuhändigen. Als Schwejk dann in der neuen österreichischen Montur den Stab verließ, meldete er sich streng militärisch beim Leutnant Dub, der unweit des Stabes stand, und fragte, ob er dem Oberleutnant Lukáš etwas von ihm ausrichten solle. Dub raffte sich nur zu einem einzigen Wort auf: „Abtreten!“

Kaum war Schwejk in Zoltanecz angekommen, geriet er schon auf dem Bahnhof mit dem Etappenkommando in Schwierigkeiten. Irgendein Korporal schrie Schwejk an, ob er ihm vielleicht persönlich seine Marschkompanie suchen solle.
„Für mich is sehr wichtig“, betonte Schwejk, „daß ich weiß, wo die 11. Marschkompanie is, weil ich die Ordonnanz von ihr bin.“ Am Nebentisch sprang ein Stabsfeldwebel wie ein Tiger in die Höhe und brüllte: „Verfluchtes Schwein, du bist Ordonnanz und weißt nicht, wo deine Marschkompanie ist?“
Bevor Schwejk noch antworten konnte, war der Feldwebel verschwunden und kehrte gleich aus der Kanzlei mit einem dicken Oberleutnant zurück.

Die Etappenkommandos waren eine Falle für herumstreichende, verwilderte Soldaten, die möglicherweise sonst den ganzen Krieg über ihren Truppenteil gesucht hätten. Kaum war der beleibte Oberleutnant eingetreten, fragte er Schwejk nach seinen Dokumenten. Als Schwejk sie ihm vorlegte und der Oberleutnant sich von der Richtigkeit seiner Marschroute überzeugt hatte, sagte er herablassend zum Korporal: „Geben Sie ihm Informationen!“ und verschwand wiederum in der Kanzlei. Sobald die Tür hinter ihm zugefallen war, packte der Stabsfeldwebel Schwejk bei der Schulter, schob ihn zur Tür und gab ihm folgende Information: „Schau, daß du weiterkommst, du Vieh!“ Und wieder befand sich Schwejk in einem Chaos und suchte einen Bekannten aus seinem Bataillon.

Lange irrte Schwejk in den Gassen von Zoltanecz herum; zu guter Letzt setzte er alles auf eine Karte. Er hielt einen Oberst an und fragte ihn in seinem gebrochenen Deutsch, ob er vielleicht wisse, wo sein Bataillon mit seiner Marschkompanie läge.
„Mit mir kannst du tschechisch sprechen", sagte der Oberst, „ich bin auch ein Tscheche. Dein Bataillon ist ganz in der Nähe im Dorf Klimontow untergebracht. Ins Städtchen dürft ihr nicht, denn gleich nach der Ankunft haben sich Soldaten von eurer Kompanie auf dem Marktplatz mit den Bayern gerauft." Der Oberst schenkte Schwejk fünf Kronen für Zigaretten, und während er sich verabschiedete, ging ihm durch den Kopf: Was für ein sympathischer Soldat! Schwejk begab sich also auf den Weg nach Klimontow.

Dort veranstalteten die Offiziere seines Bataillons gerade ein Festmahl. Sie hatten Geld zusammengelegt und ein Schwein gekauft. Umringt von einigen Schmarotzern aus den Reihen der Offiziersdiener, rüstete der Koch Jurajda das Schweinefest. Die heißhungrigsten Augen von allen machte natürlich der Nimmersatt Baloun. Mit solcher Lust und Begierde betrachten sicher Menschenfresser einen Missionar, der auf dem Rost gebraten wird, von dem das Fett tropft und angenehmer Duft ausströmt. Baloun hatte wohl ähnliche Gefühle wie der Hund vor dem Milchwagen, an dem ein Fleischerbursche vorbeigeht, der auf dem Kopf einen Korb mit frischgeräucherten Würsten trägt. Springen und zuschnappen! Wenn nur nicht das widerwärtige Riemenzeug und der verfluchte Maulkorb wären!

Und die Leberwürste strömten den Duft von Pfeffer, Fett und Leber aus. Baloun konnte sich nicht mehr beherrschen und schluchzte auf, und sein Schluchzen steigerte sich zu herzzerreißendem Weinen. „Was brüllst du wie ein Stier?“ fragte ihn der Koch Jurajda. „Das erinnert mich so an zu Haus“, antwortete Baloun unter Schluchzen, „wie ich bei uns zu Haus geschlachtet hab und wie ich nicht mal meinen besten Nachbarn was davon schicken wollt. Alles hab ich immer allein auffressen wolln und hab's auch allein aufgefressen. Einmal hab ich mich mit Leberwürsten, Blutwürsten und Wellfleisch so angepampft, daß alle gemeint ham, ich wer platzen. Sie ham mich im Hof im Kreis herumgejagt, wie wenn eine Kuh nach zuviel aufbläht.

Herr Jurajda, erlauben Sie mir einen Griff in die Fülle, soll ich dann angebunden wern, sonst überleb ich diese Martern nich.“ Baloun erhob sich von der Bank, schwankte wie ein Betrunkener und streckte seine Pratze nach der Leberwurstfülle aus. Es gab einen erbitterten Ringkampf. Nur mit größter Anstrengung vermochten alle Anwesenden ihn daran zu hindern, sich auf die Leberwurst zu stürzen. Als sie ihn aus der Küche hinausgeworfen hatten, griff er aus Verzweiflung in den Topf mit den eingeweichten Leberwurstdärmen. Der Koch Jurajda war so aufgeregt, daß er ihm ein ganzes Bündel Wurstspeile nachwarf und brüllte: „Friß dich an den Speilen satt, du Bestie!“ Um diese Zeit waren die Offiziere schon oben versammelt und warteten in festlicher Stimmung auf die Überraschungen, die unten in der Küche für sie vorbereitet wurden.

Unterdes betrat Schwejk die Kanzlei, in der sich nur der Einjährigfreiwillige Marek befand. Als Bataillonsgeschichtsschreiber nutzte er den Aufenthalt des Bataillons in Zoltenecz und beschrieb auf Vorrat einige siegreiche Kämpfe, die in Zukunft sicher entbrennen würden. „Na also, siehst du", sagte Schwejk zu ihm, „ich bin schon wieder da."
„Gestatte, daß ich dich beschnuppere", sagte der Einjährigfreiwillige angenehm berührt, „hm, du stinkst wirklich nach Kriminal."
„Wie gewöhnlich hat sich's nur um ein kleines Mißverständnis gehandelt, und was treibst du?"
„Wie du siehst", erwiderte Marek, „werfe ich die heldenhaften Retter Österreichs aufs Papier, aber irgendwie haut's nicht hin. Es kommt nur lauter Dreck heraus!"

„Ja der Mensch muß geduldig sein", bemerkte Schwejk. „In Nusle hat ein gewisser Hauber gewohnt, den ham sie mal am Sonntag auf der Straße nach Kunratice aus Versehn mitn Messer gestochen, wie er grad von einem Ausflug heimgegangen is. Und er is mit diesem Messer im Rücken nach Haus gekommen. Seine Frau hat's ihm hübsch herausgezogen und noch am selben Vormittag mit diesem Messer Fleisch auf Gulasch zerschnitten, weil es aus Solinger Stahl war und sie lauter stumpfe Messer zu Haus gehabt ham. Die Frau hat dann eine ganze Garnitur von solchen Messern in die Wirtschaft ham wolln und hat ihn immer am Sonntag auf einen Ausflug nach Kunratice geschickt. Er war jedoch so bescheiden, daß er nie woandershin gegangen is als zu ‚Banzet' in Nusle."

„Du hast dich aber gar nicht verändert", sagte der Einjährigfreiwillige zu Schwejk.
„Nein, ich hab mich nich verändert", erwiderte Schwejk, „ich hab dazu keine Zeit gehabt. Man hat mich sogar erschießen wolln, na, das wär noch nicht das Ärgste gewesen, aber seit dem Zwölften hab ich keine Löhnung gekriegt."
„Bei uns bekommst du jetzt nichts, wir marschieren nach Sokal, und die Löhnung wird erst nach der Schlacht ausbezahlt. Wir müssen sparen. Außerdem hat das Bataillon gegen dich einen Steckbrief erlassen."
„Das macht nichts", sagte Schwejk, „da ham sie ganz recht gehabt. Du sagst also, daß die Offiziere jetzt auf der Pfarre beim Schweineschlachtfest sind? Da muß ich hingehen und mich vorstelln, daß ich wieder da bin!"

In der Pfarre unterhielt man sich gerade über das Brigadekommando und die dort herrschende Unordnung. „Wir haben doch telegraphiert, wegen Schwejk..." „Hier", rief Schwejk aus der halbgeöffneten Tür. Beim Betreten des Zimmers wiederholte er: „Hier! Melde gehorsamst! Infanterist Josef Schwejk, Kompanieordonnanz!" Kaum hatte er Hauptmann Sagners und Oberleutnant Lukáš' bestürzte Gesichter erblickt, rief er: „Melde gehorsamst, daß ich erschossn wern sollt, weil ich herich Seine Majestät den Kaiser verraten hab."
„Um Gottes willen, was reden Sie da, Schwejk!" schrie Oberleutnant Lukáš verzweifelt und wurde bleich.
„Melde gehorsamst, Herr Oberlaitnant, das war so..."

Alle starrten Schwejk mit entsetzten Augen an. Er berichtete in allen erdenklichen Einzelheiten. Er vergaß nicht einmal zu bemerken, daß auf dem Damm des Teichs, wo ihn das Unglück getroffen hatte, Vergißmeinnicht wuchsen. Als er aber die tatarischen Namen Hallimulabalimej, Valivolavalivej aussprach, konnte Oberleutnant Lukáš nicht mehr an sich halten und sagte: „Daß ich Ihnen einen Tritt gebe, Sie Rindvieh!" Und Schwejk fuhr mit der ihm eigenen Konsequenz in seiner Erzählung fort. Bei der Schilderung des Standgerichts, des Generals und des Majors ließ er die Bemerkung fallen, daß der General auf dem linken Auge geschielt und der Major blaue Augen gehabt habe. Hauptmann Zimmermann warf eine Tasse nach ihm.

Schwejk setzte seinen Bericht ganz ruhig fort: wie er die letzten Tröstungen erhalten sollte und wie der Major bis früh in seinen Armen geschlafen hatte. Dann sagte er, daß sich Leutnant Dub mit einer Gehirnerschütterung beim Brigadekommando befinde und alle grüßen lasse.
„Und ich bitte um die Löhnung und die Tabakzulage", fügte er hinzu. Hauptmann Sagner und Oberleutnant Lukáš sahen sich fragend an, aber in diesem Augenblick öffnete sich die Tür, und die Wurstsuppe wurde hereingetragen.
„Sie verfluchter Kerl", sagte Hauptmann Sagner. „Sie hat nur das Schweinefest gerettet."
„Schwejk", fügte Lukáš hinzu, „wenn noch etwas vorfällt, wird es mit Ihnen ein schlechtes Ende nehmen! Scheren Sie sich zum Teufel!"

Schwejk begab sich in die Küche. „Nazdar", begrüßte ihn dort der Rechnungsfeldwebel Vaněk, der gerade eine Schweinshaxe abnagte. „Der Einjährigfreiwillige Marek hat uns gesagt, daß Sie hier sind und daß Sie eine neue Montur gefaßt haben. Da ham Sie mich in eine schöne Schlamperei gebracht. Bei mir sind Sie als beim Baden ertrunken geführt. Sie hätten überhaupt nicht mehr zurückkommen müssen. Mit Ihren zwei Monturen machen Sie uns nur Unannehmlichkeiten! Die Kompanie hat jetzt eine Montur zuviel, weil wir Ihre erste am Teich gefunden ham. Das Bataillon muß also den Zuwachs einer kompletten Montur melden, und draus kann eine Revision wern. Wenn zweitausend Paar Stiefel verlorengehn, schert sich kein Teufel drum. Aber so?"

Inzwischen war Jurajda, der Koch, vom Hof zurückgekehrt, und sein erster Blick fiel auf den verstörten Baloun, der auf der Ofenbank saß und verzweifelt seinen abgemagerten Bauch betrachtete. Jurajda griff in die Bratröhre und zog eine Blutwurst heraus.

„Friß, Baloun", sagte er freundlich, „friß, bis du platzt." Baloun traten die Tränen in die Augen. „Zu Haus, wenn wir geschlachtet ham, hab ich zuerst ein tüchtiges Stück Wellfleisch gegessen, dann den ganzen Rüssel, das Herz, ein Ohr, ein Stück Leber, eine Niere, die Milz und die Zunge. Danach sechs bis zehn Leberwürste und dicke Blutwürste, mit Graupen und Semmeln gefüllt... Alles zerfließt auf der Zunge, alles duftet, und man frißt und frißt...", sagte Baloun in Gedanken versunken, während er seine kleine Blutwurst verzehrte.

„Manchmal sag ich mir“, jammerte Baloun weiter, „daß mich die Kugeln verschonen werdn, aber der Hunger wird mich umbringen. Niemals mehr im Leben wer ich so eine gebratene Leberwurst kriegen wie zu Haus. Sulz hab ich nicht so gern gehabt, weil's nur zittert und nichts ausgibt. Die Frau hat's sehr gemocht, aber ich hab ihr nicht mal ein Stück Ohr in die Sulz gegönnt.“ Plötzlich erhob er sich, wandte sich dem Herd zu und versuchte ein Stück Brot in die Soße zu tunken. Jurajda gab ihm jedoch einen Schlag auf die Hand, daß die Brotscheibe in die Soße fiel. Dann packte er Baloun und warf ihn zur Tür hinaus.

Der unglückliche Baloun sah noch durchs Fenster, wie Jurajda die Brotscheibe, die von der Sauce schön braun gefärbt war, mit der Gabel herauslangte, von der Oberseite des Bratens ein Stück Fleisch abschnitt, es auf die Brotscheibe legte und diesen Leckerbissen Schwejk reichte. „Essen Sie, mein bescheidener Freund“, sagte er dabei.
„Da bin ich froh“, bemerkte Schwejk, während er Jurajdas edle Gabe verzehrte, „daß ich wieder unter den Meinigen bin. Es möcht mich sehr verdrießen, wenn ich der Kompanie nich mehr meine guten Dienste erweisen dürft. Weiß Gott, was ihr hier ohne mich angefangen hättet, wenn man mich dort zurückbehalten hätt und der Krieg sich noch paar Jahre hinziehn tät.“

Rechnungsfeldwebel Vaněk fragte interessiert: „Was glauben Sie, Schwejk, wie lang wird der Krieg dauern?" „Fünfzehn Jahre", erwiderte Schwejk. „Wenn schon, dann gründlich. Vom Frieden wer ich erst reden, wenn ich in Petersburg bin. Nehmen Sie zum Beispiel die Schweden. Von wo sind die nich gezogen gekommen, und dann ham sie bei Brod und Lipnice so gewütet, daß man dort heut noch um Mitternacht in den Wirtshäusern schwedisch spricht." In diesem Augenblick kam der Einjährigfreiwillige Marek in die Küche gestürzt und schrie: „Rette sich, wer kann! Leutnant Dub ist mit dem beschissenen Kadetten Biegler im Stab eingetroffen!

Es ist schrecklich mit ihm", informierte sie Marek weiter, „kaum ist er hier, schon stürzt er in die Kanzlei. Ich hab mich grad auf der Bank ausgestreckt und bin schon im Einschlafen, da springt er auf mich los und fährt mich an: ‚Geschlafen wird erst nach dem Zapfenstreich!' Dann haut er mit der Faust auf den Tisch und schreit: ‚Ihr wolltet mich wohl loswerden beim Bataillon! Glaubt bloß nicht, daß es eine Gehirnerschütterung war! Mein Schädel hält was aus!' Der Kadett Biegler hat irgendwas in den Bart gebrummt. Da hat Leutnant Dub gleich gedacht, er will ihn zum Narren halten, hat ihn gepackt — wegen frechen Verhaltens gegenüber älteren Offizieren — und führt ihn jetzt zum Hauptmann, um sich über ihn zu beschweren."

Eine Weile später kamen Kadett Biegler und Leutnant Dub in die Küche, die man passieren mußte, wenn man hinaufgehen wollte. Als der Leutnant eintrat, rief Schwejk: „Habt acht, alles aufstehn!" Leutnant Dub trat dicht an Schwejk heran: „Jetzt kannst du dich freuen, jetzt ist's aus mit dir! Ich laß dich ausstopfen, damit ich ein Andenken ans 91. Regiment hab." „Zu Befehl, Herr Laitnant", salutierte Schwejk, „melde gehorsamst, ich hab gelesen, daß es mal eine große Schlacht gegeben hat, in der ein schwedischer König mit seinem treuen Pferd zusammen gefallen is. Beide Kadaver hat man nach Schweden gebracht, und jetzt stehn die beiden Leichen ausgestopft im Stockholmer Museum."

„Woher weißt du das, du Halunke?" brüllte Leutnant Dub.
„Melde gehorsamst, Herr Laitnant, von meinem Bruder, was Professor is."
Leutnant Dub drehte sich um, spuckte aus und schob den Kadetten Biegler in Richtung Speisesaal vor sich her. Trotzdem konnte er nicht umhin, sich in der Tür nach Schwejk umzudrehen. Mit der unerbittlichen Strenge eines römischen Cäsaren, der im Zirkus über das Schicksal verwundeter Gladiatoren entscheidet, wies er mit dem Daumen der rechten Hand auf den Boden und schrie Schwejk an: „Daumen hinunter!"
„Melde gehorsamst, Herr Laitnant", rief Schwejk hinter ihm her, „daß ich sie schon hinuntergeb!"

Kadett Biegler war schwach wie eine Fliege. Er hatte einige Cholerastationen überstanden, bis er endlich einem Fachmann in die Hände geraten war, der seine Gedärme mit Tannin kräftigte. Dieser erklärte ihn dann für frontdiensttauglich und schickte ihn zum nächsten Etappenkommando. Als der Kadett Biegler ihn darauf aufmerksam machte, daß er sich sehr schwach fühle, antwortete der Fachmann mit einem Lächeln: „Die goldene Tapferkeitsmedaille werden Sie schon noch ertragen. Sie haben sich ja freiwillig zum Militär gemeldet." Und so begab sich Kadett Biegler auf den Weg, an dessen Ende die goldene Medaille winkte. Eigentlich war es ein Leidensweg von einem Abort zum anderen.

Einige Male verpaßte Kadett Biegler den Zug, weil er auf den Bahnhöfen zu lange auf dem Abort blieb, und des öfteren versäumte er das Umsteigen, weil er im Zug wiederum auf dem Abort saß. Es muß aber vermerkt werden, daß Kadett Biegler an solchen Orten die Zeit niemals ungenützt verstreichen ließ, denn dort rekapitulierte er alle ruhmreichen Schlachten der österreichisch-ungarischen Armee: Unzählige Male zog er an der Kette eines Wasserklosetts, und immer hatte er dabei die Vorstellung von Schlachtenlärm, Kavallerieangriff oder Geschützdonner.
Das Zusammentreffen Leutnant Dubs mit dem Kadetten Biegler war nicht gerade angenehm, sondern bildete die Ursache der Bitterkeit ihrer künftigen gespannten Beziehungen innerhalb und außerhalb des Dienstes.

Als nämlich Leutnant Dub schon viermal an die Aborttür geklopft hatte, schrie er wütend: „Wer ist drin?"
„Kadett Biegler, 11. Marschkompanie, 91. Regiment", lautete die stolze Antwort.
„Hier Leutnant Dub von derselben Kompanie", stellte sich der Konkurrent vor.
„Gleich bin ich fertig, Herr Leutnant!"
„Ich warte!"
In dieser gespannten Situation vergingen neuerlich fünfzehn Minuten. Dann noch mal fünf und noch mal fünf Minuten. Als nach hoffnungsvollem Papiergeraschel weitere sieben Minuten verflossen waren, ohne daß sich die Tür geöffnet hätte, erhöhte sich Leutnant Dubs Temperatur.

Von leichtem Fieber geschüttelt, dachte er darüber nach, ob er sich beim Brigadekommandanten beschweren solle. Vielleicht erteilte dieser den Befehl, die Tür aufzubrechen und den Kadetten Biegler herauszutragen. Es fiel ihm auch ein, daß hier vielleicht Subordinationsverletzung vorliege. Erst nach weiteren fünf Minuten wurde sich Leutnant Dub bewußt, daß er hier eigentlich nichts mehr zu suchen hatte, denn sein Bedürfnis war ihm längst vergangen. Aus irgendeinem Prinzip stieß er jedoch weiter mit dem Fuß an die Tür, hinter der ständig die gleichen Worte ertönten: „In einer Minute bin ich fertig, Herr Leutnant." Endlich hörte er, wie Biegler das Wasser laufen ließ, und nach einer Weile standen sich beide von Angesicht zu Angesicht gegenüber.

„Kadett Biegler", erdröhnte Leutnant Dubs Stimme, „glauben Sie nur nicht, daß ich zu demselben Zweck hier bin wie Sie. Ich bin deshalb gekommen, weil Sie sich bei Ihrer Ankunft im Brigadestab nicht bei mir gemeldet haben. Kennen Sie die Vorschriften nicht? Wissen Sie, wem Sie den Vorzug gegeben haben? Über Ihr Verhalten werden wir beim Bataillon entscheiden. Ich fahre per Automobil und Sie kommen mit! Kein aber!" Kadett Biegler wandte nämlich gegen eine Fahrt mit dem Automobil ein, daß er eine auf die Eisenbahn ausgestellte Marschroute habe, welche Art zu reisen ihm in Anbetracht des Zitterns seines Mastdarms angezeigter zu sein schien.

Jedem Kind ist ja bekannt, daß Automobile für solche Dinge nicht eingerichtet sind. Weiß der Teufel, wie es kam, daß die Erschütterungen des Automobils keinen Einfluß auf das Verhalten des Kadetten Biegler hatten. Leutnant Dub war schon ganz verzweifelt, weil es ihm nicht gelang, seinen Racheplan auszuführen. Als sie losfuhren, sagte sich Dub nämlich: ‚Wart nur, bis es dich packt! Glaubst du vielleicht, ich laß anhalten?' In diesem Sinne belehrte er auch den Kadetten Biegler darüber, daß Militärfahrzeuge, denen ein bestimmter Weg vorgeschrieben ist, mit Benzin sparsam umgehen müssen und nirgends halten dürfen.

Leutnant Dub versuchte dem Kadetten Biegler fortwährend zu beweisen, daß ein Militärautomobil nirgends halten dürfe, damit kein Benzin verschwendet werde. Kadett Biegler wandte dagegen ganz richtig ein, daß ein Automobil, das irgendwo warte, überhaupt kein Benzin verbrauche, weil der Chauffeur den Motor abstelle.
„Soll ein Automobil“, fuhr Leutnant Dub unerschütterlich fort, „zur bestimmten Zeit am vorgesehenen Ort ankommen, so darf es nirgendwo halten.“ So rasten sie über eine Viertelstunde lang durch die Gegend. Plötzlich hatte aber Leutnant Dub das Gefühl, daß sein Bauch aufgebläht sei und es ratsam wäre, das Automobil halten zu lassen, auszusteigen und sich Erleichterung zu schaffen.

Bis zum Kilometer hundertsechsundzwanzig hielt er sich wie ein Held. Dann aber zog er den Chauffeur energisch am Rock und schrie ihm ins Ohr: „Halt!“
„Kadett Biegler“, sagte Leutnant Dub gnädig, während er aus dem Automobil in den Straßengraben sprang, „jetzt haben Sie auch Gelegenheit.“
„Danke“, antwortete Kadett Biegler, „ich will das Automobil nicht unnötig aufhalten.“ Er hatte sich lieber bemacht, als daß er die Möglichkeit, Leutnant Dub zu blamieren, nicht ausgenutzt hätte. Ehe sie nach Zoltanecz kamen, ließ Leutnant Dub noch zweimal halten; und nach dem letztenmal sagte er verärgert zu Biegler: „Ich hab zu Mittag Bikosch mit polnischer Sauce gegessen. Das Sauerkraut war verdorben, und das Schweinefleisch ebenfalls ungenießbar.“

„Feldmarschal Nostitz-Rieneck", antwortete Biegler, „hat unter dem Titel ‚Was schadet dem Magen im Kriege?' eine Schrift herausgegeben, in der er empfiehlt, während der Strapazen im Felde kein Schweinefleisch zu essen. Jede Unmäßigkeit auf dem Marsche is schädlich." Leutnant Dub antwortete zunächst nichts darauf, sondern dachte sich nur: ‚Die Gelehrsamkeit wird dir schon vergehn, du Kerl!' Dann überlegte er es sich jedoch und sagte: „Sie meinen also, Kadett Biegler, daß ein Offizier, den Sie als Ihren Vorgesetzten ansehen müssen, unmäßig ißt? Wollen Sie damit vielleicht sagen, daß ich mich überfressen habe? Ich danke Ihnen für diese Aufrichtigkeit. Seien Sie versichert, daß ich mit Ihnen abrechnen werde!"

Bei dem letzten Wort hätte sich Leutnant Dub beinahe in die Zunge gebissen, weil sie über eine Wasserrinne fuhren. Kadett Biegler antwortete nicht, was Leutnant Dub so erregte, daß er in barschem Tone sagte: „Ich denke, Sie haben gelernt, daß Sie auf Fragen Ihres Vorgesetzten zu antworten haben." „So einen Passus gibt es allerdings. Es ist aber vorher nötig, unser gegenseitiges Dienstverhältnis zu analysieren. Soweit mir bekannt ist, bin ich noch nirgends eingeteilt, so daß von einer unmittelbaren Subordination Ihnen gegenüber, Herr Leutnant, gar nicht die Rede sein kann. So wie wir zwei jetzt im Automobil sitzen, stellen wir auch keine Kampfeinheit innerhalb einer bestimmten Kriegsoperation dar.

Wir fahren zu unseren Truppenkörpern. Die Antwort auf Ihre Frage, ob ich sagen wollte, daß Sie sich überfressen haben, Herr Leutnant, stellt gewiß keine dienstliche Äußerung dar."
„Sind Sie fertig?" brüllte ihn Dub an, „Sie..."
„Jawohl", erklärte Biegler in festem Tone, „vergessen Sie nicht, Herr Leutnant, daß über das, was sich zwischen uns abgespielt hat, das Offiziersehrengericht entscheiden wird."
Leutnant Dub war vor Wut und Zorn ganz außer sich. In der Aufregung pflegte er noch größere Blödheiten zu sagen, als wenn er ruhig war. Deshalb brummte er nur: „Über Sie wird das Militärgericht entscheiden."

Kadett Biegler benutzte diese Gelegenheit, um Dub völlig aus der Fassung zu bringen, und sagte deshalb in freundschaftlichstem Tone: „Du scherzest, Kamerad."
Leutnant Dub schrie den Chauffeur an, er solle halten.
„Einer von uns muß zu Fuß gehen", stieß er hervor.
„Ich werde fahren", erwiderte ruhig Kadett Biegler, „und du, Kamerad, mach, was du willst!"
„Fahren Sie weiter!" brüllte Dub wie im Delirium den Chauffeur an. Dann hüllte er sich in würdevolles Schweigen wie Julius Cäsar, als die Verschwörer nahten, um ihn zu meucheln.
So kamen sie in Zoltanecz an, wo sie Näheres über die Quartiere ihres Bataillons erfuhren.

Während Leutnant Dub und Kadett Biegler auf der Treppe noch darüber stritten, ob ein Kadett, der nirgends eingeteilt ist, Anspruch auf Leberwürste habe oder nicht, hatten sich die Soldaten in der Küche schon satt gegessen, auf den Bänken ausgestreckt und unterhielten sich über alles mögliche, wobei sie aus ihren Pfeifen ungeheure Rauchwolken herausholten. Der Koch Jurajda erzählte: „Da hab ich heute eine wunderbare Erfindung gemacht. Ich glaube, daß sie einen völligen Umsturz in der Kochkunst bedeutet. Du weißt doch, Vaněk, daß ich in diesem verfluchten Dorf nirgends Majoran für die Leberwürste auftreiben konnte. Aber der menschliche Geist greift in der Not zu den seltsamsten Mitteln.

Als wir vergeblich nach einem bißchen Majoran gesucht hatten, ist mir eingefallen, daß ich wenigstens einen Ersatz finden muß. Und da hab ich in einem Bauernhaus unter einem Bild einen Myrtenkranz hängen sehen. Es waren Neuvermählte, und die Myrte war noch ziemlich frisch. Ich hab den ganzen Kranz dreimal mit kochendem Wasser überbrühen müssen, aber die Blätter sind weich geworden und haben den scharfen Geschmack verloren. Selbstverständlich ist es nicht ohne Tränen abgegangen, als ich ihnen den Hochzeitskranz weggenommen hab. Beim Abschied haben sie mir prophezeit, daß mich die erste beste Kugel treffen werde, denn das sei Lästerung. Und niemand von euch hat gemerkt, daß die Leberwürste statt nach Majoran nach Myrte duften."

„In Königgrätz", ließ sich Schwejk vernehmen, „hat's vor Jahren einen Selcher, einen gewissen Josef Línek, gegeben. Der hat auf dem Regal zwei Schachteln stehn gehabt. In der einen war eine Mischung von allen Gewürzen, was er in seine Leberwürste und Blutwürste hineingetan hat. In der andern hat er Insektenpulver gehabt, weil dieser Selcher schon paarmal festgestellt hat, daß seine Kundschaften in den Leberwürsten auf Wanzen oder Schaben gebissen ham. Er hat auf Reinlichkeit gehalten und überall dieses Insektenpulver gestreut. Und da macht er einmal Leberwürste und hat grad Schnupfen. Er nimmt die Schachtel mit Insektenpulver und schüttet es in die Leberwurst. Seit der Zeit ham die Leute nur beim Línek Leberwürste gekauft. Sie ham sich geradezu um sie gerissen."

„Die Kochkunst lernt man am besten im Krieg kennen, insbesondere an der Front", bemerkte der Einjährigfreiwillige Marek.
„Ja, im Frieden", sagte Schwejk ungewöhnlich ernst, „da hat sich der ganze Militärdienst um die Küche gedreht. Da hamr in Budweis den Oberlaitnant Zákrejs gehabt, und der hat immer gesagt, wenn ein Soldat was ausgefressen hat: ‚Du Lackel, wenn das noch mal vorkommt, mach ich aus deinem Maul einen gut geklopften Rostbraten, zertret dich zu Erdäpfelkasch und laß dich das Ganze auffressen. Gänseklein mit Reis wird aus dir fließen, und du wirst ausschaun wie ein gespickter Hase in der Pfanne oder wie Faschiertes.' "

Schwejks weitere Darlegungen wurden durch ein großes Geschrei von oben unterbrochen, wo das festliche Mittagessen gerade seinem Ende entgegenging. Man konnte die Stimme des Kadetten Biegler vernehmen: „Der Soldat soll schon im Frieden wissen, was der Krieg erfordert, und im Krieg nicht vergessen, was er auf dem Exerzierplatz gelernt hat."
Leutnant Dub schrie: „Ich bitte zu konstatieren, daß ich schon zum drittenmal beleidigt wurde!" Aber die angeheiterten Offiziere riefen alle durcheinander Dub entgegen: „Ohne Reitlehrer geht's nicht! Störrischer Mustang! Kunstreiter!"
Hauptmann Sagner reichte ihm schnell ein Glas Schnaps, und der beleidigte Leutnant Dub schob Lukáš, der ihn freundschaftlich begrüßte, seinen Stuhl zu.

Irgendwie übersah man die traurige Gestalt des Kadetten Biegler, obwohl er sich bei allen Tischgenossen vorschriftsmäßig gemeldet hatte. Biegler ergriff also ein volles Glas, setzte sich ganz bescheiden ans Fenster und wartete auf den geeigneten Augenblick, um seine Kenntnisse anbringen zu können. Leutnant Dub war der schreckliche Fusel schon zu Kopf gestiegen, und er fing plötzlich an zu brüllen: „Der Herr Bezirkshauptmann und ich haben immer gesagt: Patriotismus, Pflichttreue und Selbstüberwindung, das sind im Krieg die wahren Waffen. Gerade heute, wo unsere Truppen bald die Grenze überschreiten werden, muß ich dieser Worte gedenken...!"

Der Alkohol versetzte Leutnant Dub in höhere Sphären und beflügelte seine Gedanken: „Eine Idee muß die Infanterie beseelen, eine Idee, vor allem eine Idee. Und diese Idee ist der Patriotismus, die Liebe zum Kaiserhaus und die Sorge um das Wohl des Reiches. Diese Idee beherrscht unsere Truppen, deshalb werden wir den Krieg gewinnen. Noch mitten im Frieden hat unser Herr Bezirkshauptmann gesagt: ‚Meine Herren, liebe Kollegen und Kameraden! Begreifen Sie doch die Größe all dessen: Mit einer Idee in den Kampf ziehen! Nur sie brauchen wir zum Siege!' " Leutnant Dub warf in seiner Trunkenheit einen herausfordernden Blick auf die übrigen Offiziere und erwartete, daß sie ihre Zustimmung zum Ausdruck bringen würden. Er kam sich vor wie Prinz Eugen. Hauptmann Sagner blickte jedoch ausdruckslos irgendwo in die Ecke.

Leutnant Dub fuhr in seiner Rede fort: „Die größte Rolle im Kampfgeist der Armee spielt die Erziehung; die bekommt das Kind in der Schule, und wir Lehrer geben sie ihm." Und Dub ergriff ein großes Glas Schnaps, der nach vergälltem Spiritus schmeckte, und trank es in einem Zug aus. Hauptmann Sagner brummte etwas vor sich hin und ging hinaus; einige Offiziere ließen den Kopf auf den Tisch sinken und schliefen ein. Dub war schon so besoffen, daß er langsam das Bewußtsein verlor. Er stammelte nur noch: „Alles für den Kaiser! Alles fürs Kind! Das Erhabenste auf der Welt ist das Wohl des Reiches! Es lebe die Armee!" Bevor Dub ganz im Delirium versank, rief er noch: „Die Idee, die Idee, die Idee!" Dann fiel er untern Tisch.

Hauptmann Sagner kehrte in die Stube zurück; und hinter ihm stürzte der Koch Jurajda herein. Er war erregt und zornig, schlug die Hacken zusammen und salutierte, ohne zu beachten, daß er keine Mütze auf dem Kopf hatte: „Melde gehorsamst, er hat sie aufgefressen. Mit dem Bindfaden! Ich bitte gehorsamst, Herr Hauptmann, ich kann nichts dafür, ich hab sie auskühlen lassen, und er hat sie aufgefressen!"
„Koch, reden Sie zusammenhängend! Was ist passiert? Was haben Sie hier zu suchen? Jetzt ist doch kein Rapport! Himmelherrgott!"
„Melde gehorsamst, Herr Hauptmann, Sie haben mir befohlen, Speckwurst zu machen, und ich hab sie gemacht. Aber der Putzfleck Baloun hat gesehn, wie ich sie in den Keller trage, und hat sie aufgefressen. Er hat nicht mal gewartet, bis sie ausgekühlt ist."

Dem Hauptmann hatte schon Lukáš von der krankhaften Freßsucht seines Dieners erzählt. So klopfte Sagner beim schlafenden Oberleutnant an die Tür und sagte: „Hör mal, Lukáš, geh und bring das in Ordnung! Dein Baloun hat unsere Speckwurst aufgefressen. Du hast dich doch so drauf gefreut, daß du sie mit Essig und Zwiebel essen wirst, gelt?"
Lukáš fluchte verschlafen, schnallte den Säbel um und lief hinter dem Koch die Treppe hinunter. Unten auf dem Hof, auf einem Haufen Brennholz, saß Baloun, und neben ihm stand Schwejk, die Pfeife im Mund:
„Siehst du, du Schwein, wohin du's mit deiner blinden Gier gebracht hast! Den Offizieren hast du die Speckwurst weggefressen. Du Spitzbub, du, se wern dich doch erschießen lassen! Jesus Maria! Und was, wenn sie nich ordentlich durchgekocht war und es waren Trichinen drin? Kamerad, da kannst du ja einen Bandwurm kriegen!"

Oberleutnant Lukáš brüllte zuerst Schwejk an: „Himmelherrgott, Sie Kerl, Sie! Kuschen Sie, sonst laß ich Sie einsperren, bis Sie schwarz werden! Baloun, du Schwein, wo ist die Speckwurst? Kruzilaudon, steh auf, wenn ich mit dir spreche."
Schwejk nahm die Pfeife aus dem Mund: „Melde gehorsamst, daß er nicht einmal aufstehn kann. Er is vollkommen erledigt. Die Speckwurst hat nämlich über zwei Kilo gewogen. Ja, die Menschen ham halt verschiedene Schwächen. In Jinonice hat's eine Schneiderin gegebn..."
„Herrgott, Schwejk, schweigen Sie oder ich durchbohre Sie!" zischte der Oberleutnant. „Steh auf, du Haifisch!" fuhr er Baloun an. Kaum hatte er aber gesehen, daß Schwejk „Habt acht" stand und sich zum Sprechen anschickte, zog er bedeutungsvoll den Säbel.

„Melde gehorsamst, ich hab nur sagen wolln", meldete Schwejk mit seligem Lächeln, „daß der Tod durch die Hand des eigenen Herrn herich besonders süß sein soll. Darüber hab ich mal im Kalender eine Geschichte gelesen. In Frankreich hat ein Marquis gelebt, was einen Diener hatte. Wie dort die Revolution ausgebrochen is und man überall die Schlösser geplündert hat, da hat dieser Marquis aus Versehn seinen eigenen Diener erschossen. Und wie der Marquis nachn Doktor schicken wollt, weil sein Kammerdiener schon in den letzten Zügen gelegn is, da hat dieser gesagt: ‚Schicken S' nirgendshin, Euer Gnaden, ich sterb gern'. Dann is er gestorben und war maustot. Und jetzt, melde gehorsamst, Herr Oberlaitnant, jetzt können Sie mich mit dem kühlen Stahl durchbohren!" Und Schwejk machte zwei Knöpfe an der Bluse auf.

„Jesus Maria, Schwejk, wegen Ihrer Blödheit werde ich mich noch selbst erschießen!" stöhnte Oberleutnant Lukáš und griff sich an den Kopf. Schwejk machte die Bluse wieder zu: „Tun Sie das nich, das möcht eine Dummheit sein. Nich mal Patronen gibt's umsonst. Damit Sie's aber wissen, Herr Oberlaitnant, das mit dem kühlen Stahl hab ich ausn Theater. Dort entgeht den Leuten wirklich nichts. Da hat man mal ‚König Wenzel und sein Henker' gespielt. Der König hat Wein getrunkn, und einer von den Edelleuten hat ihm heimlich Gift in den Pokal geschüttet. Der König hat den Becher erhobn und wollt ihn austrinkn. Da hat ein altes Mütterchen ängstlich von der Galerie heruntergerufen: ‚Junger Herr, trinken Sie das nicht, der Wein is vergiftet!' "

Oberleutnant Lukáš hielt sich die Ohren zu, bedachte Schwejk mit einem wütenden Blick und rollte dabei furchterregend mit den Augen. Dann versetzte er dem erledigten Baloun einen Tritt und wandte sich an den Feldwebel Vaněk: „Den Baloun drei Tage lang je zwei Stunden anbinden. Sagen Sie's dem Zugführer! Hat er sie denn wirklich ganz aufgefressen?" Und ohne die Antwort abzuwarten, verließ er den Hof wie ein geölter Blitz.
Kaum war dann das Säbelklirren auf der Treppe verstummt, sagte Schwejk zu dem niedergeschlagenen Baloun: „Siehst du, du Trottel, was du dir eingebrockt hast? Bis zum Aufhängen hat nich mehr viel gefehlt. Schon zum zweitenmal hab ich dir das Leben gerettet, aber von jetzt an tu ich nichts mehr für dich! So was macht ein ordentlicher Soldat nich.

Wenn das Seine Apostolische Majestät unser Kaiser erfahren tät, was möcht er sich von uns denken, von dir und von mir.“ Und als der ewig hungrige Riese zu schluchzen anfing und sich mit dem Ärmel die Tränen abwischte, nahm ihm Schwejk die Mütze ab und streichelte sein Haar: „Na, na, wein doch nicht, heul nicht! Du wirst doch wegen so einem Dreck wie dem Anbinden nicht gleich heulen. Da warten auf uns noch ärgere Dinge, Kamerad. In Radlice hat's eine Kohlenhändlerin gegeben, die hat immer gesagt: ‚Nie ist's auf der Welt so arg, daß es nicht noch ärger werden könnt.“
Dann kam der Zugführer mit den Stricken und hinter ihm zwei Soldaten mit aufgepflanztem Bajonett. Sie führten Baloun ab, und er wurde neben der Schule an eine junge Linde gebunden.

Von oben aus dem Fenster schrie Leutnant Dub: „Bindet das Schwein anständig, daß es schwarz wird. Er soll wie eine Balletteuse auf den Fußspitzen stehen! Zugführer, wenn Sie den Kerl nicht anständig anbinden, bind ich Sie selber an, und zwar eigenhändig! Sie kennen mich noch nicht! Kruzifix! Hören Sie, Sie kennen mich noch nicht!“
Und der Zugführer zog die Stricke so fest zusammen, daß sie in Balouns Fleisch einschnitten.
„Mach den Knoten locker“, brummte Schwejk, „das is doch ein Erztrottel, so ein Schemelfurzer, so ein Reservistendepp mit Gipskopf!“
Vor dem angebundenen Baloun blieb ein Posten stehen und paßte auf, daß der Delinquent nicht in Ohnmacht falle.

Es war schon Abend, und die untergehende Sonne hüllte den angebundenen Baloun in rote Strahlen. Ins Dorf trieben die Soldaten ganze Viehherden, die tagsüber auf den Wiesen und im Wald geweidet hatten. Das Muhen der Kühe und das Knallen der Peitschen erinnerten Baloun an sein Heimatdorf, an Schweineschlachten, Selchfleisch und Brotlaibe. Wieder traten ihm die Tränen in die Augen. Er blickte auf die Sonne, die dort irgendwo unterging, wo seine Mühle stand, und von seinen Lippen kam es unter heftigem Schluchzen: „Oh, mein Gott, warum hast du mich nicht als Ochsen erschaffen! Da hätt ich nie solchen Hunger! Wieviel Weide gibt's allein auf dem Stück Erde, das wir durchzogen ham."

Erst in der Nacht kam der Zugführer und band Baloun los. Der Putzfleck betrachtete die blauen Streifen auf seinen wunden Handgelenken und schwankte wie ein Betrunkener. Schwejk tröstete ihn: „Mach dir nix draus, Kamerad. Strenge muß sein beim Militär. Bei den Deutschmeistern sind die Soldaten angebunden worn, bei den Landesschützen hat man die Soldaten angebunden, beim 36. Regiment sind sie angebunden worn und bei den Honveds kriegen sie Handschellen. Strafe muß sein! Sogar Gott der Barmherzige straft alles, und gewiß möcht er dir's nicht vergeben, wenn du ihm eine zwei Kilo schwere Speckwurst auffressen tätst. Und das merk dir: Auf arme Leut muß man streng sein, mag geschehn, was da will."

In jedem Beruf erwirbt man Erfahrungen, mit deren Hilfe man den Eintritt gewisser Ereignisse vorherbestimmen kann. Alte Schäfer wissen besser als eine meteorologische Station, was für Wetter es morgen geben wird. Und so hatten die Soldaten des Marschbataillons des 91. Regiments kaum den Befehl erhalten, neue Latrinen auszuheben, als die erfahrenen Frontkämpfer sagten: „Kinder, das hat was zu bedeuten, morgen marschieren wir ab. Es geht schon los."
Am nächsten Morgen gab's Alarm: Zwei Offiziere vom Generalstab waren angekommen. Die Soldaten empfingen sie mit freudigen Bemerkungen wie: „Der Teufel soll sie holen! Wo diese Spitzbuben mit den Musikantenkappen auftauchen, da schaut's nach Vormarsch und Gemetzel aus!"

Mit leisen Seufzern packten die Soldaten Konserven und Brot in den Rucksack und Patronen in den Brotsack. In der Kompaniekanzlei sagte Schwejk zu Baloun: „So, jetzt wern wir sie dreschen. Glaub ja nicht, du Dummkopf, daß du alles schon heut auffressen kannst, das ist für die ganze Woche! Jetzt siehst du die Küche nicht eher, bis wir den Feind zum Teufel gejagt ham. Dann gibt's Rast und wir bekommen Menage."
„Heilige Mutter Gottes von Klokoty!" stöhnte Baloun. „Ich weiß, daß ich's auffreß, bevor noch der Herr Hauptmann Marsch! gesagt hat."
„Sei kein Ochs", sagte Schwejk feierlich zu ihm, „denk an deinen Eid und an die Soldatenehre. Da hat in Čáslav bei der Landwehr ein Soldat, ein gewisser Stárek gedient.

Gleich als Rekrut is er dem Korporal in die Hände gefalln, und der hat zu ihm gesagt: ‚Sie sind so blöd, daß es ganz unmöglich is, daß es noch einen blöderen gibt!' Dieser Stárek war nämlich genauso ein Nimmersatt wie du. Wenn wir Brot gefaßt ham, hat er den ganzen Laib mit unter die Decke genommen. Er hat ein Stück nach dem andern abgebissen, und um Mitternacht is nich einmal eine Kruste übriggeblieben. Und in der Nacht hat er immer so gestunken, daß seine Nachbarn früh zur Visite gegangen sind, wo ihnen der Doktor immer ‚Ruhe' verordnet hat, weil sie vergiftet waren. Aber dann ist man draufgekommen. Über Nacht ham sie ihn nun immer hinausgeschmissen, und er hat oben aufn Boden schlafen müssen, damit ihn niemand find. Und so hat er alles Ansehn verlorn, und niemand hat ihn als Soldat geachtet."

Nach der Offiziersbesprechung begann der ruhmreiche Marsch durch die galizischen Sümpfe. Drei Tage lang marschierte die Kompanie durch verbrannte Dörfer und übernachtete auf freiem Felde. Am Abend des dritten Tages schlugen die Soldaten am Rande eines niedrigen Waldes ein Lager auf. Früh wurden sie von Kanonendonner geweckt: „Bum! bum! bum!" Schwejk stand auf und ging zum Bach. Oberleutnant Lukáš saß nackt am Ufer und bespritzte sich mit Wasser. Schwejk salutierte: „Melde gehorsamst, daß ich Ihnen einen guten Morgen wünsche, Herr Oberlaitnant, wird's heut Kaffee geben?"
„'n Morgen, Schwejk", sagte Lukáš familiär, „was sagst du nun dazu? Vielleicht kommen wir heute schon ins Gefecht!"

„Melde gehorsamst, Herr Oberlaitnant, ich vertrau fest auf Gott, daß er mir genug Kraft gibt, damit ich für Seine Majestät den Kaiser Gutes und Schlechtes ertrag", antwortete Schwejk ergeben. „Bitte gehorsamst, Herr Oberlaitnant, ham Sie nich in der Feldflasche ein bißl Sliwowitz? Mir is übel und ich fühl mich irgendwie schwach."
„Aber nur einen Schluck, Schwejk, daß du mir nicht alles aussäufst", ermahnte ihn Lukáš.
„Ich wer nur nippen, damit es mir nicht so schal im Mund ist! Ach, der is aber gut", sagte Schwejk, schnalzte mit der Zunge und wischte sich den Mund mit dem Handrücken ab. „Da hat's, Herr Oberlaitnant, in Smichov einen Kaufmann gegeben, einen gewissen Vorlíček, der hat bei der Anstellung von Gehilfen seine eigene Methode gehabt. Wenn er einen Angestellten gesucht hat und es hat sich einer gemeldet...

...so hat ihn der Herr Vorlíček in den Laden kommen lassen und zu ihm gesagt: ‚Menschenskind, gehn Sie mal erst um den Ladentisch herum!' Is der Gehilfe vorsichtig herumgegangen, hat der Herr Prinzipal zu ihm gesagt: ‚Mensch, Sie kann ich nich gebrauchen. Sie gehn mir zu langsam!' So hat er lange Zeit Angestellte gesucht, bis er mal auf einen Gehilfen gestoßen is, der is flink wie ein Wiesel um den Ladentisch gesprungen. ‚Sie gefallen mir, Sie stell ich ein', hat der Kaufmann gesagt, ‚denn bei mir müssen Sie schnell sein!' Und so hat er den Gehilfen in seine Filiale in Košíře geschickt, denn er war mit ihm sehr zufrieden. Aber der flinke Gehilfe hat ihm die Filiale zu Weihnachten ausverkauft, und dann is er mit einer Dame aus einem Nachtcafé nach Italien gefahrn."

Zusammen mit Oberleutnant Lukáš kehrte Schwejk zu den Soldaten zurück. Als er sich davon überzeugt hatte, daß Lukáš von Baloun eine Eßschale mit Kaffee in Empfang genommen hatte, salutierte er und verabschiedete sich mit den Worten: „Melde gehorsamst, Herr Oberlaitnant, daß ich Ihnen guten Appetit wünsch."
„Danke dir!" sagte Lukáš.
„Schwejk", fragte nach einer Weile der Einjährigfreiwillige Marek, „seit wann duzt Sie der Herr Oberleutnant, wo Sie ihn doch siezen?"
Schwejk blickte ihn an und sagte: „Er hat verlangt, daß ich ihn auch duze; wir ham dort beim Bach mit Sliwowitz auf Bruderschaft getrunken. Er is ein netter Bursch und fängt gleich an zu duzen, wenn er Kanonendonner hört. Bis das Gewehrfeuer einsetzt, wird sich sogar der Herr Oberst mit uns duzen."

Schwejk suchte dann den Feldwebel Vaněk auf, der ihm mitteilte, daß die Kompanie Wein fassen werde. Das Weinfassen war eine Spezialität der österreichischen Armee, und die Soldaten sagten dazu: „Lumperei." Jede Kompanie faßte einen Eimer Wein. An diesen Eimer trat als erster der Stabsfeldwebel und füllte sich die ganze Eßschale voll; es kam der Rechnungsfeldwebel, der seinem Beispiel folgte. Dann kamen die Köche und die Offiziersdiener. Zum Schluß fiel es gewöhnlich so aus: Wenn der Korporal zu seiner Abteilung gekommen war und rief: „Wein verteilen!", blickten die Soldaten auf ein bißchen rote Flüssigkeit, die knapp den Boden des Eimers bedeckte, und riefen wie aus einem Mund: „Trinken Sie's allein aus, Herr Korporal! Es steht nicht dafür, sich den Bart naß zu machen."

Deshalb reagierte auch Schwejk auf Vaněks Mitteilung folgendermaßen: „Das is alles Beschiß, den saufen eh nur die Herrn Offiziere aus, und uns lassen sie daran schnuppern, damit's nicht heißt, daß wir was nich kriegen, was uns zusteht... Als die Unsrigen bei Krasník davongelaufen sind, is ein Soldat dabeigewesen, ein Lehrer, und der hat den Korpskommandanten angehalten. Er hat ihm gesagt, daß sie schon eine ganze Woche lang weder Menage noch Brot gefaßt ham, und daß es ihnen doch zusteht. Der General hat drauf in seinem tschechischen Kauderwelsch geantwortet: „No, ja, ja, das sein gut, zustehen, aber nix Brot. Klar, nicht wahr?' Dieser Lehrer is dann ins Irrenhaus gekommen; dort is er im Zimmer hin und her gegangen und hat immerzu gesagt: ‚Geben Sie der Mannschaft Zuständel Wünschen Sie, Herr General, Zustände mit Mayonnaise?' "

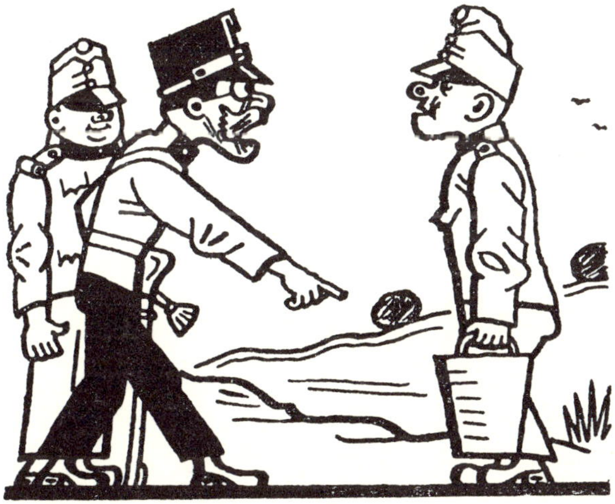

Vom Bach kam ein Soldat und trug einen Eimer Wasser. Leutnant Dub trat auf ihn zu: „Was trägst du da? Wozu ist das Wasser?"
„Melde gehorsamst, das Wasser is für die Pferde."
„Woher haben Sie's? Aus dem Bach? Himmellaudon, seit wann ist's erlaubt, aus dem Bach Wasser zu schöpfen?" Da antwortete Schwejk: „Melde gehorsamst, daß das Wasser völlig einwandfrei is, der Herr Oberlaitnant hat darin seine Füß gewaschn und anschließend Kaffee daraus gemacht. Er hat nichts hineingeschüttet..."
„Daß ich Sie anbinden laß, bis Sie schwarz werden wie die Mumie eines ägyptischen Pharaos", brüllte Dub. „Halten Sie mich nicht zum Narren! Oder... Jesus Maria, wenn wir nicht vor dem Feind stünden... Sie würden mich kennenlernen, Sie Schandfleck des Regiments! Abtreten!"

„Der brüllt ja wie ein Ochs", meinte ein Soldat. „Als ich in Čáslav bei der Landwehr gedient hab, is dort der Cibulka gewesen; der hat auch so gebrüllt. Den Rapport hat er immer hoch zu Roß abgehalten, und wir ham übern ganzen Hof brüllen müssen. Am meisten hat aber er gebrüllt: ‚Sie dreckiger Rekrut, Sie, sprechen Sie laut, oder ich zerreiß Ihnen das Maul! Glauben Sie vielleicht, Sie können flüstern wie eine alte Hur, die zur Beichte geht! Himmelhergott, vor euch steht doch euer Hauptmann, und der soll sich euretwegen die Ohren anstrengen?' Und dieser Hauptmann hat so gebrüllt, daß die Weiber aus dem Dorf eine Deputation zum Oberst geschickt ham, er soll es ihm verbieten, weil die Kinder schon Krämpfe davon kriegen!"

Am Nachmittag sah es im Lager aus, als ginge ein Affenrudel auf Läusejagd; jeder Soldat hielt Hemd oder Unterhose in der Hand und suchte sie ab wie ein Astronom den Sternenhimmel. Manche rieben sich die Haut mit grauer Salbe ein, und dabei entspann sich eine rege Debatte: „Es soll gut sein, den Körper mit Petroleum einzureiben, das ist bei Menschen wie bei Schweinen das beste Mittel gegen Läuse."
„Angeblich halten sich Läuse überhaupt nicht in Seidenwäsche, stand in der ‚Politika'." Hierauf legte Schwejk seine Ansicht dar: „Am besten wär's, man tät sie an Altersschwäche umkommen lassen, aber es ist nicht erlaubt, daß sich der Soldat von ihnen auffressen läßt. Er muß für seine Majestät den Kaiser sterben, und sein Körper darf nicht dafür dienen, daß sich ein paar lumpige Läuse satt fressen!"

An diesem Tage war schönes, angenehmes Wetter. Die Soldaten wuschen ihre Wäsche und spielten Karten. Während im Osten die Geschütze dröhnten, konnte man hier hören: „Kontra — Ré — Tutti — Frutti! Spiel den Ober aus, du Trottel.“ Schwejk spielte bis in die Nacht hinein und ging dann in die Küche, um sich schlafen zu legen. Dort lagen schon Baloun, Vaněk und Marek unter ihren Mänteln, während der Koch Jurajda gerade erzählte: „Jeder dieser Sterne ist eine Welt für sich. Vielleicht leben dort auch Menschen und Tiere, in die die Seelen der Verstorbenen eingehen.“
„Daran is was Wahres“, ließ sich Schwejk vernehmen. „Schütteln Sie nich den Kopf, Herr Feldwebel. Wenn Sie die Frau Maršálek aus Žižkov gekannt hätten, so möchtens daran glauben. Diese Frau is eine Hellseherin gewesen...

Sie hat Karten gelegt und hat auch Geister beschwört. Ich hab's von einem Medizinstudenten gehört, was bei ihr gewohnt hat. Dieser Medizinstudent hat es im Interesse der Wissenschaft ausprobieren wolln und hat sich Frau Maršálek angetragen, daß er ihr als Medium dienen wird. So hat er also mit seiner Quartierfrau halbpart gemacht, und wie der Krieg ausgebrochen is, da sind die Weiber vor der Tür Schlange gestandn. Und dann hat die Frau Maršálek nich mehr allen Weibern ohne Unterschied sagen wolln, daß ihr Mann gesund aus dem Feld zurückkehren wird. So hat sie einigen, was wenig bezahlt ham, gesagt, daß ihr Mann schon gefallen is. Und die blöden Weiber ham gleich angefangen, auf Seine Majestät den Kaiser zu schimpfen. Da hat man die Maršálek auf die Polizeidirektion abgeführt.

Zuerst hat man sie dort wegen Landesverrat aufhängen wolln, dann hat man sie aber laufenlassen und ihr gesagt, daß sie von den Leuten so viel Geld nehmen darf, wie sie will, wenn sie nur immer was Gutes prophezeit. Da is eines Tages eine Advokatengattin zu ihr gekommen, der hat geträumt, daß ihr Mann, was auf dem Hradschin die Delinquenten wegen Desertion abgeurteilt hat, gestorben is und seine Seele zur Strafe in ein Pferd eingegangen is. Nebenbei, er hat's verdient, denn er hat keine Gnade gekannt.
Wie sie von der Advokatengattin zehn Gulden bekommen hat, hat Frau Maršálek den Medizinstudenten aufgeweckt, daß er das Medium machen soll. Der Medizinstudent is aber besoffen gewesen. Er is immer wieder eingeschlafen, und die Frau Maršálek hat ihn stoßn müssen, damit er antwortet.

Und wie das Medium vom Geist erfüllt war, hat es tatsächlich verkündet, daß er in ein Pferd eingegangen is und daß er so lange in ihm weilen wird, bis er sich alle Eigenschaften eines Pferdes angeeignet hat. — ‚Und da mußt du noch viel lernen, mein Liebling, gelt?' seufzte die Advokatenfrau. ‚Nicht mehr viel; ich kann schon Hafer fressen, aus dem Eimer trinken, Heu kaun und im Stehn schlafen. Meine Seele wird aber erst frei sein', deklamierte der Medizinstudent, ‚wenn ich im Laufen scheißen kann; soweit bin ich nämlich noch nicht.' Da ham sie die Frau Maršálek und diesen Medizinstudenten eingesperrt."
Jurajda stieß Schwejk mit dem Knie an und sagte aufgebracht: „Schwejk, Sie machen sich einen Jux aus den geheimsten Wissenschaften und ziehn darüber her. Gott wird sie strafen dafür!"

Schwejk aber fuhr fort: „Weil wir also heute schon Läuse gejagt ham, so wer ich euch was von einem Professor der Naturgeschichte erzählen. Den hat es sehr verdrossen, daß er in seiner Sammlung keine Laus nich hat. So is er zur Iser gegangen, da wo die Schleuse is, und grad dort hat er einen Landstreicher gesehn, wie er Läuse fängt. Und der Professor sagt zu ihm, er soll sie ihm überlassen. Der Landstreicher greift unter die Achsel und zieht fünf Läuse hervor. ‚Fünf Stück zu einem Sechser, das macht eine Krone, Herr Professor. Her damit!" Dieser Professor is aber ein Geizkragen gewesen und hat keine Lust gehabt zu bezahlen. ‚Menschenskind, Sie wollen doch nicht noch Geld für Ihre Läuse!' Da hat der Vagabund die Läuse wieder unter die Achsel gesteckt und hat den Professor angeschnauzt: ‚Züchten Sie sich doch selber welche!' "

Am nächsten Tag wußte man noch nicht, was los war und wohin es gehen würde. Die Soldaten spielten Karten um Streichhölzer oder um Kreuzer. Ohne den Kanonendonner im Osten sah es aus wie beim Manöver. Gegen Mittag aber läutete das Telephon, die Offiziere eilten zur Beratung, und die Feldwebel und Zugführer schrien: „Alarm! Alarm! Kruzifix, weg mit den Karten! Hört ihr nicht, daß Alarm ist? Daß ich auf einem von euch den Stock entzweihau!" Und fünf Minuten später stand das Bataillon in Reih und Glied da, mit dem Rucksack auf dem Rücken und dem Gewehr in der Hand. Dann ging es im Eilmarsch bis spät in die Nacht hinein vorwärts. Es wurden Wachen und die unvermeidlichen Verbindungen vorausgeschickt. Das Bataillon marschierte durch einige Dörfer und schlug wiederum im Wald ein Lager auf.

Die Feldküche kam erst am Morgen im Lager an; das Gulasch, das für das Mittagessen bestimmt war, wurde zum Frühstück ausgegeben. Der Kanonendonner war schon ganz nahe, und manche behaupteten, daß sie in der Nacht sogar schon Maschinengewehrfeuer gehört hätten. Die einen wurden nervös, die anderen stumpfsinnig. Kaum war das Gulasch verteilt, kam ein Meldereiter herangesprengt, und es gab wieder Alarm. Die Soldaten stopfen das Essen mit beiden Händen in den Mund, um es nicht wegwerfen zu müssen. Die Offiziere beendeten die Besprechung, blickten lange auf die Karten und konnten sich nicht einig werden über die Richtung. Hauptmann Sagner schüttelte lange den Kopf über den Befehl, während er die angegebene Linie mit der Karte verglich. Dann gingen die Offiziere auseinander.

Hauptmann Sagner hielt eine Ansprache an die Mannschaft: „Soldaten! Was wir heute erleben werden, ist nur Spielerei; kann sein, daß wir überhaupt nicht in die Kampflinie kommen, denn unsere Brigade bildet die dritte Reserve. Unser Regiment hat die Aufgabe, einen Wald zu umzingeln und die Russen gefangenzunehmen, und das werden wir auch tun. Sie werden sich uns gern ergeben. Hurra!" Die Mannschaft antwortete mit einem müden Hurra. Soldaten, die schon im Feld gewesen waren, sagten: „Jesus Maria, wir sind die dritte Reserve; da sind wir spätestens in einer Stunde zuschand'. Sie ham immer eine dritte Reserve! Ich laß mich hängen, wenn vor uns auch nur die Spur eines österreichischen Soldaten ist. Kinder, bevor dieses Gulasch im Magen richtig warm geworden is, sind wir geschlagen!"

Das Bataillon marschierte den ganzen Tag vorwärts, aber weit und breit war keine Spur vom Feind. Gegen Abend gelangten sie an einen Wald, wo sie das Lager aufschlugen. Da es kühl war, zündeten die Soldaten ein Feuer an. Aber sofort kam Leutnant Dub herbeigestürzt: „Feuer auslöschen! Sofort auslöschen! Wollt ihr, daß die Russen auf uns schießen?“ Unwillig schoben die Soldaten die Holzscheite zur Seite. Der Leutnant tobte: „Maul halten, Herrgott! Wünscht euch nicht, mich kennenzulernen!“ und trat mit dem Fuß das Feuer aus. „Aber Leutnant, laß das doch“, ließ sich in der Dunkelheit die Stimme von Oberleutnant Lukáš vernehmen, dem vor Kälte die Zähne klapperten. „Du wirst dich selbst noch wärmen wollen. Leute, macht ein paar Feuer an! Und auch eins für uns! Weiß der Teufel, wo die Russen sind.“

An einem der Feuer hatten sich die Offiziere zusammengesetzt und hörten Hauptmann Sagner zu, wie er fluchte: „Weiß der Teufel, ob wir dort sind, wo wir sein sollen!“ Man unterhielt sich über den Krieg, und am meisten redete Leutnant Dub. An einem anderen Feuer hörte Schwejk zu, wie man Feldmäuse vertilgt: „Am besten ist's, wenn man hinter dem Pflug hergeht und sie mit einer Hacke erschlägt“, legte ein Soldat dar, „da bringt man sie gleich mit den Jungen um.“

„Schwejk“, fragte Oberleutnant Lukáš, „agitieren Sie nicht schon wieder? Worüber unterhalten Sie sich gerade?“

„Melde gehorsamst, Herr Oberlaitnant“, sagte Schwejk stolz, „wir sprechen hier übern Krieg. Die Kameraden sagen, daß es am besten is, wenn man die Russen samt ihren Jungen mit einer Hacke erschlägt.“

Am nächsten Tag zog sich Schwejk aus und hielt Wäsche und Kleidung übers Feuer, damit alles schnell trockne. Seinem Beispiel folgte ein anderer Soldat und trocknete gleichfalls seine Sachen. Sie standen einander gegenüber, und der Soldat erzählte begeistert: „Das is das beste Mittel gegen Läuse, Kamerad, sie erwärmen sich, lassen sich los, die Eier werden aufgebrüht und platzen. Gegen Läuse ist's am besten, wenn du naß vom Regen weitermarschierst, schwitzt und die Sonne dich versengt, bis es aus allen deinen Fetzen nur so dampft; dann brüten sich die Läuse von selbst aus, wie Eier unter der Bruthenne. Das kommt alles vom Dreck, Kamerad, dieser Krieg ist nichts als Dreck!" Dann öffnete er die Nähte an der Bluse und fuhr mit dem Nagel hinein.

Die Soldaten wuschen sich in kleinen Pfützen und fingen gerade an, Kaffee zu kochen, als ein Meldereiter angaloppiert kam; er überbrachte Hauptmann Sagner irgendwelche Papiere, und eine Minute später scholl es durchs Lager: „Alarm! Alarm!" „Herrgott, Kerle, rührt euch, die Russen kommen!" brüllten die Zugführer und Korporale. Das Bataillon ging durch den Wald zurück, woher es gekommen war, und bog ein wenig nach rechts ab. Am Waldesrand kam ihnen ein Auto entgegen, in dem ein Generalstabsoffizier saß. Er rief die Offiziere zu sich und gestikulierte aufgeregt, während er mit ihnen sprach. „Schon wieder hamr uns verirrt", sagten die Soldaten untereinander, „schauts nur, Kinder, wie er's ihnen gibt, weil sie wieder was Dummes angestellt ham!"

Dann marschierte das Bataillon bis Mittag weiter. Plötzlich tauchte am Waldesrand ein Offizier hoch zu Roß auf, kam im Galopp zu Sagner herangesprengt und brüllte: „Welches Regiment? Wohin führen Sie es? Aber meine Herren! Das ist doch die falsche Richtung! Ich habe doch links befohlen!" Danach ritt er wieder zurück. Der Hauptmann sprengte ihm nach, meldete sich und bat um nähere Befehle, denn er hatte den Brigadekommandanten erkannt. Der Alte wiederholte: „Ich habe links befohlen!" Als der Hauptmann salutierte und „Zu Befehl, Herr Oberst" sagte, fuhr ihn dieser alte Affe an: „Herr Hauptmann! Merken Sie sich's für immer: Oberst-Brigadier!"

Hauptmann Sagner dachte sich etwas wie „Idiot" und gab, dem Brigadier zum Trotz, den Soldaten eine längere Rast. Dann richtete er seine kleine Armee etwas mehr nach links aus, und es ging weiter. Aber niemand dachte daran, daß die Vorhut in der alten Richtung weitermarschierte und daß man sie hätte zurückziehen müssen. Kadett Biegler als Kommandeur des Vortrupps erwartete, daß der Feind bald auftauchen werde. Hinter dem Kadetten ging Schwejk mit noch einem Soldaten: „Zu zweit wird sich's besser marschieren, und wir wern uns besser wehren können, wenn uns jemand berauben will", sagte der Soldat. „Is dein Gewehr geladen?"
„Nein", antwortete Schwejk, „ein Gewehr is kein Spielzeug. Nachher nimmt es jemand in die Pratze, spielt damit und, bum! hast du eine Kugel im Bauch!

Und verlaufn, Kamerad", fuhr Schwejk fort, „kannst du dich sogar in Prag. Da hab ich einen gewissen Halda gekannt. Der hat bei Ringhofer Kessel gemacht. Gewohnt hat er in Smíchov, und seine Braut war aus Buben. Tanzen is er mit ihr zu Kutlík gegangn. Und einmal hat er sich dort betrunken, weil er mit seiner Braut Streit gehabt hat — und geht nach Haus. Er kommt aufn Wenzelsplatz und fragt den Polizisten: ‚Wie komm ich von hier nach Smíchov?' Und der Polizist antwortet ihm: ‚Bitte, immer gradaus, die Schienen entlang.' Und dieser Halda is immer gradaus gegangn, bis er nich mehr weiter konnt, und da hat er sich ein Momenterl hingesetzt. Und auf einmal packt ihn jemand an der Schulter; er macht die Augen auf, und vor ihm steht ein Eisenbahner, was ihn anschreit: ‚Steigen Sie herunter! Oder wolln Sie unter'n Zug fallen?'

Und jetzt erst hat dieser Halda bemerkt, daß er sich verirrt hat. Es war schon früh. Er hat aufn Schranken beim Weinberger Bahnhof gesessn und geschlafn. Ich hab so das Gefühl, daß weder vor noch hinter uns jemand geht", was der Wahrheit entsprach.

Kadett Biegler war der Karte nach auf einen Waldweg nach rechts eingebogen, und das Bataillon ging, wie uns bekannt ist, in anderer Richtung. Schwejks Kameraden fiel das Herz in die Hosen. „Da siehst du's, du Trottel, du quatschst da herum, und schon hamr uns verirrt. Komm, gehn wir zu den Kanonieren da auf die Wiese. Es wird schon Mittag sein, und vielleicht gibt's grad Menage." Schwejk war einverstanden: „Allein kämpfen können wir nich, wir müssen uns irgendwo anschließen." Die Halbbatterie befehligte ein junger Oberleutnant, zum Glück ein Tscheche.

Als ihm Schwejk gemeldet hatte, daß sie eine „Verbindung“ vom 6. Bataillon des 91. Regiments seien und daß sie die Spitze, die Vorhut und das Bataillon verloren hätten, platzte der Oberleutnant los: „Wartet nur, ihr Bürscherln, das werdet ihr auslöffeln. Wo habt ihr da hingeglotzt! Jesus Maria, Kinder, man wird euch ja erschießen dafür!“
„Melde gehorsamst, Herr Oberlaitnant“, ergriff Schwejk das Wort, „wir sind uns des Ernstes der Situation voll bewußt. Es is wirklich keine Kleinigkeit, wenn man sein Regiment im Feld verliert. Der Soldat soll immer dran denken, daß er an die Fahne seines Regiments neuen Ruhm heftet. Wie ich noch aktiv gedient hab, war bei uns ein Hauptmann, ein gewisser Mucek. Er war bucklig, aber in Serbien hat er Spionage gemacht, und hat man ihn zum Hauptmann befördert...

Und bei jeder großen Feldübung hat dieser Hauptmann Mucek jedem Mann zweihundertfünfzig scharfe Patronen gegeben, und nachn Gefecht, bei der Rast, hat er sich die ‚Verbindungen‘ rufn lassn und auf sie gesagt: ‚Wißt ihr, was Moral is? Das is keine Moral, wenn ihr mit zweihundertfünfzig Scharfen die Köpfe hängen laßt, wie Schweine herumkriecht und auf euren Landesherrn schimpft. Abtreten, ihr grünen Bengel. Morgen zum Rapport!‘
Herr Oberlaitnant, wir ham nicht verlorengehn wolln und wolln nich die Armee um die Kampfkraft unsrer Gewehre schwächen. Bitte gehorsamst, nehm Sie uns in Ihre Batterie! Geben Sie uns Menage, Brot und Tabak! Löhnung wolln wir nicht von Ihnen.“

Vergeblich versuchte Schwejk den Oberleutnant zu überreden, ihn und seinen Kameraden in die Batterie aufzunehmen: „Herr Oberlaitnant, überlegen Sie sich's gut. Wir stehn vorm Feind, und zwei Mann mehr in der Batterie... das kann in der Schlacht viel bedeuten. Wir wern durch dick und dünn mit Ihnen gehn, und die Menage könnten wir ab heute bekommen."
„Nein, Kinder, das geht nicht", entschied der Oberleutnant, „aber ein bißchen Menage bekommt ihr beim Koch. Abtreten! Glückliche Reise!"
Der Koch brummte zwar was von frechem Bettelvolk, das immer einen leeren Magen hat, rührte aber im Kessel mit dem Schöpflöffel herum und füllte ihnen die Eßschale bis an den Rand mit dicker Reissuppe. Schwejk und sein Begleiter begannen zu essen.

Der Feuerwerker kam zu ihnen und sprach sie deutsch an; Schwejk hatte den Mund voll und antwortete nicht; dann versuchte es der Feuerwerker mit Polnisch, danach Ungarisch. Das brachte Schwejk in Hitze: „Du Trottel, was quatschst du da herum? Herrgott, halt's Maul, oder ich lang dir eine!" Der Feuerwerker lachte laut auf: „Du bist ein Tscheche? Warum hast du das nicht gleich gesagt? Kinder, jetzt nimmt man euch bei keinem fremden Truppenteil mehr auf. Solche Drückeberger, die verlorengegangen sind und sich bei einer anderen Abteilung verpflegt haben, gab's 'ne Menge. Is dann aber die Abteilung vorgerückt und ins Feuer gegangen, sind sie wieder zur nächsten gelaufen. So haben sie's drei Monate lang getrieben, waren immer in der vordersten Linie und haben nicht einen Schuß abgegeben." — Der Feuerwerker brachte ihnen aber ein Brot und zwei Päckchen Tabak.

Schwejk dankte gerührt. Als er sich gerade den Rucksack aufgepackt hatte, trat der Oberleutnant heran und wunderte sich: „Was, ihr Kerle, ihr seid noch immer da? Schert euch zum Teufel! Ihr Drückeberger habt, scheint's, auch nicht gerade das Schießpulver erfunden."
Schwejk nahm Habtachtstellung an und erklärte ungewöhnlich ernst: „Herr Oberlaitnant, sogar blöde Menschen ham schon große Erfindungen gemacht. Was denken Sie sich dabei, Herr Oberlaitnant, wenn Sie eine Kanone anschaun? Stellen Sie sich vor, Herr Oberlaitnant: In so einer Kanone ham Sie Einschnitte, solche Rillen, und diese Rillen machen, daß das Schrapnell oder die Granate zuerst in die Höh fliegt und dann in einem Bogen hinunterfällt.

Eine Kugel fliegt so", und Schwejk nahm sein Gewehr in die linke Hand, und mit der rechten beschrieb er eine Parabel: „So fliegt eine Kugel, und Ihnen fällt dabei gar nix ein. Wenn Ihre Kanoniere diese Kanone da nach rechts oder nach links umlegen möchten, und zwar je nachdem, auf welchem Rad sie liegt, könnten Sie sogar um die Ecke schießn. Da möchten Sie von der Flanke aus in die Russen hineinpfeffern, und niemand tät wissen, wie und woher es geflogen kommt."
Der Oberleutnant lachte und gab Schwejk eine Handvoll Zigaretten. „Na, jetzt zieht aber ab! Eure Erfindung schickt an den Generalstab!"
Schwejk meldete den Abmarsch und fügte gerührt hinzu: „Mein Lebtag wer ich Ihre Güte nich vergessen, Herr Oberlaitnant!"

Sie schulterten das Gewehr und marschierten los. Sie begegneten niemandem, weder Reiter noch Wagen, und es kam ihnen eigenartig vor, daß die Gegend so verlassen war. Schließlich begann der Kamerad zu klagen, daß sie sich sicher schon hinter der russischen Front befänden.
Schwejk wurde ärgerlich: „Na, und wenn! Da wern wir sie eben von hinten überfallen. Flenn doch nich, weil wir uns verlaufen ham. Wir sind ja keine kleinen Kinder, daß wir verlorengehn könnten! Da hab ich mal eine Geschichte ausn Jahr vierzehn gehört: Bei einem Regiment ham sich der Tambour und der Hornist verirrt. Irgendwo in Galizien warn sie in ein Bauernhaus gegangen, um sich auszuschlafn. Sie ham aber ihren Schlaf zu lang ausgedehnt, so war das Regiment schon weg, wie sie früh erwacht sind. Das Regiment is ohne sie abmarschiert.

Und so ham sie angefangen, das Regiment zu suchen. Der Hornist war ein gebildeter Mann, ein Baumeister. Wie sie so marschiert sind, hat er dem Tambour hinten auf die Trommel mit Bleistift eine Karte aufgemalt. In die hat er alles eingezeichnet, was sie unterwegs gesehn ham. Sie ham so ganz Galizien durchwandert und waren ausgefressen wie die Schweine. Und eines Tages ham sie ihr Regiment gefundn. Ihr Hauptmann hat die Trommel nach Wien geschickt, und dort hat man danach die Generalstabskarten gemacht und einzeichnen müssen, was bisher drauf von Galizien gefehlt hat. Der Hornist hat die Goldene gekriegt, den Tambour hat man jedoch in Theresienstadt eingesperrt, weil er gesagt hat, daß die Offiziere, was die Karten gezeichnet ham, Trottel sind und daß sie den Staat bestohlen ham."

Endlich wurde der Wald lichter, und Schwejks Kamerad rief aus: „Meiner Seel, da sind Felder! Und dort is ein Dorf!“ Am Waldesrand tauchte Kadett Biegler auf und fragte: „Habt ihr das Hegerhaus gefunden? Habt ihr dort etwas für mich bekommen? Ihr seid doch mit mir als Vortrupp gegangen!“
„Nein, melde gehorsamst, Herr Kadett, wir ham es nicht gefundn“, griff Schwejk ein. „Wir ham uns verirrt. Und hinter uns, Herr Kadett, kommt schon niemand mehr. Keiner weiß von uns, und wir müssen allein Krieg führn. Machen Sie sich nix draus, Herr Kadett, es wird schon irgendwie ausfalln; es gibt viele Leute, was auf eigene Faust Krieg führen.“ Der Kadett ließ verzagt den Kopf sinken; die goldene Tapferkeitsmedaille war aus unmittelbarer Reichweite irgendwohin in weite Fernen geflogen.

Der Kadett stöhnte nur: „Ich hab aber Hunger. Und der Bauch tut mir weh, ich hab Wasser getrunken, und jetzt brauchte ich was Warmes. Vielleicht kommen die anderen noch.“
„Die kommen nicht, Herr Kadett“, erwiderte Schwejk, „die ham sich auch verirrt. Wir müssen uns allein nach was umschaun. Jetzt, denk ich, gehn wir in dieses Dorf dort und suchen uns Nachtlager und Nachtmahl.“
„Aber ich übernehme keine Verantwortung, Schwejk, in diesem Dorf können die Russen sein.“
„Wenn sie nicht drin sind, dann auf sie mit Hurra, und wenn sie drin sind, schnell zurück“, philosophierte Schwejk. „Sie, Herr Kadett, sind ein kranker Offizier; ein ordentlicher Soldat darf seinen kranken Vorgesetzten nicht verlassen. Ich übernehm das Kommando. Marschieren, marsch!“

Sie näherten sich dem Dorf, der Kadett ängstigte sich fast zu Tode, daß sie den Russen in die Hände fallen könnten, aber Schwejk blieb ruhig: „Wissen Sie, Herr Kadett, es geschieht immer das, was geschehen soll. Wenn's Gott nicht will, fällt uns nicht mal ein Haar vom Kopf!"
„Aber Schwejk, die Russen sind doch, wie's heißt, Menschenfresser und Barbaren!" stöhnte der Kadett. Schwejk machte eine wegwerfende Handbewegung. „Man erzählt so manches. Seit Menschengedenken is gefoltert worn. Wenn das Messer geschliffen is, so is das Ohr auch gleich weg. In Rom ham sie mal einen Papst mit der Fackel auf der einen Seite verbrannt, und wie sie geglaubt ham, daß es schon aus is mit ihm, hat er auf einmal mit seligem Lächeln zu ihnen gesagt: ‚Bitte, meine Herren, belieben Sie mich auf die andre Seite zu drehn, ich möcht überall gleichmäßig durchgebraten sein!" Der Kadett stöhnte auf.

„Na, da ist's beinah besser, wenn's einem wie jenem Feldkuraten ergeht. Sein Regiment hat im Wald Rast gemacht, und der hochwürdige Herr hat sich die Jause schmecken lassn. Auf einmal fliegen Schrapnells und Granaten daher. Alles läuft davon, nur der Herr Feldkurat bleibt auf seinem Baumstumpf sitzen. ‚Lauft nicht weg, ihr feigen Hunde! Gott läßt niemandem ohne Grund ein Leid antun. Was Gott tut, ist wohlgetan!' hat er die Soldaten angeschrien. Und plötzlich is dort eine Granate explodiert. Wie sich der Rauch verzogen hat, is alles auf dem Baumstumpf unversehrt gewesen, nur von dem Herrn Feldkuraten is nich mal ein Knopf übriggeblieben. Einen jeden trifft das, was ihn treffen soll. Wenn wir in Gefangenschaft geraten solln, dann wern wir eben gefangengenommen."

Inzwischen hatten sie das Dorf erreicht. Während der Soldat auf allen vieren auf ein Bauernhaus zukroch, tröstete Schwejk den Kadetten: „Ich wer Ihnen eine Suppe kochen, Herr Kadett, und ich tu Ihnen viel Knoblauch hinein. Und aufn Bauch leg ich Ihnen einen warmen Ziegelstein." Als der Soldat zurückgekehrt war und meldete, daß im Dorf keine Russen seien, gingen sie auf das Bauernhaus zu und klopften ans Fenster. Ein altes Weib machte auf. Kaum hatte sie die Soldaten erblickt, schrie sie entsetzt: „Nichts haben, Herr, gar nichts! Moskowiter alles mitgenommen."

„Sind die Moskowiter schon lange weg?" fragte der Kadett vorsichtig.

„Nein", sagte das Weib, „früh waren sie noch hier, und dann sind sie abgezogen."

„Ist denn wenigstens ein Abort da?" fragte der Kadett. Das Weib schüttelte den Kopf: „Nein, Herr, die Moskowiter haben ihn mitgenommen."

„Wart nur, Alte, wir wern mal nachschaun", sagte Schwejk, schob sie beiseite und drang ins Haus ein. Ein großer Backofen verbreitete Wärme, und auf der Bank davor lagen einige frisch geknetete Brotlaibe. Schwejk machte die Tür zur Kammer auf, und das Herz hüpfte ihm vor Freude im Leibe. Auf Strohschüsseln schimmerten ganze Mandeln Eier, und von der Decke hingen Schinken, Speckseiten und einige Stangen trockene Wurst. Das Weib redete eifrig auf sie ein: „Arme Leute, Moskowiter alles mitgenommen."

„Mütterchen, red nicht", warnte sie Schwejk in kameradschaftlichem Ton. „Melde gehorsamst, Herr Kadett, daß Sie eintreten können. Diese alte Hexe hat in ihrer Kammer einen ganzen Delikatessenladen!"

„Alte“, sagte Schwejk, „wir wern dir alles bezahlen. Entweder geht's im Guten oder im Bösen. Was, Himmelherrgott, du willst nich mal unsern Herrn Kapitän reinlassen? Schau mal!“ Schwejk zog das Bajonett aus der Scheide und fuchtelte mit der Spitze der Alten vor der Nase herum. Da stieß das Weib einen schrillen Schrei aus, wich voller Angst zurück und lud sie ehrerbietig ein hereinzukommen. In der Stube stammelte sie ununterbrochen: „Herr Kapitän, Herr Kapitän“, und haschte nach der Hand des Kadetten, um sie zu küssen. „Siehst du, Alte, so gefällst du mir“, sagte Schwejk und klopfte ihr wohlwollend auf die Schulter, „so soll man die Soldaten ehren.“ Der Kadett zog Geld heraus, die Alte brachte Brot, kochte Milch ab, und von irgendwoher holte sie gekochtes Selchfleisch hervor.

Schwejk kochte für den Kadetten einen starken, bitteren Tee, dann legte er ihn auf die Pritsche, die als Bett diente, und deckte ihn mit dem Pelz der Alten zu. Biegler schlief sofort ein, da der warme Tee seine Bauchschmerzen gelindert hatte. An Fleisch und Brot taten sich nur Schwejk und sein Kamerad gütlich. Die Alte schob die Brotlaibe in den Backofen und ging dann hinaus, weil sie jemanden erwartete. Der Soldat biß ein größeres Stück Fleisch ab und sagte zu Schwejk: „Das Fleisch is, wie es sein soll, gut gesalzen und durchräuchert. Am Knochen hat's schon einen Stich, aber das macht nichts. Am besten räuchert man Fleisch mit Sägespänen; darüber verbrennt man Wacholder, dann schmeckt es wie Torte.“
„Na ja, Fleisch is halt Fleisch. Aber auch die Hunde ham Fleisch gern“, erwiderte Schwejk.

„Da hab ich einen Herrn gekannt, Kamerad, einen gewissen Kraus. Dem hat seine Braut zum Namenstag einen Bernhardinerhund geschenkt, der war so groß wie ein Kalb. Der Herr Kraus hat Tränen in den Augen gehabt, wie er mir erzählt hat, daß seine Wirtin aufgehört hat, mit ihm zu sprechen, und ihm früh gekündigt hat, weil der Hund die ganze Nacht geheult hat und alle Parteien geschimpft ham. Lang hat er sie bitten müssn. Dann hat er ihr fünf Kronen monatlich zugegebn und versprochn, daß er den Hund zu sich ins Zimmer nehmen wird, damit ihm nicht so bang is. Er hat ihn also über Nacht zu sich genommen, in der Früh jedoch hat sich der Hausmeister beschwert, daß die Partei unter ihm eine durchnäßte Decke hat, ob nich vielleicht der Waschtrog undicht is, und die Wirtin hat ihm gesagt, daß sie dem Hund nicht nachwischn wird. Auch zu fressn wird sie ihm nichts mehr gebn.

So ist also der Herr Kraus zum Pferdefleischer gegangen und hat Knackwürste und Leberwürste für den Hund gekauft. Er hat für zwei Gulden genommen, also achtzig Würste, und dann noch einen halben Laib Brot. Zu Mittag hat er den Hund gefüttert und ihn alles auffressn lassen. Wie der Herr Kraus jedoch abends aus der Kanzlei nach Haus gekommen is, hat der Hund vor Hunger geheult. So is er also wieder zu dem Pferdefleischer gegangen und hat für fünf Gulden Leberwürste eingekauft. Der Fleischhauer wollt sie ihm mit dem Lehrbuben ins Haus schickn, und wie Herr Kraus das abgelehnt hat, hat er gesagt: ‚Nur keine Angst, verehrter Herr, der Bub wird nichts sagen. Wo haben Sie, bitte, Ihr Restaurant? Sicher veranstalten Sie ein Schlachtfest! Im Winter kann ich Ihnen jeden Tag Leberwürste liefern, weil sich da die Pferde häufiger die Beine brechen!‘ “

Früh am nächsten Morgen hackten sie Holz. Nach einer Weile wandte sich Schwejk an seinen Kameraden: „Du kannst machen, was du willst, wenn etwas gut ausgehen soll, mußt du's gut meinen. Da is in einer Stadt ein Bürgermeister gewesen, und den hat man eines Tags auf die Bezirkshauptmannschaft gerufn, damit sich die Gemeinde auf den Empfang Seiner Majestät des Kaisers vorbereitet. Da hat also dieser Bürgermeister eine Triumphpforte bauen lassn und hat sich eine Inschrift ausgedacht. In der Nacht hat er diese Inschrift verhüllen lassn. Seine Majestät der Kaiser is gekommen, die Polizisten ham an einer Schnur gezogen, der Vorhang is hochgegangen, und die Leute ham die schöne Inschrift gelesen: ‚Gelobt sei Jesus Christus! Jetzt kommt Josef Franziscus!'

Seiner Majestät dem Kaiser hat das sehr gut gefalln, und der Bürgermeister hat zum Andenken dafür eine goldene Uhr und das goldene Verdienstkreuz mit der Krone bekommen. Und als er dann schon alt war, hat die Stadt seinen Sohn zum Bürgermeister gewählt. Nach einem Jahr ist auch er auf die Bezirkshauptmannschaft gerufn worn, daß er sich herich auf den Empfang Seiner Majestät des Kaisers vorbereiten soll. Er hat also auch Leinwand gekauft, hat in der Nacht allein die Inschrift gemalt und angeschlagn. Dann hat er sie mit einem Vorhang verhüllt. Dem Vater aber hat er kein Wort davon gesagt. Seine Majestät der Kaiser is gekommen, der Polizist zieht den Vorhang hoch, und auf der Pforte prangt die Inschrift: ‚Jesus Maria und Josef! Zu uns kommt der Kaiser Franz Josef!'
Da hat man diesen Bürgermeister abgesetzt, und er hat wegen Hochverrat und Beleidigung des kaiserlichen Hauses vier Monate gekriegt."

„Unser Kaiser soll herich nicht tschechisch können", sagte der Soldat.
„Das Herrschen macht viel Sorgen, Kamerad", verteidigte Schwejk den Kaiser, „und es is kein Wunder, wenn er sich manchmal irrt. So wie damals in Mähren. Da hat er irgendwo den Dorfschulzen gefragt: ‚Ist die Ernte heuer gut?' Und der Schulze, ein ungebildeter Kerl, antwortet: ‚Majestät, das Korn schüttet gut, der Weizen is erstklassig, aber die Kartoffeln stehn heur für'n Dreck.' Unser Kaiser hat sich die Redewendung gemerkt. Eine Woche später is er nach Přečov gekommen. Dort is ihm aufgefalln, daß ihn nur wenige Kinder gegrüßt ham. ‚Majestät', hat sich der Herr Lehrer entschuldigt, ‚die Hälfte der Schüler ist krank...'
‚Ich weiß', hat unser Kaiser mitn Kopf genickt, ‚sie ...stehn für'n Dreck, stehn für'n Dreck.' "

Kadett Bieglet erholte sich so weit, daß er schon am Nachmittag weggehen wollte, aber Schwejk protestierte dagegen: „Melde gehorsamst, Herr Kadett. Sie sind noch zu schwach, und die Alte sagt, daß es in der Nacht wieder regnen wird." Im Grunde gab der Kadett Schwejk recht. Am nächsten Tag jedoch fühlte er sich durch den Schlaf derart gekräftigt, daß ihn wiederum sein Kampfgeist beseelte, und er brüllte den Soldaten, der das Frühstück kochte, an: „Herrgott, Sie Kerl, wie stehn Sie da, wenn ich mit Ihnen spreche? Schlagen Sie die Hacken zusammen! Stehen Sie Habtacht!"
Nach dem Frühstück gab er Befehl zum Abmarsch. Er gab der Alten Geld, die ihm dafür die Hand küßte, und verließ als erster das Bauernhaus. Sie wandten sich nach Norden, um auf die Straße zu gelangen.

Schwejk und der Soldat hielten sich hinter dem Kadetten. Da sagte der Soldat zu Schwejk: „Kamerad, wenn du Hunger hast, so sag's. Ich hab der Alten eine Wurst aus der Kammer stiebitzt."
„Daß du dich nicht schämst, so gute Leute zu bestehln", wies ihn Schwejk zurecht, „die Junge hat mir von sich aus ein Stück Schinken und einen Laib Brot gegeben. Und heute früh hab ich im Garten sechs Hühnern und zwei Hennen den Hals umgedreht: ich hab den Rucksack so voll, daß ich kaum kriechen kann. Daß er mir nur nicht stinkig wird."
Schwejk blickte sich nach dem gastfreien Bauernhaus um und fing in einer Anwandlung von Sentimentalität an zu siegen: „An einem wunderschönen Tag bin ich von euch gegangen..."
Plötzlich blieb vorn der Kadett stehen und beschattete mit der Hand seine Augen.

Dann warf er sich blitzschnell auf die Erde, und seine Lippen zitterten: „Der Feind! Die Russen! Deckung!" Schwejks Kampfgefährte ließ bei den Worten „die Russen" das Gewehr fallen und hob die Hände hoch, Der Kadett blickte gespannt nach vorn und war blaß wie der Tod. Seine Finger umspannten den Revolver. Vorläufig sah Schwejk gar nichts. Er kniete neben ihm nieder und fragte neugierig: „Herr Kadett, wo sind denn die Russen?"
Der Kadett zog ihn auf die Erde, streckte die Hand mit dem Revolver vor, und da erblickte Schwejk den Feind. Zwischen den Häusern tauchten drei russische Soldaten auf, zwei ältere und ein junger, fast noch ein Kind. Kaum, daß sie die Beine schleppten. Wie Bären schwankten sie beim Gehen von einer Seite auf die andere. Die Gewehre hatten sie sich an einem Stück Bindfaden umgehängt.

Als der Kadett sah, daß Schwejk auf sein Kommando „Laden — ladet!“ das Magazin verkehrtrum eingelegt hatte, riß er ihm das Gewehr aus der Hand, lud es selbst und zischte: „Dummkopf, nicht einmal laden kannst du! Zielt gut! An!“ kommandierte er energisch und hob den Revolver. „Feuer!“ brachte er nicht mehr hervor. Schwejk drückte die Hand mit dem Revolver herunter und brüllte: „Jesus Maria, Herr Kadett, Sie wolln sie doch nich erschießn? Und was, Herr Kadett, wenn wir schießn und nicht treffn, dann möchten sie ja uns erschießn! Und wenn wir sie niederschießn, so müssen wir ihnen Gräber aushebn, Herr Kadett, und das is in so einer Hitze kein Spaß. Und stelln Sie sich vor... vielleicht ham sie geradeso wie wir ihre Abteilung verloren...

Und jetzt ziehn sie in der Welt herum, kein Regiment nimmt sie auf, niemand gibt ihnen Löhnung und Menage. Sie wolln sich am liebsten gefangennehmen lassn, bestimmt ham sie von uns gehört und bilden sich ein, daß wir mit ihnen herumziehn und uns um ihren Lebensunterhalt kümmern werden. Aber da ham sie sich verrechnet. Unser Kommandant is der Herr Kadett Biegler, und das is kein solcher Ochs, daß er irgendwelche russischen Findlinge auflesn möcht.“ Die Russen schleppten sich weiter. Schwejk ließ den Kadetten los und zeigte auf die Spitzen der langen vierkantigen Bajonette der einsamen Russen, die sich langsam entfernten. Dann brachte er in väterlichem Tone vor: „Herr Kadett, jetz hams uns das Leben gerettet. Ich bin nich empfindlich, aber ich glaub, daß es nich grade angenehm is, wenn einen jemand mit diesem Zahnstocher kitzelt!“

Kadett Biegler schlug den Weg zum Wald ein. Erst dort erinnerte er sich daran, daß er sein Prestige als Offizier wahren müsse, und fuhr Schwejk an: „Jetzt kommandiere ich! Und was ich auch immer kommandiere, Sie werden meinen Befehl ausführen und den Mund halten! Haben Sie verstanden?“ „Melde gehorsamst, daß ich verstanden hab; ich wer gehorchn und den Mund haltn“, gab Schwejk seine Zustimmung kund. „Melde gehorsamst, Herr Kadett, wolln Sie nich ein Stückel Wurst? Sie is gut, trocken und riecht nach Knoblauch.“ Sie legten sich ins Gras, und der Kadett breitete die Karte aus. Schwejk schaute ihm über die Schulter und fragte: „Herr Kadett, ham Sie auch schon die Stelle gefundn, wo unser Bataillon sein könnte? Auf diesen Generalstabskarten is doch alles drauf herich!“

Der Kadett antwortete nicht, denn er war in das Studium der Karte vertieft. Nach einer Weile marschierten sie weiter und erreichten erst gegen Abend die Straße, auf der sich eine unübersehbare Kette von Fuhrwerken hinzog. Zu beiden Seiten gingen die Nachzügler verschiedener Truppenteile, die offenbar überzeugt davon waren, daß für das Glück, das vorn auf sie wartet, noch immer Zeit genug sei. Dort erfuhr der Kadett, daß das 91. Regiment in Richtung Brody zusammengezogen werde. Sie marschierten weiter. Soldaten verschiedener Regimenter zogen in kleinen Gruppen oder einzeln dahin, saßen oder lagen am Straßenrand, und wenn Schwejk sie fragte: „Wohin des Wegs?“, so brummten sie nur zornig oder antworteten gleichmütig: „Wir marschieren in Kampf und Tod für Seine Majestät den Kaiser.“

Ihr Weg führte durch Sümpfe, aber Soldaten arbeiteten schon daran, die Straße befahrbar zu machen; eine ganze Kompanie trug Baumstämme zusammen, darauf wurde Moos gestampft und Sand geschüttet. Die letzte Arbeitsgruppe glich die Straßenränder mit großen Linealen aus. Ein Leutnant beaufsichtigte alles und brüllte: „Herrgott, ich will anständige Arbeit sehen! Das muß grade sein wie ein Weg im Schönbrunner Park. Zugführer, sagen Sie denen dort, sie sollen sauberen Sand bringen. Aber nur den feinsten!"
Mit einigem Interesse schaute Schwejk eine Weile zu, wie die Straßenränder geglättet wurden, und sagte dann zu einem Soldaten: „Das is saubere Arbeit wie beim Kirchbau, wie der alte Moravec immer gesagt hat. Der war nämlich Maurer."

Es dämmerte schon, als sie auf ein Hegerhaus stießen. Die Frau des Hegers kochte gerade Kartoffeln zum Abendessen. Schwejk sah ihr eine Weile zu, setzte dann einen großen Topf Wasser auf den Herd und brühte Hennen und Hähnchen darin ab. Der Kadett stellte mit großer Zufriedenheit fest, daß er schon Appetit habe, und Schwejk konnte sein gutes Herz nicht verleugnen: „Ich hab Ihnen doch gesagt, Herr Kadett, daß ich Sie nich verlaß. Aus den Hennen mach ich eine Suppe, und die Hähnderl wer ich bratn. Nur ein Glück, daß wir uns bei den Russen nich mit einer Schießerei aufgehaltn ham, sonst möcht das Nachtmahl nich zur rechten Zeit fertig sein." Zwei Hennen und drei Hähnchen verschwanden in den hungrigen Mägen. Die restlichen drei Hühner wickelte Schwejk sorgfältig in die Reservefußlappen und steckte sie in den Rucksack.

Als sie in der Früh aufbrachen, verabschiedete sich die Frau des Hegers von ihnen und zählte dabei mit unruhigen und besorgten Blicken ihre Hühner; dann hellte sich ihre Miene auf: „Am Morgen und am Abend werd ich für euch beten, gnädige Herren. Nicht ein Huhn fehlt."
Jetzt tauchten auch in den Feldern verschiedene Truppeneinheiten auf; man sah Telephonisten von Baum zu Baum Drähte ziehen. Schwejk erinnerte sich dabei an den Telephonisten Chodounský, und er tat ihm leid: „Er könnt sich jetz ein Henderl schmecken lassen, und derweil muß der arme Kerl herumlaufen, als wollt er Raupen sammeln." Bald darauf galoppierte ein Meldereiter an ihnen vorbei; er ritt in der gleichen Richtung wie sie, und Schwejk rief ihm nach:

„Kamerad, grüß das 91. Regiment von uns! Richt ihnen aus, daß wir schon auf dem Weg sind!" Da riß der Reiter das Pferd herum und rief: „Ich reite wirklich euer Regiment holen. Es ist jetzt im Dorf Vrbjany und soll nach Pientky kommen. Dahin ist's ungefähr eine Stunde von hier. Ihr könnt vorausgehen und dort auf sie warten." Und so geschah es, daß Kadett Biegler um sechs Uhr abends dem Hauptmann Sagner seine Rückkehr melden konnte. Er stand dabei Habtacht und bereitete schon eine Antwort auf Hauptmann Sagners kritische Bemerkungen vor. Der Hauptmann klopfte ihm aber anerkennend auf die Schulter und sagte: „Gut, sehr gut haben Sie das gemacht, Kadett. Aus dem Brigadestab kamen so verworrene Befehle, daß wir alle ganz konfus waren."

Als Schwejk unter den Soldaten auftauchte, begrüßte ihn der Einjährigfreiwillige Marek mit den Worten: „Die Gräber öffnen sich, die Toten sind auferstanden, und der Tag des Jüngsten Gerichts ist nahe! Schwejk, du Vagabund, bist du schon wieder da?"
„Ganz benebelt bist du ja nicht, wenn du mich noch erkennst", sagte Schwejk gerührt. „Da hast du ein Huhn." Dann kam der Putzfleck Baloun herbei. Sein Blick fiel auf das Huhn in Mareks Hand, und schon lief ihm das Wasser im Mund zusammen. Schwejk öffnete wieder den Rucksack und band die Fußlappen auf: „Iß, du Nimmersatt, ich hab dir ein Huhn aufgehoben. Und was hat's bei euch Neues gegebn, Kinder?"
„Wir sind nur immerfort im Zickzack herumgelaufen", bemerkte der Einjährigfreiwillige, „als sollten wir die Erdkugel banderolieren."

„Schwejk", fuhr der Einjährigfreiwillige fort, „für dieses Huhn schreib ich über dich in der Bataillonsgeschichte folgendes: ‚Dem Feind gelang es, unsere Batterie ausfindig zu machen. Granate um Granate schlägt ein. Ein Regen von Eisen und Stahl geht nieder. Ringsherum liegen Tote und Verwundete. Nur ein Geschütz noch ist kampffähig und zu seiner Bedienung nur ein einziger Mann übriggeblieben. Es ist Josef Schwejk, der der bedrohten Batterie zu Hilfe eilt. Es war unmöglich, ihn zu überwältigen, weder der Tod noch die Russen konnten ihn brechen. Jetzt ist er Träger der Großen Silbernen Tapferkeitsmedaille.' "
„Da bin ich ja so einer wie dieser Jaburek", stieß Schwejk begeistert hervor, „was in der Schlacht bei Königgrätz auch nur in einem fort geladen hat!"

Im Lager wurde es still, und die Soldaten legten sich schlafen. Von fern hörte man Geschützdonner, Wagengerassel, marschierende Infanterie und trabende Kavallerie, die die ganze Nacht vorüberzogen. Oberleutnant Lukáš lag in der Stube auf einem Heubündel und sagte zu Schwejk: „Weißt du, Schwejk, daß es jetzt ernst wird? Jetzt werden wir den Brei so heiß essen müssen, wie er gekocht ist!“

Schwejk antwortete entschlossen: „Herr Oberlaitnant, wenn so ein Brei ausgekühlt is, steht er für'n Dreck, das Fett wird hart, und er pappt zu sehr an den Zähnen und am Gaumen. Grießbrei eß ich nicht so gern, da hab ich Erdäpfelbrei mit Grieben lieber. Na, wir werns früh genug sehn, wie uns die Russen einheizen.“

Als früh am nächsten Tag das Bataillon marschbereit dastand, stieg Hauptmann Sagner auf ein leeres Faß und hielt eine Ansprache. Er betonte, daß der Feind schon nahezu bis an die Grenze zurückgeworfen worden sei, nur noch ein paar Meter, und die Russen werden auf den Knien um Frieden bitten. Er beschwor die Soldaten, sich nicht zu fürchten, damit ihnen der Ruf des eisernen Regiments, das niemals zurückgewichen sei und stets gesiegt habe, erhalten bleibe. Er sagte den Soldaten, je eher die Entscheidung auf dem Schlachtfeld falle, desto schneller würden sie zu ihrer geliebten Familie, in die Arme der liebenden Gattin zurückkehren. Große Kämpfe würden sicher nicht mehr entbrennen, da die Russen nichts mehr zum Schießen hätten...

Leutnant Dub

Der Herr Generalmajor

Kadett Biegler

Der brave Soldat Schwejk

...und ihre Granaten nur mit Sand gefüllt seien. „Und jetzt, unserem allerhöchsten Kriegsherrn, Seiner Majestät dem Kaiser, ein dreifaches ‚Hurra, Hurra, Hurra!' " Die Soldaten ließen ein nicht gerade sehr feuriges „Hurra!" hören. Der Hauptmann stieg vom Faß herunter und sagte schon inoffiziell: „Laßt euch nicht gefangennehmen, sonst kann's euch passieren, daß ihr nicht einmal nach zehn Jahren nach Hause kommt. Wenn jemand fällt, bekommt die Frau dreihundert Kronen; sowieso können wir nicht bis zum Jüngsten Tag hier bleiben. Oder wollt ihr vielleicht ewig leben?" Er schaute dabei die Soldaten an, und sein Blick blieb so durchdringend auf Schwejks Gesicht haften, daß dieser aus der Reihe vortrat, salutierte und sagte: „Melde gehorsamst, daß ich nicht ewig leben will!" Und dann ertönte das Kommando „Marsch!"

Die Kanonen donnerten näher und näher; ein Schuß folgte dem anderen. Schwejk marschierte an Balouns Seite, direkt hinter Lukáš. Der riesige Müller hielt die Hände auf den Patronentaschen gefaltet und betete. Schwejk tröstete ihn: „Fürcht dich nicht! Wenn es dich erwischt, bekommt deine Frau hundertfünfzig Gulden. Du hast ja den Herrn Hauptmann gehört."
Plötzlich erdröhnten irgendwo vor ihnen in der Ferne Geschütze, und etwas sauste über die Köpfe der Soldaten hinweg; diejenigen, die zum erstenmal im Feld waren, blickten sich neugierig um, aber erfahrene Frontkämpfer versicherten: „Solange sie über uns wegfliegen, ist's gut; wenn wir aber so einen Koffer abkriegen, wird euch das Lachen schon vergehen."

Plötzlich explodierte hoch über ihren Köpfen ein Schrapnell, und von der Erde stiegen kleine Staubwolken auf. Schon kam das zweite Schrapnell geflogen, und in sein Geheul drang Oberleutnant Lukáš' Stimme: „Kompanie! Schwarmlinie!" Unter ungeheurem Gebrüll der Chargen, die die Soldaten nach links und rechts jagten, folgte die Kompanie dem Befehl. Im dritten Zug trieb der Feldwebel einen Soldaten vor sich her. „Was, du Trottel, du weißt nicht, wie man Schwarmlinie macht?"
„Nein, ich weiß es nicht", protestierte der Soldat unter Tränen. „Ich bin vom Landsturm, ich hab's nicht gelernt!"
„Jesus Maria, man schickt uns schon Kinder her, die noch eine Amme brauchen!" brüllte der Feldwebel ganz verzweifelt.

Von den wahnsinnigen „Vorwärts"-Rufen aufgepeitscht, drängten die unregelmäßigen Reihen voran. Schwejk drehte sich nach allen Seiten, sah jedoch nur fremde Gesichter. Ein dicker und kräftiger Reichsdeutscher erhaschte seinen Blick. Er stieß ihn leicht mit dem Ellbogen an und brummte spöttisch und zornig zugleich: „Möchtest wohl auch hinten die Front halten? Du Scheißer, das ist doch bloß für die Herren Offiziere!" — „Darum geht's nich, Kamerad", erwiderte Schwejk, „aber ich bin Ordonnanz und muß mich an meinen Oberleutnant halten, damit ich Hilfe bringen kann, wenn ihm was passiert. Der Dummkopf, der Baloun, is in diesem Wirrwar sicher auch verschwunden..."

In diesem Augenblick schlug eine Granate in die Schwarmlinie ein. Es folgte eine ungeheure Explosion, erstickender Rauch hüllte die Umgebung ein, und die Erde wurde derart erschüttert, daß Schwejk hinfiel. Als er sich abgetastet hatte, sagte er zu sich selbst: ‚Das is aber ein Feuerwerk! So eins macht nicht mal der Herr Hájek am Heiligen Nepomuk auf der Schützeninsel. Aber so knallen müßt's grad nicht. Und sogar totschlagn könnt's einen.'
Die Reihe schloß sich wieder. „Vorwärts, vorwärts!" erscholl es noch wahnsinniger und entsetzlicher und steigerte sich bis zu grenzenloser Wut. Die Granaten explodierten schon hinter den Schwarmlinien. Schwejk erhob sich und lief zu einem großen Hagebuttenstrauch, der am Feldrain wuchs.

Dort legte er sich wieder nieder. Kurz danach tauchte ein ungarischer Offizier mit einem Revolver in der Hand auf und trieb ihn vorwärts. Schwejk stellte fest, daß den Schwarmlinien eine geschlossene Reihe von Gendarmen und Offizieren folgte. ‚Das ist ja wie bei einer Razzia in Prag, wenn die Polizisten jemanden suchen', sagte er sich. Wieder verschwand er in einem Gebüsch und fiel schließlich völlig erschöpft und außer Atem in einen Graben, der in aller Eile ausgehoben worden war. Irgendwelche Soldaten suchten darin Deckung und schossen wie wild. Und wieder ertönten die Befehle: „Bajonett auf! Sturm! Vorwärts!" Die Soldaten erkletterten den Grabenrand und durchliefen in wenigen Sekunden die paar Meter, die sie von den russischen Schützengräben trennten, und stürzten hinein.

Die russischen Schützengräben waren aber schon leer; außer ein paar Verwundeten war niemand mehr da. Alle hatten sich rechtzeitig zurückgezogen. „Nicht aufhalten! Vorwärts!" kommandierten die Offiziere. Die Schwarmlinie überschritt die Gräben und verschwand irgendwo in der Finsternis. Schwejk blieb allein bei den Verwundeten zurück. „Aber Kinder, die hams euch gegeben", sagte er teilnahmsvoll und gab einem Russen aus seiner Feldflasche zu trinken. „Habt ihr denn nich früher weglaufn können? Ja, mit unsern Soldaten is kein Zukkerlecken. Sogar ein Zivilist begeht manchmal eine schwere Körperverletzung, besonders wenn er besoffen is." Nach einer Weile kamen die Soldaten zurück. Die Russen waren spurlos in der Nacht verschwunden. Die Soldaten schimpften: „Da werden wir früh wieder hinter ihnen her sein müssen!"

„Gibt's noch viel Russen, Kameraden?" fragte Schwejk. „Gut wär's, wenn wir sie uns für die Zeit, wo wir Krieg ham, einteilen würden. Jeden Tag die gleiche Portion. Übertreibung is nie gut. Da is in der Sparkasse in Jungbunzlau ein Kassierer gewesen, der hat aus der Kasse auch nur hübsch langsam und gleichmäßig gestohln, damit's niemandem auffällt. Und obzwar er immer nur wenig genommen hat, hat er doch die Sparkasse vollständig ausgeräumt. Man soll nich die ganze Welt verschlucken wolln und das Maul nicht zu sehr aufreißen, auch wenn der Appetit noch so groß is. Dabei ham sich schon viele Leute die Zähne ausgebrochen. Auch unser Kaiser hat fünfzig Jahre in Frieden regiert, solange er sich auf den Krieg ordentlich vorbereitet hat."

Als Schwejk aus der Schlacht zurückgekehrt war, drängte sich durch die übrigen Soldaten ein alter Bekannter, umarmte ihn und rief: „Schwejk, du lebst noch?“ — „Na, du siehst ja“, sagte Schwejk und strahlte übers ganze Gesicht. „Marek, du Einjährigfreiwilliger, ich hab schon gedacht, daß ich dich niemals wiederseh, daß du schon im Spital bist!“
„Den Hauptmann Sagner haben die Sanitäter weggetragen, eine Granate hat ihn herich betäubt.“
„Red keinen Unsinn, eine Granate... Er hat Pillen, von denen er in Ohnmacht fällt. Der Doktor hat sie ihm gegeben. Ich hab ihn schon dreimal im Feld gesehn, und nie hat er's weiter als bis zum ersten Gefecht gebracht. Er fällt sofort in Ohnmacht, und die Ohnmacht dauert so lange, bis er ins Etappenspital kommt.“

In der Nacht hielt Schwejk Wache. In der Finsternis stolperte er über Geschütze, die auf dem Feld herumlagen. Etwas abseits standen zwei Maschinengewehre.
„Da schau her, die sind auf Rädern“, wunderte sich Schwejk. Eines machte er am Riemen fest, und das zweite faßte er an der Hinterachse, „Na, fahren wir! Hühott!“ Die Räder kreischten, und Schwejk kehrte zurück, um weiter Wache zu halten. Als er abgelöst werden sollte, schlief er selig unter den Maschinengewehren. Früh spannte sich Schwejk wieder ein und zog sie zum Bataillonsstab. Oberleutnant Lukáš war ehrlich überrascht, als vor ihm ein Soldat stand, der mit der Linken salutierte, in der Rechten einen Riemen hielt, an dem zwei Maschinengewehre befestigt waren, und meldete:

„Herr Oberlaitnant, Infanterist Schwejk meldet seine Rückkehr als Kompanieordonnanz. Neues gibt's nix, die Schlacht ist vollkommen gewonnen. Diese zwei Maschinengewehre hab ich gestern beim Sturmangriff erobert; sie sind nicht geschmiert, und die Räder quietschen ein bißchen. Melde gehorsamst, daß ich diese Kriegsbeute meinem Regiment widme, damit die Zeitungen mehr über seine Ruhmestaten schreiben können."
„Schwejk", fuhr ihn der Oberleutnant an und bemühte sich, dabei eine strenge Miene zu machen, „wissen Sie, was eine Ordonnanz erwartet, die sich in der Schlacht von ihrem Kommandeur entfernt? Pulver und Blei!" — „Melde gehorsamst, daß ich das nicht gewußt hab", erwiderte Schwejk gutmütig, „und wird man heut, bitte, Rum fassen?"

„Aha, der Herr Schwejk", ließ sich da Leutnant Dub vernehmen, „wo haben Sie sich denn herumgetrieben? Ich bin sicher, daß Sie nicht eine einzige Patrone verschossen haben. Es wundert mich überhaupt, daß Sie noch nicht bei den Russen sind."
Oberleutnant Lukáš wies auf Schwejks Beute und sagte in scharfem Ton zu Dub: „Schwejk ist ein tapferer Soldat, und ich werde ihn zur Auszeichnung mit der kleinen Silbernen vorschlagen; gestern abend hat er beim Sturmangriff zwei Maschinengewehre erbeutet." Kaum war Dub weggegangen, fragte der Oberleutnant: „Schwejk, du Dummkopf, wo hat das alte Eisen gesteckt, daß du es hierher geschleppt hast?" Für eine Antwort verblieb keine Zeit mehr. Auf der feindlichen Seite erdröhnten wieder die Geschütze, und drei russische Kanonen, die in die österreichischen Reihen Granaten hinüberschickten, schossen aus solcher Nähe, daß Schwejk vor Staunen die Hände ausbreitete:

„Melde gehorsamst, Herr Oberlaitnant, daß die Russen mit jenen Kanonen von dorther schießn, wo ich gestern diese Maschinengewehre weggezogn hab. Anderswo kann es gar nich sein."
„Was, Sie haben auch Kanonen erobert?" fragte Lukáš. „Warum haben Sie sie denn dort gelassen?"
„Ja", seufzte Schwejk, „eine Kanone kann ich nich herziehn, melde gehorsamst, das is sogar für zwei Pferde zuviel."
Das russische Feuer wurde immer heftiger; eine halbe Stunde später waren schon die Verstärkungen sichtbar, die den Russen zu Hilfe kamen.
Plötzlich erscholl auf der russischen Seite ein langanhaltendes „Urra!", und die Russen gingen zum Angriff über. Das Bataillon geriet zwar ins Wanken, hielt aber stand. Gegen Mittag stürmten die Russen von neuem, und Lukáš gab den Befehl zum Rückzug.

Übrigens hatten sich die Soldaten auch ohne Befehl schon zurückgezogen. Die russischen Schwarmlinien drangen von allen Seiten vor. Kaum hatten die Soldaten Lukáš' Befehl „Zurück, zurück!" vernommen, machten sie auch schon kehrt, drehten den Mützenschirm nach hinten und sagten fröhlich: „Jetzt werden wir einige Wochen in dieser Richtung vorrücken. Die Russen kommen wie die Heuschrekken!" Und bis gegen Mittag ging es zurück. Dann wurde der Rückzug von einer Unmenge reichsdeutscher Soldaten aufgehalten, die — wie Watte zum Abdichten — auf Automobilen in die Kampflinie geschafft wurden. Schwejks Bataillon hatte sich einem Bahnhof genähert, wo das Lagerhaus in Flammen stand, die langsam auf einen stehenden Zug übergriffen. Auf all dem lag das Trommelfeuer der russischen Artillerie, und der Feind näherte sich unter ihrem Schutze.

„Um jeden Preis den Bahnhof halten", lautete der Befehl, den Lukáš vom Brigadekommandanten erhalten hatte.
„Sagen Sie dem Herrn Oberst, er soll ihn selbst halten", schrie Lukáš die Ordonnanz an. „Dort hält sich nicht mal eine Katze!"
Die russische Artillerie überschüttete sie mit einem Regen von Schrapnellen, und die Soldaten begannen auseinanderzulaufen. Lukáš fluchte: „Kruzitürken, ist das ein Affentheater!"
„Melde gehorsamst", schrie ihm Schwejk ins Ohr, „daß Herr Laitnant Dub..." Die Granaten heulten hinter ihnen her und explodierten. In diesem Höllenlärm schrie Schwejk dem Oberleutnant zu: „Es wird am besten sein, wenn wir uns beeilen, Herr Oberlaitnant! Sakra, sie schießn ja auf uns!"

An einem Kiefernwald, weit hinter dem Bahnhof, gelang es, die Soldaten aufzuhalten. Dann begann man wieder, die einzelnen Züge zu sammeln. Und als sich gezeigt hatte, daß von der 11. Kompanie nahezu der ganze vierte Zug fehlte, trat Schwejk vor, nahm Habtachtstellung an und meldete dem Kompaniekommandeur Lukáš: „Melde gehorsamst, Herr Oberlaitnant, daß keine Zeit war, den Herrn Laitnant Dub zu sammeln, wie es uns der Herr Hauptmann Sagner befohlen hat, daß wir die Verwundeten sammeln solln. Eine Granate is neben ihm explodiert und hat ihn in tausend Stücke zerrissen."
‚Den Dub hat's also erwischt. Davon hat ihm sein Bezirkshauptmann sicher nichts erzählt', dachte Lukáš bei sich, und laut fragte er: „Wo? Beim Bahnhof?"

„Jesus Maria!" schrie Schwejk plötzlich auf. „Ich hab ja dort auch meine Pfeife verlorn!" Er fing an, seine Taschen zu durchsuchen, den Brotsack abzutasten, und öffnete sogar die Patronentaschen, aber die Pfeife war nicht da, und Schwejk sagte zu Lukáš: „Alles, was da geschehn is, is eine Kleinigkeit; der Herr Laitnant Dub hat's hinter sich: aber wie soll ich denn ohne meine Pfeife existieren?" Schwejks Miene drückte maßlosen Kummer und tiefe Trauer aus, die auch Oberleutnant Lukáš befiel, nur verwandelte sie sich bei ihm in Wut auf die ganze Welt, in der solcher Wahnsinn möglich ist. Er rief Baloun zu sich und ließ sich eine Flasche Sliwowitz auspacken. Und er fand in ihr soviel Trost, daß er unter einer Kiefer in tiefen Schlaf versank. Abends trat Schwejk heran und sagte:

„Er is vollgezuzelt wie ein Säugling und träumt was sehr Schönes. Für diese Welt is er doch zu weichherzig." Dann deckte er ihn mit dem Mantel zu und legte sich selbst nieder. Und vor seinem inneren Auge erschien ihm die Schönheit des Schlachtfeldes in einem Bild, wie es ihnen der Herr Feldkurat in seiner Predigt gemalt hatte, bevor sie abtransportiert wurden. ‚Ich hätt ihm eins aufs Maul geben soll'n', dachte Schwejk noch im Einschlafen. Ihm träumte, wie die Granate von neuem neben Leutnant Dub einschlägt und wie er in einer Rauchwolke zum Himmel emporsteigt. Vor dem Himmelstor stehn viele Seelen, und Leutnant Dubs Seele drängt sich zwischen ihnen durch, stößt sie mit den Ellbogen beiseite und schreit: „Laßt mich ein, ich bin für Österreich gestorben und will als erster mit dem lieben Gott sprechen!"

Dann wurde das unermeßliche Himmelsgewölbe von goldenem Licht übergossen, und es erschien ein erhabener Greis in langem weißem Gewand. Und der Greis zeigte in ein Buch und fragte Leutnant Dub mit lauter Stimme: „Leutnant Dub, warum hast du ihn gezwungen, die Flasche Kognak auszutrinken?" Dub antwortete nicht, und da schrie der Greis: „In die Hölle!", und Leutnant Dub flog zur Erde hinunter. Das Licht erlosch, der alte Mann verschwand, und Schwejk erwachte mit den Worten: „Das war wieder mal ein blöder Traum!" Es dämmerte schon. Schwejk griff in die Tasche, aber dann erinnerte er sich daran, welchen Verlust er gestern erlitten hatte. Vor Kälte zitternd, erhob er sich energisch von seinem Lager und schlug den Weg ein, der aus dem Wald hinausführte.

Am Rande des Waldes stand ein Wachposten, ein Soldat aus seinem Zug. Als er Schritte vernahm, drehte er sich erschrocken herum und richtete das Gewehr auf Schwejk: „Halt! Wer da?"
„Nix Werda", stieß Schwejk ärgerlich hervor. „Ich geh auf Patrouille. Kennst du mich denn nich, du Schnüffler?"
„Und den Feldruf?" fragte der Soldat noch, worauf Schwejk zwischen den Zähnen murmelte: „Verfluchte Pfeife!"
Schwejk kam zum Bahnhof. Wahrscheinlich erblickten ihn die Russen, denn sie schossen sofort Schrapnells. Langsam orientierte sich Schwejk, und in der Nähe eines großen Granattrichters — seine Augen leuchteten vor Freude — lag im feuchten Gras eine Pfeife, seine Pfeife, und leuchtete im Morgentau.

Schwejk bückte sich nach der Pfeife, aber ein Maschinengewehr feuerte ihm direkt vor die Füße. Als er die Pfeife aufhob, spürte er, wie sie plötzlich in seiner Hand zuckte. Er nahm ein Päckchen Tabak aus dem Brotsack, stopfte die Pfeife und wollte sie anzünden, aber erst, als er sie an die Lippen führte, bemerkte er, daß das Mundstück fehlte. Es war sauber abgeschnitten, und Schwejk erkannte, daß es abgeschossen war. Er drohte mit der Pfeife nach der russischen Front hin und sagte geringschätzig: „Bande! Benimmt sich so ein ordentlicher Soldat gegen einen andern ordentlichen Soldaten?! Wer hat euch so kämpfen gelernt, ihr Schweine?“ Auf diese rhetorische Frage erhielt er keine Antwort. Nur Granaten und Schrapnells schlugen in den Bahnhof ein.

Und hinter dem ausgebrannten Lagerhaus saß Schwejk mit der zerschossenen Pfeife im Mund und rauchte. Er wartete, bis der Kaffee in seinem Geschirr, das er auf einen glimmenden Balken gestellt hatt, zu kochen anfing. Er war in sorgloser Stimmung. Als er den Kaffee ausgetrunken hatte, legte er sich in den Sonnenschein und sang:

„Ich kenn ein wunderschönes Schloß,
in dem wohnt meine Liebste...“

In das Lied mischte sich das Geheul der Granaten. Schwejk sang eine Strophe nach der anderen, bis er zu jener gelangte, wo der verwundete Soldat dem Mädchen vorhält, daß es nicht die Soldaten in der Kaserne hätte besuchen dürfen. Dann verstummte er; in seiner Nähe stöhnte und weinte jemand. Schwejk ging der Stimme nach. Hinter dem Lagerhaus lag ein blutjunger Soldat auf dem Bauch. Er stützte sich auf die Ellbogen und kroch auf Schwejk zu.

Seine Hosen waren blutverkrustet, und er stöhnte bei jeder Bewegung. Als er Schwejk erblickt hatte, faltete er die Hände: „Hilfe, Hilfe! Um der Mutter Gottes willen, Hilfe!"
„Was fehlt dir, mein Sohn?" fragte Schwejk. Dann erst erkannte er an den Hosen, daß dem Soldaten beide Beine durchschossen waren. Behutsam hob er ihn auf und trug ihn an die Mauer. Dort zog er ihm die Schuhe aus, zerschnitt die angeklebten Hosen und brachte Wasser aus dem Brunnen, um die Wunden zu reinigen. Der Soldat stöhnte nur. Als ihn Schwejk verbunden hatte, gab er ihm zu trinken und sagte in fröhlichem Tone: „Das is nix, mein Lieber, der Knochen is unverletzt." Der Soldat drohte den Russen: „Die Cholera auf euch! Ach, meine Beine, meine Beine!"

„Mein Sohn", sagte Schwejk zu ihm, „jetzt schlaf ein bißchen und schrei nich, es könnt uns jemand hören. Ich werd schaun, ob's hier nichts zu essen gibt. Und wart mal, ich leg dich lieber dorthin in den Trichter, damit die Mauer nich auf dich fällt, wenn sie in Stücke geschossen wird." Er trug den verwundeten Polen weg und kroch dann ins Bahnhofsgebäude. In der Kanzlei fand er nichts, aber im Keller entdeckte er eine große Korbflasche. Mit dem Bajonett zog er den Kork heraus, und seine Augen leuchteten. „Herrgott, das is ja Wein! Das muß ein braver Stationsvorsteher gewesen sein, wenn er so für mich gesorgt hat." Er füllte die Eßschale, kostete, schnalzte mit der Zunge und trank sie auf einen Zug leer. Der Wein schmeckte ausgezeichnet.

„Das ist ja wie bei Bautz in Kamenice bei Strančic. Aber Wein auf nüchternen Magen is herich nich gesund.“ Er trug also die Flasche hinaus, stellte sie vor den Bahnhof und kroch ins Magazin; es war leer, nur in der Ecke lagen einige halbverbrannte Kisten. Schwejk zog das Bajonett heraus, stemmte es gegen den Deckel einer Kiste und brach sie auf: Das Brett gab nach, und Schwejk atmete dankbar auf: „Ich habs gefunden, der liebe Gott hat mich nicht vergessen.“ In der Kiste waren russische Fleischkonserven. Schwejk packte sie schnell zusammen und trug sie auch hinaus. Dann legte er die Konserven in den Rucksack und schleppte ihn in den Trichter. Er beachtete die Granaten gar nicht, die in die Trümmer einschlugen, und emsig wie eine Biene brachte er Flasche und Konserven in Sicherheit.

Als Schwejk alles aus dem Rucksack ausgeschüttet hatte, sagte er zu dem verwundeten Soldaten: „Wenn die Russen glauben, daß sie uns hier ausräuchern können, dann irren sie sich.“ Er machte ein paar Büchsen auf und kroch mit ihnen hinter die Mauer, wo ein Balken brannte. Bald kam er mit dem warmen Fleisch zurück und konnte es nicht genug loben: „Alles was recht is, Kamerad, die Russen ham aber Konserven! Die schmecken ja wie Rostbraten mit Lorbeerblatt.“ Und sie aßen und tranken, und der Wein wärmte, und mit der Wärme kam die gute Laune.
Und so geschah es, daß ihnen gegen Abend die Explosionen der Schrapnells wie die Klavierbegleitung zu einem Tenorsolo vorkamen, als Schwejk im Trichter sang:

„Es war eine Stunde nach Mitternacht,
Als mich meine Liebste nach Hause gebracht.
Der Weg führte durch einen kleinen Wald,
Wo das Lied der Nachtigall erschallt!“

Schwejk ergriff die Korbflasche, füllte das Kochgeschirr von neuem und sang mit heller, klarer Stimme weiter. Der verwundete Pole, dessen Schmerzen der Wein gelindert hatte, versuchte Schwejk mit einem Lied zu übertrumpfen und sang: „Der Krieg mit den Russen fängt schon an, mit uns stürmt der Gefreite voran, die braven Sanitäter in der Nachhut, sie sammeln die Toten und unser Blut."

„Viel Blut wern sie nicht sammeln", sagte Schwejk sachverständig, „die Sanitäter kriechen nich gern ins Feuer. Auch hier wirst du lang auf sie wartn müssen!" Zwei Tage und zwei Nächte verbrachten sie in der Grube. Am dritten Tag durchbrachen die Deutschen weiter nördlich die Front, und die russische Armee mußte sich zurückziehen.

Als man festgestellt hatte, daß der Feind verschwunden war, ritten einige Offiziere los, um das Schlachtfeld zu rekognoszieren. Am Bahnhof angelangt, stiegen sie vom Pferd und blickten in die Trichter, die die Granaten in die Erde gerissen hatten. Auf einmal wurde Oberst Schröder stutzig und bedeutete den anderen Herren, still zu sein. Aus den Tiefen der Erde drang mächtiger, aber trauriger Gesang zu ihnen:

„Wenn Tränen mir im Auge stehn,
dann muß ich gleich von hinnen gehn,
fort in die tiefe Einsamkeit,
allein mit meinem großen Leid.
Und all die Freuden dieser Welt,
die Liebe und das Gut und Geld,
die kann ich wohl entbehren.
Ich weine meine Zähren.
Und springt es auch entzwei, mein Herz,
ach, überlaßt mich meinem Schmerz!"

„Was ist das?" sagte Oberst Schröder. „Das kann doch nur ein Verrückter sein!"

Und schon kam vom Bahnhof her energischen Schrittes ein Soldat heranmarschiert, schlug drei Schritte vor den Offizieren die Hacken zusammen und meldete: „Melde gehorsamst, Herr Oberst, daß ich befehlsgemäß den Bahnhof halt!"
„Sie halten? Wieso halten Sie? Sie haben ihn ja gar nicht besetzt", sagte Oberst Schröder verwirrt. Darauf erwiderte Schwejk stolz: „Melde gehorsamst, daß ich ihn Montag nacht mit leerem Magen und trockner Kehle besetzt hab. Ich bin noch heut hier, weil sich kein Soldat ohne Befehl von seinem Posten wegrührt und weil ich von Ihnen keinen Befehl erhalten hab, daß ich meine Position verlaß. Melde gehorsamst, daß ich einen Verwundeten und ein abgeschossenes Pfeifenrohr bei mir hab."

„Sie sind aus meinem Regiment?" fragte der Oberst verwundert.
„Melde gehorsamst, ich bin der Schwejk, Ordonnanz der 11. Marschkompanie", erklärte der Soldat mit Nachdruck. Dann lenkte er seinen Blick zur Seite und fügte hinzu: „Dort is mein Kommandeur, der Herr Oberlaitnant Lukáš."
„Herr Oberleutnant Lukáš", brachte Schröder feierlich vor, „diesen Mann schlagen Sie für Tapferkeit vor dem Feind und für mustergültige Erfüllung der Kampfbefehle zur Auszeichnung mit der großen Silbernen vor. Das ist ein Held vom Scheitel bis zur Sohle, und die Armee braucht solche Helden; seine Tat soll im Tagesbefehl angeführt und vor der Mannschaft verlesen werden. Servus!"
Er zog eine Zwanzigkronennote aus der Tasche, reichte sie Schwejk und schüttelte ihm die Hand.

Schwejk übergab den Verwundeten den Sanitätern, steckte die Konserven in den Rucksack, trank den Rest des Weins aus und wanderte zu seiner Kompanie. Dort erfuhr er, daß der Telegraphist Chodounský eine Kopfverletzung erlitten hatte und daß der Einjährigfreiwillige Marek gleich am Montag mit durchschossener Hand auf den Hilfsplatz gegangen war. „So hab ich meine beiden treuen Kameraden verloren", seufzte Schwejk, „und ich hab sie auf ihrem letzten Weg nich einmal begleiten können. Baloun, wir sind die letzten Mohikaner! Komm her und nimm dir eine Konserve, du wirst mir dafür die Medaille putzen, wenn ich dieses Signum Laudis bekommen. Noch heute schreib ich der Frau Müller, sie soll mir fünf Flascherln Sidol schicken."

Baloun bestellte gerade einen Schinken und einen Laib Brot: „Teures und geliebtes Weib! Bet für mich und spend eine Kerze, damit mich die heilige Jungfrau Maria weiter so beschützt wie in den letzten schrecklichen Gefechten. Ich hab zu ihr gebetet, und die Granate aus einem Zweiundvierziger, die direkt auf mich zugeflogen gekommen ist, ist von ihrer Bahn fast einen ganzen Meter abgewichen. Sie ist so weit von mir explodiert, daß ich's kaum mehr gesehn hab. Ich war in furchtbarer Gefahr und hab Hunger. Wenn du kannst, schick mir Selchfleisch und einen Laib Brot. Wenn wenig Wasser im Bach ist, so rechne es den Bauern an. Frag auch den Vorsteher, wann Frieden sein wird, und schreib mir alles ordentlich. Dein treuer Ehemann."

Auf Grund dieses Briefes entspann sich zwischen Baloun und Schwejk eine große Debatte über die letzten Dinge. Baloun tat einen Schwur, daß es mit der Granate genauso gewesen sei, wie er es beschrieben hatte.
„Baloun, du bist ein Trottel!“ wandte Schwejk ein. „Eine Granate sieht man doch nicht, und die Russen ham ja gar keine Zweiundvierziger. Da hat beim 3. Bataillon ein gewisser Brouček aus Motol gedient. Der is überaus fromm gewesen. Um den Hals hat er ein Medaillon mit einem kleinen Knochen vom heiligen Ignaz getragen, und über dem Herzen hat er ein Bildchen gehabt, was der Erzbischof persönlich geweiht hat. Und auf die Mütze hat er alle Medaillons genäht...

...die was er unterwegs von den Nonnen gekriegt hat. An der Front is er von Anfang an gewesen, hat neunzehn Gefechte mitgemacht, und nie is ihm auch nur das Geringste geschehn. Erst wie sie ins letzte Gefecht gezogen sind, da hat er im Wald die Mütze verlorn, und in der Nacht hat ihm jemand das geweihte Bildchen und das Notizbuch mitn Geld gestohlen. Früh is die Schnur an seinem Hals gerissn, und so hat er auch den kleinen Knochen vom heiligen Ignaz verlorn. Sie sind dann vorgerückt, und er hat's noch gar nich richtig schießn gehört, da hat er schon eine Kugel in die Schulter gekriegt. Er is aufn Hilfsplatz gegangen, dort hat ihn der Doktor verbundn und hat ihm gesagt:

‚Sehen Sie, Bouček, daß Sie's vor der Kugel nicht bewahrt hat', und Bouček antwortete drauf, daß er ja vorher alles verloren hat. Und der Arzt bemerkte nach einigem Nachdenken: ‚Machen Sie sich nichts draus, ich schick Sie ins Spital nach Prag.' Da is der Bouček in Tränen ausgebrochen und hat gerufen: ‚Wenn ich gewußt hätt, daß ich mit einer Verwundung nach Haus komm, hätt ich's schon längst weggeschmissen.' "
„Dafür", ließ sich ein polnischer Soldat vernehmen, der Schwejk zugehört hatte, „soll der Herr die Cholera bekommen, und das erste Schrapnell soll ihn zerreißen!"
„Mein Lieber", erwiderte Schwejk, „der liebe Gott läßt sich von dir nicht vorschreiben, was er mit mir machen soll."

Oberleutnant Lukáš rief Schwejk zu sich und sagte ihm: „Morgen gehen Sie nach Podhorce. Dort werden Sie gebadet, entlaust und erhalten frische Wäsche. Wiederholen Sie, was ich gesagt habe!" — „Melde gehorsamst, daß Sie morgen nach Podhorce gehn. Dort wern Sie gebadet, entlaust und erhalten frische Wäsche. Herr Oberlaitnant, ich hab nicht gewußt, daß Sie so viel Läuse ham, ich hab immer gedacht, die gehn nur auf gemeine Soldaten."
Der Oberleutnant starrte Schwejk mit brechenden Augen an: „Um Gottes willen, Sie Ochs, ich hab ja gewußt, daß Sie wieder alles durcheinanderbringen. Also hören Sie zu, Sie gehen nach Podhorce und werden dort baden. Dann ziehen Sie sich frische Wäsche an. Eine neue Montur borgen Sie sich

aus, lassen sich die Haare schneiden und rasieren. Schuhe und Gewehr werden wie zum Salvenschießen am Fronleichnamsfest geputzt! Verstanden?"
„Verstanden", nickte Schwejk mit dem Kopf. „Aber bitte, Herr Oberlaitnant, warum diese ganze Parade?"
„Weil", sagte Oberleutnant Lukáš feierlich, „weil Ihnen der Thronfolger Erzherzog Karl morgen in Podhorce zwei silberne Tapferkeitsmedaillen anheften wird..."
„Jesus Maria", stieß Schwejk beglückt hervor, „ich bitte gehorsamst, daß ich mich niedersetzen darf. Diese Freude überleb ich nicht. Vielleicht wern dort auch Ehrenjungfern sein!

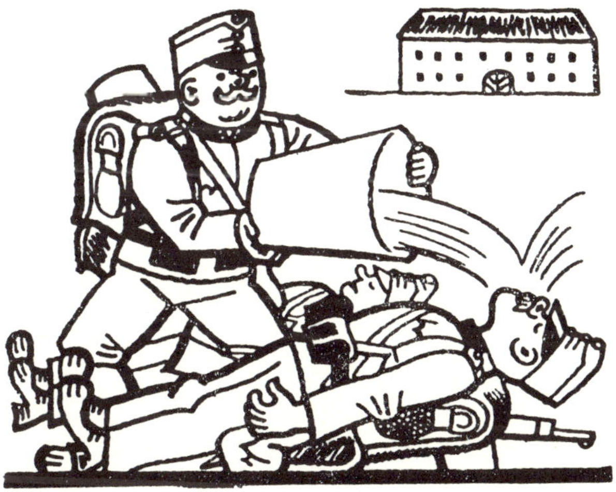

Wie ich noch in Budweis aktiv gedient hab, da sollte dort mal irgend so ein Feldmarschall hinkommen. Er wollte, daß das Regiment um elf Uhr auf dem Exerzierplatz antritt, damit die Soldaten frisch aussehn. Aber der Oberst hat den Majors befohln, daß das Regiment um zehn Uhr dort zu sein hat, die Majors haben den Hauptleuten den Befehl erteilt, daß es schon um neun Uhr dort stehn muß, damit ja kein Malheur passiert. Und so ist's weiter gegangen, bis die Gefreiten alles schon um halb fünf Uhr früh auf den Exerzierplatz getrieben ham. Die Sonne hat nur so heruntergebrannt, und wie der Herr Feldmarschall gekommen is, hatten schon sieben Mann das Bewußtsein verlorn, und man hat ihnen Kognak in den Hals gießen müssen. Kaum ham das die andern gesehn, sind sie alle in Ohnmacht gefalln, aber sie hat man nur noch mit Wasser begossen."

Und schon am Nachmittag konnte man Schwejk hinter der Scheune auf einem Holzklotz sitzen sehen. Zwei Mann hielten ihn an den Händen fest, zwei an den Füßen, und der Koch Jurajda barbierte ihn mit dem Rasiermesser des Feldwebels. Schwejk hatte Tränen in den Augen, zuckte aber mit keiner Wimper und sprach dem Koch Mut zu: „Schneid ruhig weiter, nur kein überflüssiges Mitleid! Der Thronfolger soll sehn, daß er keinen Strolch vor sich hat. Der Weg zum Ruhm führt über Leiden, wie bei jenen vierzig Märtyrern."
Als er nach einer halben Stunde am Brunnen das Blut vom Gesicht gewaschen hatte und sich im Spiegel erblickte, fand er, daß er wie ein Burschenschaftler nach der Mensur aussah, und er prophezeite mit geheimnisvoller Stimme:

„Kameraden, morgen geht's nach Podhorce. Euch und die Offiziere wird man da entlausen. Ich hab ein Rendezvous mit dem Erzherzog Karl. Er will sich mit mir vertraulich beraten, wie er regieren soll und ob er nicht besser mit Rußland einen Separatfrieden schließt. Diese Freundschaft mit dem Wilhelm verdrießt ihn schon, und jetzt möcht er mich gern näher kennenlernen."
Und nach seiner Rückkehr aus Podhorce berichtete Schwejk über seine dortigen Erlebnisse: „Kameraden, da is mir dort ein Zugführer von der Sanität am ganzen Körper mit der Haarschneidemaschine rumgefahrn. Es hat sehr gezogen und auch gekitzelt. Aber gegen die Läuse war's gut. Das is grad so, wie wenn man einen Wald gleich mit den Krähennestern abholzt.

Da hab ich die Montur und die Wäsche in so was Ähnliches wie eine Räucherkammer tun müssen. Dort ham sie auch meinen Gürtel geröstet, ich hab nämlich vergessen, ihn aus der Hose zu ziehn. Dann ist ein Leutnant gekommen und hat vorgelesn, wer dem Thronfolger vorgestellt wern soll. Dieser Leutnant hat uns seitwärts aufm Dorfplatz im Schatten aufgestellt, damit wir mit denen, was noch Läuse haben, nich in Berührung kommen. Dann is die Regimentsmusik anmarschiert, der Herr Feldkurat hat eine Messe zelebriert, und zum Schluß is der Thronfolger Karl erschienen.
Kameraden, der wird einen guten Herrscher abgeben, ich kann ihn nur bestens empfehlen. Aufn ersten Blick hat er mir gefalln. Und wie er auf mich zugetreten ist, da is so ein angenehmer Duft von ihm ausgegangen.

Er hat nach Sliwowitz, Rum und Kognak gerochn. Er is ein sehr anständiger junger Herr und scheint ein Demokrat zu sein. Wenigstens schämt er sich nicht, Rum zu trinken. Der Herr Hauptmann hat dann von einem Bogen Papier abgelesn, was für Heldentaten ein jeder von uns vollbracht hat. Und schon hat's angefangen. Ein Herr Laitnant hat die Medaillen auf einer Untertasse gebracht, der Thronfolger hat sie genommen und den Soldaten mit einer Sicherheitsnadel auf der linken Seite angeheftet. Auch an mich ist er herangetretn. Vor Aufregung hat ihm aber die Hand so gezittert, daß er mich tief ins Fleisch gestochn hat. Ich hab dabei nich mal mit der Wimper gezuckt und ihm grad in die Augen geschaut. Und er sagt zu mir: ‚Ruht, lieber Soldat, mir scheint, daß wir uns schon irgendwo gesehen haben.'

Und ich antwort drauf: ‚Melde gehorsamst, das kann sein, ich geh gewöhnlich in den Kelch oder zu Banzet in Nusle.' Darauf fragt er mich, ob ich nie in Brandeis gewesen bin, und ich sag ihm: ‚Melde gehorsamst, in Brandeis nicht, aber ich bin mal in Altbunzlau gewesen und hab von einem gewissen Herrn Svoboda eine Angorakatze abgeholt. Ich war dort eingesperrt, weil ich bei Lysá dem Förster Hrabě aus Versehn einen Wachtlhund weggelockt hab.' Drauf hat der Thronfolger mir die Hand gereicht und gesagt: ‚Ich gratuliere', und is weitergegangen. Kameraden, riecht mal an meiner Hand, damit es nich heißt, daß ich euch nichts gönn!

Dann hamr mit den Herren Offizieren Mittag essen solln. Unterwegs hat uns ein Kadett belehrt: ‚Soldaten! Helden! Ihr werdet mit den Herren Offizieren zu Mittag essen. Vergeßt nicht, daß ihr Medaillen habt, daß das Militär aus euch Menschen gemacht hat, und benehmt euch nicht wie Schweine. Ihr nehmt an einem Festessen teil, das der Thronfolger in Anerkennung eurer Verdienste veranstaltet. Überfreßt euch also nicht! Besauft euch nicht! Dem Thronfolger ein dreimaliges Hoch, Hoch, Hoch!' Wir ham ‚Hoch' gerufn. Dann ham wir uns an den Tisch setzen dürfen, und der Kadett hat uns zugerufn: ‚Der Herr Oberst wird auf euch achtgeben; wenn irgendeiner von euch zuviel frißt, läßt er ihn anbinden!'

Dann ham die Kellner Teller, Messer und Gabeln gebracht und ham die Suppe eingegossen. Eins, zwei, war die Suppe weg. Der Kadett is dabeigestanden und hat aufgepaßt. Dann sind die Schüsseln mit Schweinefleisch aufgetragen worn. Die Portionen waren sehr klein. Jeder von uns hat nur ein Stückerl genommen, und der Herr Oberst hat uns geheißen, wir solln mehr Fleisch auftun, aber der Kadett hat mit den Augen gezwinkert, daß wir nicht mehr nehmen. Ich hab mir aber drei Stückchen genommen, und der Kadett hat mir unterm Tisch einen Tritt versetzt. Ich bin aufgesprungen und hab gerufn: ‚Ich muß mir mehr nehmen, weil's der Herr Oberst so wünscht. Der Herr Oberst is mein Vorgesetzter, und auf seinen Befehl verschling ich alles. Mir hat heut der Thronfolger die Hand gereicht, da wer ich doch keine Subordinationsverletzung begehn!'

Ich hab auf meinen Teller ein solche Menge Knödel und Kraut gehäuft, daß die Offiziere nur so geschaut ham. Ich hab mir gedacht: ‚Wartet nur, ihr Kerle, ihr sollt sehn, was ein Held schafft.' Dann is noch Kalbfleisch und Backhendl mit grünen Erbsen aufgetragen worn, das ham aber nur die Offiziere gekriegt. Zum Trinken hat's Wein und Bier gegeben, und aufn Weg hamr noch in die Feldflasche Rum mitbekommen. Den Rum hab ich schon ausgetrunken, also kann keiner mehr auch nur einen Schluck kriegen. Aber an meiner Rechten, was gestern das Patscherl des Thronfolgers gedrückt hat, an der kann riechen, wer will. Er wird eine dauernde Erinnerung dran haben." Und als Schwejk abends dem Oberleutnant Lukáš über den Verlauf des feierlichen Festessens berichtet hatte, fügte er traurig hinzu:

„Melde gehorsamst, Herr Oberlaitnant, daß ich die Medaille hab so lassen wolln, wie sie mir der Thronfolger angesteckt und an die Haut geheftet hat, jetzt hab ich aber die Sicherheitsnadel rausziehn müssen, es hat zu sehr gebrannt. So ein Andenken is freilich sehr hübsch. Da is mal irgendein Herr Doktor, ich weiß nich mehr, wie er geheißen hat, in Prag Bürgermeister gewesen. Der hat auch an dem Festessen auf dem Hradschin teilgenommen, als unser Kaiser Prag besucht hat. Er hat einen Frack, ein gebügeltes Hemd und eine weiße Weste angehabt. Aber bei diesem Festessen, bitte gehorsamst, hat er sich die Weste mit Sardellensoß bekleckert, und das Vorhemd hat er mit schwarzem Kaffee begossen.

Kaum hat ihn der Wagen nach Haus gebracht, hat er einen Rahmenmacher rufn lassn, und der hat einen schönen goldenen Rahmen anfertigen müssen. Und dann hat er das Hemd und die weiße Weste eingerahmt und verglast. Der Primator hat's aufn Rathaus aufhängen lassen wolln, damit die Stadt ein Andenken an ihn hat, und die Lehrer sollten die Schulkinder hinführn, damit sie sehn, wie ein Fleck vom Kaffee, was Seine Majestät der Kaiser getrunken hat, und ein Fleck von der Soß, was unser Kaiser gegessen hat, ausschaun. Die Stadt hat aber dieses Geschenk nicht annehmen wolln. So hat's also der Herr Bürgermeister in sein eigenes Schlafzimmer gehängt."
„Was Sie nicht alles wissen, Schwejk", sagte Oberleutnant Lukáš, „Sie könnten ja Redakteur der Zeitschrift ‚Prag intim' sein."

„Melde gehorsamst, Herr Oberlaitnant, daß ich mir nichts ausdenk, ich schöpf alles aus meiner reichen Lebenserfahrung.
Da is, Herr Oberlaitnant, in Břevnov ein Hausbesitzer gewesen, ein gewisser Herr Nikl, und der hat zwei Söhne gehabt. Der eine is nach Amerika gefahrn und hat am Abend vor seiner Abreise von dem andern einen Gulden geborgt. Er hat versprochen, daß er ihn anderntags zurückgibt, hat es aber vergessen und ist weggefahrn. So is die Zeit vergangen, und es is grad dreißig Jahre her gewesen, daß die Brüder auseinandergegangen sind, da is der alte Herr gestorben. Das Begräbnis hat schon stattfinden solln, da kommt plötzlich ein Herr angefahrn, sinkt vor dem Sarg auf die Knie und bricht in Tränen aus. Die Leute sind draufgekommen, daß dies der jüngere Bruder, der Georg Nikl aus Amerika is.

Und der Herr Pfarrer von der Kirche zur heiligen Margarethe fing grad an, über die weise Fügung Gottes zu sprechen, da zieht der ältere Nikl sein Notizbuch heraus und sagt zum Amerikaner: ‚Du bist grade zur rechten Zeit gekommen, um mir den Gulden zurückzugeben, den ich dir damals geborgt hab, damit ich ihn nicht morgen ins neue Notizbuch überschreiben muß. Das da is schon voll. Jedes Jahr schreib ich zwei Notizbücher voll, und diesen Gulden übertrag ich nun schon zum sechzigsten Mal. Sieh zu, Schorschi, daß der Gulden daliegt!‘ “
Frühmorgens bemerkte Schwejk auf der linken Seite seiner Brust eine entzündete Stelle. Er zeigte sie Vaněk und sagte lakonisch, ohne einen Namen zu nennen: „So ein Vieh! Er besäuft sich derart, daß er den Leuten, was für ihn ihr Blut vergossen ham, noch die Haut zersticht!“

Als beim 6. Bataillon des 91. Regiments eine neue Marschkompanie angekommen war, die die Lücken in den einzelnen Zügen ausfüllen sollte, war niemand überrascht, als eines Nachmittags Vergatterung, Kleider- und Gewehrvisiten gemacht wurden. Letztere führte Oberleutnant Lukáš durch: „Hast du's geladen? Bewegt sich der Verschluß? Dann ist's gut", während bei den anderen Kompanien die Offiziere brüllten: „Das soll ein geputztes Gewehr sein! Jesus Maria, du Seepavian, ich laß dich anbinden. Er wälzt sich hier vierzehn Tage herum, und sein Gewehr ist verrostet!" Lukáš war schon alles egal.

Bisweilen, wenn Schwejk seine Weisheiten auskramte, kam Lukáš in den Sinn: „Meiner Seel, dieser Kerl ist beneidenswert, seine Blödheit ist ein größeres Glück als der Haupttreffer in der Lotterie!" Oberst Schröder hatte angeordnet, daß die Soldaten wie in der Kaserne exerzieren sollten. Oberleutnant Lukáš umging diesen Befehl auf alle möglichen Arten. Und als er einmal den Kadetten Biegler dabei traf, wie er seine Soldaten Salutierübungen machen ließ, sagte er sich: ‚Den Kerl erwischt's vielleicht morgen, und ihn kümmert's noch, wie der Soldat salutiert.' Einmal ließ er diesen Gedanken vor Schwejk laut werden, und der sprach ihm sofort seelischen Trost zu: „Melde gehorsamst, Herr Oberlaitnant, die ganze Welt und das ganze Leben sind eine einzige große Blödheit.

Es muß halt alles so sein, damit die Leut was zu leben ham. Da hab ich zwei Obstgartenbesitzer gekannt, einen gewissen Lojsa Vomáčka und einen gewissen Franta Pečenka. Beide ham es bei Uhříněves auf eine Kirschenallee abgesehn und warn hinter dem Bauern her, er soll sie ihnen überlassn. Jeder hat sie für sich allein ham wolln, und der Bauer hat sie beiden versprochn, weil er möglichst viel rausholn wollt. Und eines Tages kommt der Vomáčka von der einen Seite und schaut, wieviel Kilo Herzkirschen je Kirschbaum sein werdn, und von der andern Seite kommt ihm Pečenka in der gleichen Absicht entgegen. Den Vomáčka hat das geärgert, und er sagt: ‚Steig hier nicht in dieser Allee herum, du Trottel, oder ich hau dir die Haxen entzwei!‘

Und der Pečenka antwortet ihm drauf: ‚Herrgott, Lojsa, was hast du da gesagt! Ich hab ein Gewerbe und laß mich von niemandem beleidigen!‘ Der Vomáčka hat ihm dann eine Watschen gegeben, und der Pečenka hat ihm eins mit dem Stock hinaufgehaun, daß er aufm Kopf eine Beule bekommen hat. Und beide sind sie zum Doktor gelaufn, ham sich Advokaten genommen, und die ham alles dem Gericht übergeben. Dem ersten Termin ist der zweite gefolgt, dem zweiten der dritte, und die Advokaten ham ihnen geraten, den Prozeß weiterzuführen. So ham sie's bis nach Prag getrieben. Zum Schluß hat jene Allee der Vomáčka gekauft, und der Pečenka hat was bei Dobropule erworben. Und jetzt, Herr Oberlaitnant, rechnen Sie Ihnen mal aus: zwei Doktoren, zwei Advokaten, Richter usw.

Derweil ist's August gewordn, und die Kirschen waren schon gepflückt. In Prag hat ihnen irgendein Rat gesagt, daß er sie alle beide einsperren läßt, und die Prager Advokaten ham ihnen zugeredet, sie solln sich versöhnen und die Klage zurückziehen. Das ham sie auch gemacht. Dann ham sie sich bei ‚Štupart' getroffen, und der Vomáčka sagt zum Pečenka: ‚Franta, ich bin ein Ochs, ich hab den Doktoren alle diese Kirschen samt dem Pflücken bezahlt', und der Pečenka hat nur geseufzt: ‚Lojsa, ich bin dein Bruder, ich hab heuer draufgezahlt. Jesus Maria, was wird nur meine Frau dazu sagen?!'
Melde gehorsamst, ham Sie schon ausgerechnet, wieviel Leut davon gelebt ham, daß sich zwei Dummköpfe bei Uhříněves eins aufs Maul gegeben ham?"

„Mir scheint, Schwejk", bemerkte Lukáš, „Sie lieben die Doktoren und Advokaten nicht gerade. Warum sind Sie so eingenommen gegen sie?"
„Gott behüt, Herr Oberlaitnant, daß ich was gegen sie hätt. Das überlaß ich lieber den Anarchisten. Da hat in Libeň ein Schlosser gewohnt. Soukup hat er geheißen. Zuerst is er bei der katholischen Jugend gewesen und hat sich so entwickelt, daß aus ihm ein Anarchist geworn is. Er is so oft eingesperrt gewesen, daß er davon schon ganz melancholisch war. Und der hat uns mal erzählt: ‚Schulden kann ich keine machen, es borgt mir schon keiner mehr. Ich brauch ja nur den Mund aufzumachen, und schon sperrt man mich wegen Majestätsbeleidigung ein.' "

Das 6. Marschbataillon des 91. Regiments erhielt den Befehl, in die Stellungen zu gehen und irgendein Bataillon eines polnischen Regiments abzulösen. Es war schon dunkel, als das Bataillon ein Dorf bei Teofiopka erreichte. Gleich dahinter war schon die Front. Damit sich die Soldaten in der Finsternis nicht verirrten, bekamen sie einen Führer zugeteilt. Gleich hinter dem Dorf stießen sie auf einen frisch aufgeworfenen Graben, der einen Hügel hinaufführte. Oben begannen plötzlich Gestalten wie Regenwürmer aus der Erde zu kriechen. Ein Offizier schob die Neuangekommenen in einen Graben, stieß sie mit dem Ellbogen und trieb sie mit gedämpfter Stimme an: „Sakra! Kriecht doch hinein! In jedes Loch so viel, als Scheßlöcher für die Gewehre sind. Die Gewehre sofort in die Schießlöcher stecken! Wirst du reinkriechen, du Schweinehund! Auf was wartest du eigentlich?“

Oberleutnant Lukáš rief Schwejk und Baloun zu sich. Dann gingen alle drei mit dem Führer in den Offiziersunterstand. Das war eine sehr tiefe Grube. Der Oberleutnant ging wieder hinaus, um die Wachen zu kontrollieren. Bei seiner Rückkehr hörte er Schwejk zu Baloun sagen: „Ich muß ihm irgendein Bett auftreiben. Hier ist's feucht, und er könnt Rheuma bekommen. Auch Hobelspäne bring ich, und ich mach ein weiches Lager.“ Dann vernahm Lukáš Balouns Stimme: „Jesus Maria, was wern wir hier eigentlich zu essen kriegen? Allmächtiger Gott, hierher kann man ja gar nicht mit der Menage fahren.“ Oberleutnant Lukáš schlief diese Nacht elend. Früh fühlte er sich wie zerschlagen. Er ging in eine Schlucht, durch die ein Bach floß.

Am Bach saß Schwejk und schnitzte einen Hampelmann für ein kleines Mühlrad, das sich schon lustig im Wasser drehte und klapperte. Kaum hatte er den Oberleutnant erblickt, erhob er sich, salutierte ziemlich leger und sagte: „Schön guten Morgen wünsch ich! Melde gehorsamst, daß sich ein jeder angenehm einrichten soll, wie es in der Zeitschrift ‚Glückliches Heim' beschrieben is."
Während Lukáš den Abhang hinunterstieg, sah er, wieviel Mühe Schwejk darauf verwandte, dem Stück Holz menschliche Form zu geben. Unwillkürlich rief er aus: „Sancta simplicitas!"
Und nie hat Baloun begriffen, warum ihn Schwejk zehn Minuten später fragte: „Hör mal, habt ihr so viel Sliwowitz gefaßt, daß der Oberlaitnant schon früh gleich besoffen is?"

Im Freien war es gefährlich, deshalb blieben die Soldaten den ganzen Tag über in den Gräben sitzen. Schwejk hatte nichts anderes zu tun, als von einem Unterstand in den anderen zu kriechen und mit den Soldaten die Situation zu besprechen. Und weil Schwejk immer einige Nachrichten vom Oberleutnant brachte, hatte man in den Schützengräben vor ihm Respekt. So kroch er einmal in einen Graben mit der Neuigkeit: „Kameraden, bei Morgengrauen wird die 12. einen Scheinangriff auf die Russen machen. Zuerst sollt es unsere Kompanie sein, aber ich hab dem Oberst die 12. vorgeschlagen, weil die eh schon aufm letzten Loch pfeift."
„Na, die werden was abkriegen", sagte Korporal Rytina, „und dabei bin ich sicher, daß der Oberst nicht mal den kleinen Finger aus dem Unterstand raussteckt."

„Wißt ihr, meine Herren, was fein wär? Wenn unser Alter den Alten, der die Russen kommandiert, zum Zweikampf herausfordern möcht", bemerkte der Gefreite Trnka, ein Tischler aus Pečky. „Sagt selbst, ob's so nicht besser wär. Wenn der Russe unserm Alten Prügel gibt, verlieren wir; wenn aber unser Alter den Moskowiter verprügelt, müssen sich die Russen ergeben. Und dabei müßten sich nicht so viel Leut um den Sieg abmühen. Da hab ich einen schönen Roman über einen gewissen Old Shatterhand gelesen. Der hat auch für seine ganze Mannschaft mit einem Indianer gekämpft, und vor dem Zweikampf hat er zu den Kameraden gesagt: ‚Nur keine Angst, ich erschlag ihn nicht. Damit er merkt, was ein Christ ist, hack ich ihm nur mit dem Tomahawk die Hände ab.' "

„Das ist kein schlechter Einfall", ließ sich Bečka vernehmen, „uns möcht's schon genügen, wenn der Wilhelm oder der Franz Josef mit dem russischen Nikolaus kämpfen tät. Habt ihr gehört, was sie sich vor Kriegsbeginn telegraphiert ham? Der Wilhelm hat herich nach Petersburg folgende Depesche geschickt:

Deinetwegen, Zar aller Reußen,
werden wir nicht in die Hosen scheißen!

Und der Nikolaus soll ihm drauf geantwortet haben:

Drohst du mir mit piff, paff, puff,
hab ich keene Bange.
Auch bei uns heißt's feste druff,
gefackelt wird nicht lange.

Und unser alter Herr soll den beiden telegraphiert haben:

Lirum, larum, Löffelbrei.
Mir ist alles einerlei."

„Das, was du vom Wilhelm und von diesem Nikolaus gesagt hast, is die reine Wahrheit", legte Schwejk dar, „aber das von unserm Kaiser, das is eine üble Verleumdung!

Unser Kaiser hat die Nachricht, daß ihm Rußland den Krieg erklärt hat, mir ruhiger Würde und von gerechtem Zorn erfüllt entgegengenommen, wie's in der Zeitung ‚Hlas národa' gestanden is", fuhr Schwejk fort, „er hat dann herich dem Ministerrat sagen lassn: ‚Wenn wir bisher keinen Krieg gewonnen haben, was liegt schon dran, wenn wir den auch noch verlieren.' Dann is er gleich ins Kapuzinerkloster gefahrn und hat dort gebetet. Beim Gebet hat er sich photographieren lassn, und sein Bild hat die illustrierte Zeitschrift ‚Světozor' gebracht. In Dobříš hat ein Klempner, ein gewisser Herr Lukeš, gelebt, und der is zu Fleiß nach Prag gefahrn und hat sich diese Nummer des ‚Světozor' gekauft. Und er is gar nich wieder nach Haus gekommen, so leid hat ihm der Kaiser getan.

Wie dann sein ältester Sohn gefallen is und der jüngere ohne Hand heimgekommen is, da hat er das Bild aufn Abort gehängt. Die Gendarmen ham aber davon erfahren und ham ihn abgeführt. Er sitzt herich in der Festung Theresienstadt eingesperrt."
„Es wär aber doch besser, wenn die Potentaten allein den Kampf untereinander austragen möchten und die Untertanen in Ruh ließen", beharrte Bečka auf seiner Meinung. „Und wenn sie Angst vor Blut ham, so genügt ja ein Ringkampf im griechisch-römischen Stil. Das wär auch nicht schlecht."
„Aber Kamerad, das geht nicht. Wenn die Potentaten untereinander Streit ham, so kann nur ein gerechter Kampf, bei dem es keinen Schwindel gibt, die Entscheidung bringen. Als ich das letztemal im Lazarett gewesen bin...

...is dort neben mir ein gewisser Pepi Skuhra gelegen. Er is Scherenschleifer gewesen und hat wegen Diebstahl Standverbot in Prag gehabt. Und der hat mir folgende Geschichte erzählt: ‚Ich hab damals mit einer gewissen Anda Čadovic gelebt. Sie war ein schönes Frauenzimmer, die Tochter einer deutschen Fürstin. Eines Tages sind wir grad von Jičín nach Trutnov gefahren. Ich schieb den Schleifstein und sie das Wagerl. Da hat sie mich mit irgendwas in Wut gebracht, ich laß sie samt dem Schleifstein auf der Landstraße stehn und lauf davon. So bin ich nach Nová Paka gegangen, dort is mit seinem Zirkus ein gewisser Šimek gewesen, und der hat mich auf der Stelle als unverwundbaren indischen Fakir und Tigerbändiger engagiert. Aber in Paka, da sind die Leut blasiert, und der Zirkus war leer.

Jener Šimek hat auch nur zwei Pferde gehabt, eine dressierte Ziege und einen Hund, und der hat sich von mir nichts beibringen lassen. So haben wir das Zelt abgebrochen und sind nach Nový Bousov gezogen. Der Šimek hat gesagt, daß dort noch nie ein Zirkus gewesen ist. Wir haben die erste Galavorstellung gehabt, und es sind nur ein paar Jungen dagewesen. Die zweite Galavorstellung haben wieder nur ein paar Lehrbuben besucht. Da hat sich der Šimek am Kopf gekratzt und anschließend nach Prag telegraphiert. Er selbst ist nach Jungbunzlau gefahren und hat abends aus der dortigen Druckerei große Plakate mitgebracht: ‚Griechisch-römischer Ringkampf um die Weltmeisterschaft und um den Preis von zehntausend Kronen.‘ In der Früh haben wir die Plakate aufgeklebt. Abends sind aus Prag drei Herren gekommen und haben nach dem Direktor gefragt.

Es sind die Meister von Deutschland, Rußland und Portugal gewesen. Ich bin als vierter aufgetreten, als Mann mit der schwarzen Maske. Und der Šimek hat derweil im Wirtshaus verbreitet, daß der Mann mit der schwarzen Maske ein Bürger aus Bousov is. Abends war das Zelt zum Bersten vollgestopft. Weißt du, wir hatten es schon im voraus abgemacht, wer siegt, aber diese Dreckskerle haben mich wie einen Fetzen herumgeschmissen. Erst am nächsten Tag hat sich jener Kerl, der als Meister von Rußland aufgetreten is, von mir besiegen lassen, und das Publikum hat vor Begeisterung gebrüllt. Am dritten Tag hat Šimek austrommeln lassen, daß die versammelten Meister alle starken Männer aus Bousov und Umgebung zu einem Ringkampf um den Preis von fünfzig Kronen herausfordern.

Aber nach der Vorstellung haben sich die drei Ringkämpfer besoffen und haben noch in der Nacht das Weite gesucht. Vormittags ruft mich auf einmal Šimek. Im Wagen sitzt ein fremder Herr und reicht mir die Hand: ‚Ich bin Tuhíček, der hiesige Fleischer. Meister, ich möcht's gern heut abend mit Ihnen versuchen; ich möcht wissen, wie stark ich bin.' Mir is schwarz vor den Augen geworden: ein Kerl wie ein Stier mit Pratzen wie Schaufeln und Füßen wie Säulen. Ich sag drauf zu ihm: ‚Freut mich sehr, mein Herr, aber haben Sie auch eine Lebensversicherung? Wissen Sie, ich bin beim Ringkampf mit Amateuren prinzipiell nicht roh, aber man weiß nie, was geschehn kann.' Da ist der Herr Tuhíček traurig geworden, ist mit mir hinausgegangn und hat draußen hinterm Wagen verlegen zu mir gesagt:

‚Hören Sie zu, Meister, lassen Sie mich gewinnen!' Da hab ich beleidigt getan und gesagt: ‚Wie stellen Sie sich das eigentlich vor, mein Herr? Ich bin Europameister und soll mich von Ihnen besiegen lassen? Ich hab schon mit Šmejkal, Frištenský und mit diesem Neger Zips gekämpft, und allen hab ich's gegeben, wie sich's gehört. Glauben Sie, daß dieser Ruhm nichts gekostet hat und daß ich mich so ohne weiteres darum bringen lasse?' Und er hat darauf die Hände gefaltet: ‚Meister, schaun Sie! Sie werden von hier wegfahren, und in die Zeitung kommt's nicht. Aber ich bin hier zu Haus, und die Leute würden mich mein Leben lang auslachen. Lassen Sie sich, ich bitte Sie darum, von mir besiegen, ich geb Ihnen fünfzig Kronen.'

Und er hat mich gleich auf ein Gulasch mitgenommen, und ich habe mich mit der Niederlage einverstanden erklärt. Ich hab mir nur ausbedungen, daß er mich erst nach einer Viertelstunde besiegen darf. Kamerad, noch nie hab ich so viel ausgestanden wie an diesem Abend. Der Zirkus war vollgestopft, und jener Herr Tuhíček*) is mit mir wie ein wirklicher Würger mit einem Maikäfer umgegangen. Zuerst hat er mich in den Sand geschmissen und mir das Knie auf die Brust gesetzt. Dann hat er sich mit einem Fuß auf meinem Bauch gestellt und sich vor dem Publikum verbeugt. Da hat es so ein Gebrüll gegeben, daß die Leut im Nachthemd auf die Straße gelaufen sind. Nachher hat mich die Direktorin eine Woche lang massieren müssen!'
Da seht ihr, Kameraden", beendete Schwejk Pepi Skuhras Erzählung, „daß man auch diesen Kaisern nicht trauen könnt.

*) Tuhíček, Diminutivum von ťuhýk — Würger, Singvogel, der Maikäfer frißt. Wortspiel. (Anm. d. Übers.)

Da war mal Ringkampf in Prag, und dort hat so ein Muskelprotz, ein gewisser Urbach, ein deutscher Meister, unserem Mejškal ein Ohr abgebissn und die Nase zerschlagn, wodurch der Herr Mejškal dem Publikum sehr sympathisch wurde. Er hat sich das Blut übers ganze Gesicht verschmiert, is vors Publikum getreten und hat erzählt, was er ausstehn muß. Dann hat er's dem Urbach im freien Stil mit einem Zehengriff so schön gegeben, daß der Deutsche wie ein Stier gebrült hat. Und in der Nacht ham sie sich beide beim ‚Graf' besoffen und sind einander um den Hals gefallen. Die Ringkämpfer ham herich die Angewohnheit, daß sie besonders ritterlich zueinander sind. Davon wer ich euch aber ein andermal erzähln, jetzt muß ich gehn, vielleicht gibt's schon Essen."

Kaum war Schwejk weggegangen, hörte man ihn schon in einem anderen Unterstand erzählen: „Kameraden, morgen beginnt die Offensive, und unsere 12. Kompanie wird's als erste den Russen zeigen..." Als Schwejk zu Baloun zurückkehrte, traf er ihn dabei, wie er dem Brotsack verschiedene Päckchen entnahm und erklärte: „Zuerst mußt du ein Stückl Speck, eine Zehe Knoblauch und etwas Pfeffer nehmen, dann einen Eßlöffel Mehl, einige getrocknete Zwetschgen, und darauf gieß ein bißl Wasser. Dann gibt man Zwiebel zu, es kann auch ein Stückl Zucker sein, vergiß aber nich zu salzen! Und wenn du noch einen Suppenwürfel und ein Stück Brot hineintust, so hast du ein Essen, wie du's in keinem Hotel bekommst."

Daß Balouns Speisen so gut schmeckten, war leicht erklärlich, denn die Verpflegung stockte. Die Russen paßten auf bei Tag und Nacht. Kaum hörte man vor dem Dorf einen Wagen rasseln, schon explodierten längs der Straße die Granaten. Immer erst gegen Morgen näherte sich die Feldküche und blieb eine halbe Stunde von den Schützengräben entfernt stehn, so daß die Soldaten mit den Eßschalen in der Hand durch die Dunkelheit hinkriechen mußten. Ein Mann brachte immer drei Eßschalen mit der Verpflegung für neun Mann. So mußten die Soldaten bald neue Löcher in den Hosenriemen machen. Die Kaffeekonserven taugten nichts, weil man in den Fabriken Kleie statt Kaffee hineinmischte. Und die Speckportionen waren so klein, daß sie gerade zum Hasenspicken gereicht hätten. Aber Baloun verstand es, sogar aus dem wenigen etwas zu kochen.

Eines Abends nahmen sich die Russen vor, das Dorf zu beschießen. Sie begannen aus schweren Geschützen zu feuern und hielten das Dorf die ganze Nacht unter Beschuß. Die Feldküche kam nicht, und der Train mußte umkehren. Zwei Tage lang faßten die Soldaten nichts, und in den Schützengräben herrschte Hunger. Oberleutnant Lukáš gab Befehl, die eiserne Ration anzugreifen, aber die war längst verzehrt. Baloun lief verzweifelt umher und suchte, wo er etwas Eßbares auftreiben könnte, aber es war alles vergeblich. Er verlor den Kopf und sprach davon, daß sich das Ende der Welt nähere und daß das Jüngste Gericht bevorstehe. Er saß in einer Ecke des Unterstands und betete aus einem kleinen Gebetbuch, das ihm seine Frau geschickt hatte, damit es ihm nicht an geistiger Nahrung fehle.

In dieser Nacht unternahmen die Russen einen Angriff, wurden aber zurückgeschlagen. Gegen Morgen stürmten sie zum zweitenmal. Die Schützengräben waren in höllisches Feuer gehüllt. Baloun hielt sich mit beiden Händen die Ohren zu und klagte: „Das End ist da. Erst hat man uns durch Hunger zu Tode gequält, und jetzt solln wir erschlagen wern."

„Es gehört sich", erwiderte Schwejk darauf, „daß du vorm Tod noch richtig fastest, nachm Tod wirst du an der himmlischen Tafel essen, und willst du da vielleicht mit vollgestopftem Bauch ankommen? — Da hat sich zu Kriegsbeginnn nach der Schlacht bei Zamoška folgendes ereignet: Die Feldkuraten sind auf dem Schlachtfeld umhergegangen und ham die Sterbenden versehn. Aus Zamoška is ein Rabbiner mitgegangen und hat sehn wolln, ob da nicht ein verwundeter Jude liegt, was seinen Trost bräucht. So hat er einen Feldkuraten begleitet...

...der was grad einem Schwerverwundeten die letzten Tröstungen gespendet hat. Der Feldkurat hat zu dem christlichen Soldaten gesagt: ‚Lieber Sohn, deine Verletzung ist schwer, und dein Leben geht zu Ende. Aber fürchte dich nicht, noch heute wirst du Gottes Antlitz erblicken und es mit Wonne betrachten.' Der Verwundete hat seine Stola geküßt und is gestorben. Als der Rabbiner auch einen verwundeten jüdischen Soldaten gefunden hat, hat er für ihn gebetet und dann zu ihm gesagt: ‚Moses, ich seh, daß du nicht mehr lang hier sein wirst, bedaure es aber nicht, auf einen jeden wartet der Tag, wo er seine Geschäfte verlassen muß. Noch heut wirst du mit Abraham nachtmahlen.' Und da hat jener Soldat ausgespuckt und geseufzt: ‚Gott sei mein Zeuge, daß ich lieber vor Hunger sterb.' — Baloun, du sündige Seele, bereite dich auf den Weg vor!"

Baloun sank auf die Knie und begann das Gebetbuch zu küssen. Da ertönte draußen eine Stimme: „Kommandeur!" Oberleutnant Lukáš schickte Schwejk hinaus, um nachzusehen, was das zu bedeuten habe, und nach einer Weile kehrte Schwejk mit zwei Soldaten zurück, die große Säcke trugen. Baloun eilte ihnen sofort zu Hilfe, denn er war der Meinung, daß Zwieback darin wäre. Schwejk zog jedoch schön gefaltete Päckchen Seidenpapier aus dem Sack. „Was ist das?" fragte der Oberleutnant entsetzt. „Papier? Das soll wohl Zigarettenpapier für die Soldaten sein? Sie fassen ja überhaupt keinen Tabak!"
„Jesus Maria!" schrie Schwejk freudig. „Das is Klosettpapier! Und was für schönes! Weiß, rosa und himmelblau!" Mit verzweifelter Miene sagte Oberleutnant Lukáš zu den Soldaten:

„Meldet dem Herrn Oberst, daß wir drei Tage nichts gefaßt haben, nicht einmal Konserven. Meldet ihm, daß wir Mangel an Munition haben und daß ich keine telephonische Verbindung bekomme. Meldet ihm, daß ich dieses Klosettpapier sofort an die Soldaten verteilen werde, wenn sie etwas gegessen haben."
„Es wundert mich gar nicht, Herr Oberlaitnant, daß Sie dieses Klosettpapier ausm Gleichgewicht gebracht hat", sagte Schwejk in mildem Ton. „Ich hab damit auch mal Unannehmlichkeiten gehabt. Da bin ich beim Herrn Kokoška auf dem Perštýn in der Lehre gewesen. Über Mittag hat der Herr Chef hinten in der Kanzlei geschriebn. Und einmal is eine Frau gekommen und wollt Malatin für die Hände. Ich schau ins Regal und sag: ‚Haben wir bitte nicht', und sie is weggegangen.

Herr Kokoška hat das gehört und hat mich belehrt: ‚So darfst du das nicht sagen, Pepi! Wenn etwas nicht auf Lager ist, so biet eine andere Marke an!' Und er hat mir ein Kopfstück gegeben. Einmal ist zu Mittag wieder eine Dame gekommen und hat fünf Sackln Klosettpapier verlangt. Und wir ham es grad an diesem Morgen ausverkauft. Ich hab mich an den Herrn Chef erinnert, und so sag ich ihr: „Klosettpapier ist nicht vorrätig, gnädige Frau, aber in Glas- oder Schmirgelpapier haben wir alle Nummern auf Lager.' Melde gehorsamst, Herr Oberlaitnant, ich hab damals vom Herrn Kokoška so viel Kopfstücke gekriegt, daß mir noch heut der Schädel brummt, wenn ich dran denk." Lukáš ging hinaus, wo inzwischen das Feuer nachgelassen hatte.

Am nächsten Tag kam aus den russischen in die österreichischen Schützengräben ein großer, schekkiger Hund gelaufen. Vergeblich riefen ihn die russischen Soldaten: „Kasbek! Kasbek!" Er sprang in den Unterstand, wo Schwejk mit einigen Soldaten saß. „Schaut, Kameraden, ein Hund! Und grad so einer wie mein Rassehund zu Haus!" rief freudig der Soldat Malý, ein Häusler aus der Umgebung von Tábor. „Na, Hunderl, komm her!" Er schnalzte, und der Hund lief zu ihm und wedelte mit dem Schweif. Er ließ sich von ihm am Halsband fangen und streicheln. Malý war glücklich, daß er hier etwas Vertrautes gefunden hatte, und umarmte den Hund: „Das ist ein Hund! Du bist ein braves Hunderl! Und was für schöne Augen du hast! Kameraden, niemand auf der Welt hat so schöne Augen wie die Tiere!"

Das Bataillon wurde nicht abgelöst, und Tag für Tag zog sich das langweilige Leben im Schützengraben hin. Schmutz, Läuse und Krätze nahmen immer mehr überhand. Die grauen Tierchen verschonten nicht einmal Oberleutnant Lukáš, der mit der Mannschaft fast gar nicht in engere Berührung kam. Eines Morgens konnte Schwejk beobachten, wie sich der Oberleutnant in die Achselhöhle griff und Läuse ins Gras warf. „Bitte gehorsamst, Herr Oberlaitnant“, sagte er höflich, „Sie ham auch schon Läuse? Da wer ich Sie mit Quecksilbersalbe einschmiern müssen. Die Läuse wern Sie zwar behalten, Herr Oberlaitnant, aber sie wern Sie nich mehr beißen!“ Lukáš bedankte sich für das Angebot und vertraute seinen Körper Schwejks Händen an, die nun diese heikle Prozedur vollführten.

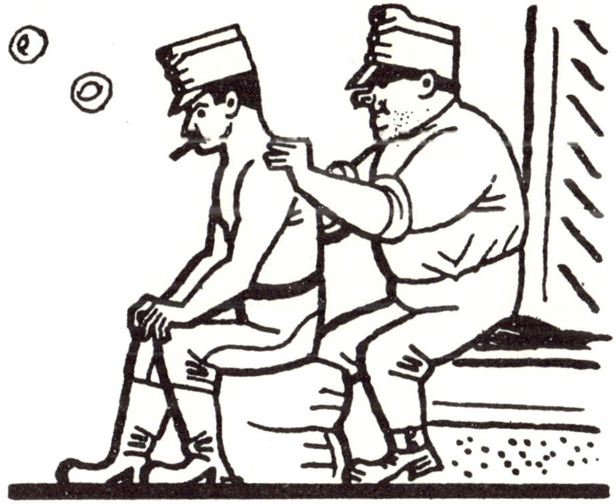

Als Oberleutnant Lukáš wieder angezogen war, öffnete er seinen Koffer und zog eine bronzene Tapferkeitsmedaille heraus: „Da, nehmen Sie, Schwejk, tragen Sie das, ich gebe Sie zusätzlich ein. Diese Tapferkeitsmedaille erhalten Sie dafür, daß Sie Ihren Offizier in der Gefahr nicht im Stich gelassen haben.“
„Herr Oberlaitnant“, sagte Schwejk mit einem Lächeln, „melde gehorsamst, daß ich in den Wald Holz holen geh.“ Die Russen begannen wieder zu schießen. Es dämmerte schon, und Schwejk war noch nicht mit dem Holz zurück. Der Oberleutnant befahl Baloun, ihn in den Unterständen zu suchen. Es verging längere Zeit, bevor Baloun verstört und mit Tränen in den Augen zurückkam. Er führte einen fremden Soldaten mit sich und schluchzte: „Gott erbarm sich seiner, Schwejk ist auch schon im Jenseits. Im Wald hat's ihn erschlagen.“

„Den Schwejk? Wer hat ihn erschlagen?" schrie Lukáš. Weinend zeigte Baloun auf den Soldaten. Dieser übergab dem Oberleutnant eine gelbe Blechkapsel und sagte: „Melde gehorsamst, das is die Legitimationskapsel des Mannes, den die Kameraden von meinem Zug im Wald tot aufgefunden haben. Er is von Ihrer Kompanie, und unser Herr Laitnant läßt Sie bitten, jemanden hinzuschicken, damit er sich den Toten ansieht." Der Oberleutnant öffnete die Kapsel. Es bestand kein Zweifel: Das war Schwejks Legitimation. Lukáš fühlte, wie ihn ein Kälteschauer vom Kopf bis zu den Füßen durchfuhr. Und der Oberleutnant eilte selbst hinter dem Soldaten her, während Baloun wehklagte und auf der Suche nach Soldaten war, die das Grab ausheben sollten.

Am Waldrand lag ein toter Soldat. Er hatte nur Hosen an, und die Bluse, auf der zwei Medaillen glänzten, hing über ihm auf einem Strauch. Seine Füße waren bloß, und die Schuhe lagen in der Nähe. Den Kopf des Soldaten hatte ein Schrapnell völlig zerrissen. Der Oberleutnant riß die Medaillen von der Bluse ab und sagte mit gebrochener Stimme: „Grabt ihm dort unter der Eiche das Grab", und ging eilig davon. Die Kehle schnürte sich ihm zusammen, und Tränen traten ihm in die Augen. „Also auch der Schwejk! Der arme Teufel, der Schwejk!" sagte er fortwährend vor sich hin und hatte dabei das Gefühl, daß jetzt er an der Reihe sei. Baloun kam sehr spät vom Grab zurück und wankte, als wäre er schwer krank. Kaum hatte er dem Oberleutnant das Nachtmahl aufgewärmt, zog er das Gebetbuch heraus.

Lukáš starrte ins Leere. Baloun machte das Gebetbuch auf und begann halblaut eine Litanei für die Seelen der Verschiedenen zu lesen. Der Oberleutnant legte sich bald schlafen, und Baloun fuhr in seinem Gebet fort: „Beten wir für die teuren Verschiedenen! Schenk ihnen die ewige Ruhe, o Herr, und Dein Licht leuchte ihnen in Ewigkeit, Amen!"
Plötzlich riß jemand das Zelttuch, das überm Eingang zum Unterstand hing, zur Seite, und leise schlüpfte eine weiße Gestalt hinein. „Heilige Mutter Gottes von Klokoty, das is Schwejks Geist. Er hat im Grab keine Ruh!" rief Baloun entsetzt und zog sich hinter den schlafenden Oberleutnant zurück. Die weiße Gestalt blieb an der Wand stehen und begann mit den Händen den Rucksack abzutasten, der dort hing.

Mehr tot als lebendig hielt Baloun sein Gebetbuch vor sich hin und fing an den Geist zu beschwören: „Im Namen des dreieinigen Gottes, hebe dich hinweg, Satanas!"
„Baloun, du Ochs, red keinen Blödsinn! Bist du verrückt geworn, oder bist du besoffen und hast das Delirium?" ertönte es leise von den Lippen des Geistes. „Herrgott, mach keinen Krawall, sonst weckst du den Oberlaitnant. Bis früh halt ich's schon irgendwie aus!"
„Jesus Maria, er will bis früh dableiben!" heulte Baloun auf und fiel auf den Oberleutnant. Und er schrie dabei: „Schwejks Geist! Schwejks Geist!"
Lukáš' Decke fiel herunter, und der Oberleutnant sprang auf: „Baloun, hast du den Verstand verloren? Was ist denn los?" wandte er sich an seinen Diener.

Da hob die weiße Gestalt die Hand zum Mützenrand, nahm stramme Haltung an und sagte: „Melde gehorsamst, Herr Oberlaitnant, daß ich kein Holz gebracht hab und daß mir jemand im Wald die Uniform gestohln hat. Ich hab sie in einen Ameisenhaufen gesteckt, damit die Ameisen die Läuse und Nissen rausziehn. Sie können sich gar nicht vorstellen, Herr Oberlaitnant, wie flink diese Ameisen die Läuse und Nissen ausklauben. Melde gehorsamst, daß ich mir dann in einem Bach die Füße gewaschen hab und daß ich ein bißl eingenickt bin. Und dann war meine Uniform weg. Ich bitte gehorsamst um eine neue Uniform und daß man den Dieb, was mich um meine Medaillen gebracht hat, ausfindig macht."
„Natürlich bekommen Sie eine Uniform", sagte der Oberleutnant erleichtert.

„Wissen Sie, Schwejk, ich habe mit Ihnen schon genug ausgestanden, wenn es Sie aber wirklich getroffen hätte, wäre es für mich traurig auf dieser Welt."
„Melde gehorsamst, Herr Oberlaitnant", sagte Schwejk mit zärtlichem Lächeln, „daß ich mich also schon wegen Ihnen nicht umbringen laß."
Baloun hatte sich inzwischen von seinem Schrecken erholt. Er tastete Schwejk ab und glaubte nun endlich, daß er kein Geist sei. Er erzählte ihm, wie festlich sein Begräbnis gewesen sei, daß die Medaillen gefunden wurden und wie den Dieb ein Schrapnell getötet habe.
Schwejk meinte darauf: „Er hat nur die Hosen angezogn, und schon hat ihn der Tod gestraft. Wer weiß, was ihm geschehn wär, wenn er auch meine Bluse angezogen hätt. Da hätt ihm was viel Ärgeres zustoßen können."

Ungefähr eine Woche nach dieser Begebenheit eröffneten die Russen ein höllisches Feuer auf die österreichischen Stellungen, und gegen Abend verbreitete sich in den Schützengräben der Ruf: „Zurück! Alles zurück!" Schwejk verlor bei dem Rückzug sein Bataillon und schritt inmitten des Menschenstroms, der ihn mit sich gerissen hatte, und fluchte dabei. Vor ihm trieben Hirten eine große Viehherde. Der Feind schoß sich auf die Landstraße ein und feuerte Schrapnell in Salven. Die verwundeten Tiere scheuten und liefen in wahnsinniger Angst auf die Wiesen. Eine große stattliche Kuh rannte wie blind vorwärts, hob Schwejk, der auf dem Straßenrand einherschritt, mit den Hörnern hoch und rannte mit ihm in die Felder.

Eine Patrouille des 8. Regiments der Donkosaken ritt vorsichtig vorwärts. Plötzlich kommandierte der Fähnrich: „Deckung", und kroch ohne Pferd ins Gebüsch, woher er ein Muhen und eine menschliche Stimme vernahm. Und er erblickte auf einer Waldlichtung eine große, scheckige Kuh, die ein Mann in zerrissener österreichischer Uniform führte. Dann band der Mann die Kuh an, kroch unter sie und fing an, in eine kleine Schüssel Milch zu melken, wobei er vor sich hin murmelte: „Siehst du, Schecke, jetzt wern wir in diesen Wäldern als Einsiedler leben. Gib nur Milch und mach uns keine Schande!" Der Fähnrich winkte den nächststehenden Kosaken herbei und flüsterte: „Ein Kriegsgefangener? Ein Narr? Oder was sonst?"

„Euer Wohlgeboren", flüsterte der Kosak, „er hat ein Gewehr!"
„So?" wunderte sich der Offizier und bemerkte erst jetzt, daß der Mann ein Gewehr über der Schulter hängen hatte. Er kommandierte: „Vorwärts!", und schon befanden sich vier Reiter auf der Lichtung, richteten ihre Bajonette auf den Mann und brüllten: „Ruky wjerch!" Der Mann hob die Hände hoch. Ein Kosak sprang vom Pferd und nahm ihm das Gewehr ab. Und als er den Soldaten bei der Schulter gepackt hatte, erblickte er die Medaillen an seiner Bluse und sagte zum Offizier: „Er hat Medaillen! Die hat er dafür, daß er auf unsere Brüder geschossen hat!" Der Kosak gab dem Soldaten eine Ohrfeige, riß ihm die Medaillen ab und steckte sie in die Tasche. Dann führte er ihn zum Stab.

Der Kosak übergab den Gefangenen dem russischen Regimentsstab. Ein beleibter Oberst fuhr ihn an: „Sieh da! Ein Kriegsgefangener! Vielleicht holen wir was aus ihm heraus! Kak tvoja familija?"
„Melde gehorsamst, daß ich ledig bin", sagte der Gefangene, „es is aber schön von Ihnen, daß Sie mich nach Frau und Kindern fragen."
Der Offizier wandte sich an den Stab und fragte: „Durak tschudak?" und sagte dann zu dem Gefangenen: „Sagst du dein Name!" Da schlug der Soldat die Hacken zusammen, bohrte seinen Blick in des Obersten Augen und nahm stramme Haltung an. Mit einer Stimme, die durch ganz Rußland bis ans Schwarze Meer hallte, rief er: „Josef Schwejk, Prag, Na bojišti, Zum Kelch!"

Nachwort

Díl II.
Sešit 3-4.
JAROSLAV HAŠEK:
Cena
4 Kč.
OSUDY DOBRÉHO
VOJÁKA ŠVEJKA
ZA SVĚTOVÉ VÁLKY.
Jos. Lada
Vydáno A. Sauerem a J. Haškem v Žižkově, Jeronýmova 3.

Habent sua fata libelli — dieses Zitat gilt ganz besonders für jene Epopöe voller Lachen und Spott, die in der Mitte der zwanziger Jahre unseres Jahrhunderts einen neuen und unsterblichen Typ, den „unbekannten Helden ohne den Ruhm und die Geschichte eines Napoleon" in die Weltliteratur eingeführt hat. Die **„Abenteuer des braven Soldaten Schwejk"** haben ihre eigenen Schicksale.

Die Literaturhistoriker beschäftigt besonders die Frage, wie sich in der Vorstellungswelt seines Autors **Jaroslav Hašek** der Ur-Schwejk, der amtlich anerkannte, notorische Idiot, der allein durch sein absolutes Verlangen, Seiner Majestät dem Kaiser „bis zum letzten Atemzug" zu dienen, die k. u. k. österreichisch-ungarische Armee zersetzte, im Verlaufe von zehn Jahren in eine heroische Gestalt verwandelte: in den volkstümlichen Humoristen, der nicht nur in drastischer Parodie die morschen Stützen der Gesellschaft durchschaut, sondern auch voll grenzenlosem Optimismus und urwüchsigem, realistischem Verstand die zweifelhaften Werte der bürgerlichen Gesellschaftsordnung zum alten Eisen wirft, die Phantasmagorien des Beamten- und Militärapparats verurteilt und dem Krieg den Kampf ansagt.

Der Weg vom originellen Einfall bis zum klassischen literarischen Kunstwerk und großen Zeitsymbol, von den Satiren der Vorkriegszeit, die oft durch zynische Übertreibung, Absurdität und Galgenhumor erschütterten, bis zur wahrheitsgetreuen, fortschrittlichen und künstlerisch neuen Sicht der gesellschaftlichen Wirklichkeit, bis zur überzeugenden Darstellung des Vertrauens in den Sieg der positiven Kräfte in der Entwicklung der Menschheit — dieser Prozeß steht in engem Zusammenhang mit den Veränderungen im Leben, mit der zunehmenden Lebenserfahrung und gedanklichen Reife Jaroslav Hašeks, des Verfassers des Schwejk.

Vor dem Krieg ist Hašek ein Schriftsteller, der nach kurzer, mißglückter Beamtenlaufbahn völlig ungebunden lebt und, äußerlich betrachtet, an der Peripherie der Literatur steht. Mit genialer Leichtigkeit schreibt er für verschiedene Zeitschriften Erzählungen und Feuilletons, ist wie alle seine jungen Freunde Bohemien, Rebell und Anarchist, hungert im ihnen, treibt mit ihnen Allotria, wendet aber seine Aufmerksamkeit immer mehr dem einfachen Mann in der Stadt und auf dem Lande zu. Im Weltkrieg wird diese Tendenz noch deutlicher, vertieft sich und erhält ihren besonderen Schliff, ihre Schärfe, um sich durch die Ideen der Oktoberrevolution weltanschaulich und künstlerisch zu vollenden. In den Jahren 1918 bis 1920 durchquert Hašek als begeisterter Journalist und politischer Funktionär mit der Roten Armee halb Europa und Asien. Nach seiner Rückkehr in die Heimat schreibt er während kaum zweier Jahre seinen Schwejk.

Am 2. Januar 1923 stirbt Jaroslav Hašek, kurz vor Vollendung seines vierzigsten Lebensjahres.

Wir müssen jedoch die Sckicksale seines Schwejk auch von einer anderen Seite betrachten — besonders wenn wir in diesem Buch blättern. Der brave Soldat Schwejk hat nämlich noch einen zweiten Vater. Literatur und bildende Kunst kennen mehrere solcher großen Wunder schöpferischen Zusammenwirkens. Der Ritter von der traurigen Gestalt, wie ihn uns das Erlebnis durch Wort und Bild kennenlernen läßt, vereint seine Eltern über Jahrhunderte hinweg, genauso wie Äsops vermenschlichte Tierwelt oder der shakespearische Kosmos. So haben sich hier zwei tschechische Künstler, Zeitgenossen und Freunde, **Jaroslav Hašek und der Maler Josef Lada,** die Hand gereicht. Beiden, die ihrem ganzen Wesen und Fühlen nach mit dem einfachen Volk verbunden waren, hat ihr gemeinsames Werk — der brave Soldat Schwejk — Weltruhm gebracht.

Hašek und Lada lernten sich im Jahre 1907 kennen.

Lada hatte zu dieser Zeit die härtesten Jahre schon hinter sich. Zuerst war er bei einem Zimmer- und Dekorationsmaler, später bei einem Buchbinder in der Lehre gewesen. Kurze Zeit besuchte er auch die Kunstgewerbeschule. Seine wahren Lehrjahre durchlebte er jedoch auf eigene Faust. Originell und einzigartig wie sein Talent war auch der Gefühlsreichtum dieses Knaben, der aus einem tschechischen Dorf nach Prag gekommen war, der den dörflichen Wechsel der Jahreszeiten noch im Blut hatte, der die Lieder und Sagen, den Charakter und die Bräuche, die Lebensweisheit und Feste der Bewohner seines Heimatdorfes in der Erinnerung bewahrte.

Schon damals verdiente Lada seinen Unterhalt mit Zeichnungen für Zeitungen und humoristische Zeitschriften und illustrierte seine ersten Bücher. Aber zeitbedingte Einflüsse — wie der Jugendstil und die damals weltberühmten Karikaturen in „Simplicissimus", der „L'Assiette au beurre" und den „Fliegenden Blättern" — ließen es vorläufig nicht zu, daß sich Ladas spezifische Begabung hätte durchsetzen können. Charakterisierende Vereinfachung bei breitester Skala des Ausdrucks, einfache, straffe, feste und präzise Linienführung, diese allen verständliche und überwältigende Sprache — eben: „Lada" konnte erst nach dem frühen Dekorativismus Erfolg haben. Die Entstehung dieser einzigartigen Ausdrucksform wird bei Lada sowohl von den Arbeitsbedingungen als auch von Zeiteinflüssen bestimmt, unter denen er arbeitet. Einerseits wird sie verlangt durch die schnelle Lieferung für die Zeitung, andererseits äußern sich hier schon neue Tendenzen in seiner Kunst, die prägnanten Ausdruck und klare Form fordern.

Einfache Linienführung, verbunden mit übersichtlicher Komposition, das Wesentlichste der Physiognomie und des Milieus erfassend, nichts Improvisiertes und doch der suggestive Pulsschlag des Lebendigen — auf das Gefühl wirkend, psychologisch erfahren und in seinem Humor unwiderstehlich —, so tritt uns Lada als vollendeter Illustrator und glänzender Karikaturist entgegen.

Den ganzen unermeßlichen Makrokosmos menschlicher Figuren und Figürchen, der Bewohner von Himmel und Hölle in Menschengestalt, sprechender und beredter Säugetiere, Vögel, Fische, Reptilien und Käfer, reizender, aber auch gespenstischer Gestalten aus der Märchenwelt — sie alle hat Lada in seinen köstlichen Bildern eingefangen, einmal in einfachem Holzschnittdruck, dann wieder auf ornamentalem Hintergrund reich schraffiert und weich koloriert und später in besonders schönen Landschaftsbildern mit Motiven aus dem tschechischen Dorf.

In seinen Zeichnungen für humoristische Zeitschriften und in den Buchillustrationen für Erwachsene und Kinder bedenkt uns Lada reichlich mit aufrichtiger Freude und

Optimismus, die aus verständnisinnigem Mitgefühl mit dem Menschen und seinem Ungemach, aber auch aus dem Glauben an des Menschen Güte und Vernunft entstanden sind. Diese Tendenz hindert Lada jedoch nicht daran, über die Thematik fröhlicher, idyllischer und gutmütiger Szenen hinauszugehen. Nach den Klassikern der tschechischen Malerei Josef Mánes und Mikoláš Aleš ist es vor allem Lada, der Reinheit, Unschuld und Güte, die zarte Anmut der Mädchen, den Liebreiz der Kinder und die Weisheit des Alters verherrlicht. Die Erinnerung an das verlorene Paradies der Kindheit und der Märchen geht bei ihm in die Sehnsucht nach einer Gesellschaftsordnung über, die die wahren Werte menschlichen Lebens und menschlicher Beziehungen pflegen und erhalten soll.

Den Kräften, die dieser Sehnsucht im Wege stehen, sagt Lada aber ebenso gründlich Bescheid. Hunderte politischer Zeichnungen beweisen, zu welch scharfer sozialer Kritik sich seine Linien verdichten können, wie treffend Lada Beschränktheit, Protzerei und Böswilligkeit zu erledigen weiß. Im Zusammenhang mit den übrigen Seiten in Ladas Kunst beweisen das auch all die k. u. k. Regimenter mit ihren ehrenhaften und ehrlosen Offizieren und das Panorama ziviler Vortrefflichkeit und Erbärmlichkeit um **seinen** Josef Schwejk.

Als Lada im Jahre 1907 Jaroslav Hašek kennenlernte, fand er unter vielen Gefährten in ihm den liebsten, am allermeisten verehrten Freund. Zeitweillig war Jaroslav Hašek sogar sein Untermieter, für den er ständig aufopferungsvoll sorgte.

In der „Chronik seines Lebens" schreibt Lada über seinen ersten Eindruck von Hašek: „Diese Bekanntschaft hat mir Freude bereitet. Aber mit dem Äußeren Jaroslav Hašeks war ich wirklich nicht zufrieden. Das sollte der Autor jener Feuilletons sein? Ich hatte mir zumindest einen Voltaire oder Victor Sardou vorgestellt, und nun trat mir ein junger Mann mit fast ausdruckslosem, je nahezu kindlichem Antlitz entgegen. Vergeblich suchte ich in seinem kugelrunden Gesicht die gewohnten Züge des Satirikers: die Adlernase, die schmalen Lippen und die argwöhnischen Augen. Auch das hämische Lachen fehlte. Hašek machte eher den Eindruck eines durchschnittlichen, gutgenährten Söhnchens aus besserer Familie, das seinen Kopf nur ungern mit irgendwelchen Problemen belastet. Das Gesicht fast weiblich, ohne Bart und arglos, aufrichtige Augen, alles erinnerte eher an einen naiven Gymnasiasten als an einen genialen Satiriker. Aber all das dachte man sich nur, solange Hašek den Mund nicht aufgemacht hatte. Dann wurde man sogleich seinen Irrtum gewahr, sei es auch nur durch eine Bemerkung, die jedoch so witzig, originell und treffend war, daß sich jeder sagen mußte: Ja, mein Junge, du hast's faustdick hinter den Ohren."

Im Jahre 1911 verfaßte Hašek seine ersten drei Erzählungen über den braven Soldaten Schwejk, und Lada veröffentlichte sie als Redakteur der humoristischen Zeitschrift „Karikatury". Wir wissen, daß Lada und Hašek befreundet waren, wissen aber auch, daß beide Schadenfreude und unsentimentale, nicht gerade rücksichtsvolle Späße gern hatten. So ließ Hašek die dritte Fortsetzung des Schwejk gleichzeitig auch in einem Konkurrenzblatt veröffentlichen. Diese Verletzung des Copyrights gefiel jedoch den Besitzern der Zeitschrift „Karikatury" nicht gerade, und sie bestellten bei einem anderen

Humoristen Schwejks Ende. Und so erschien in Ladas „Karikatury" nur noch die Erzählung: Jaroslav Hašek, „Das Ende des braven Soldaten Schwejk".
Die Zusammenarbeit beider Freunde am Schwejk begann erst nach dem Krieg, in den Hašek mit dem 91. Infanterieregiment gezogen war und wo er auch seine Pappenheimer kennenlernte: den Hauptmann Sagner, den Oberleutnant Lukáš und dessen Offiziersdiener, den Rechnungsfeldwebel Vaněk und viele andere Soldaten.
Hašek suchte Lada im Jahre 1921 auf: „Er forderte mich auf, den Umschlag für die „Abenteuer des braven Soldaten Schwejk während des Weltkriegs" zu illustrieren. Diese erste Ausgabe erschien noch in Heften. Ich begann sofort mit der Arbeit. Die Figur des Schwejk gestaltete ich nicht nach einer bestimmten personifizierten Vorstellung, sondern nach der Beschreibung Jaroslav Hašeks, die er von Schwejk in seinem Roman gemacht hatte. Ich malte den Schwejk, wie er sich inmitten fliegender Kugeln und Granaten und explodierender Schrapnelle gerade seine Pfeife anzündet. Er blickt gutmütig und ruhig drein, als ereigne sich um ihn herum gar nichts. Diesen Umschlag brachte ich am vereinbarten Tag in die Weinstube ‚U Mohelských'. Er gefiel Hašek und seinem Freund Sauer sehr, und sie versprachen mir sofort ein Honorar. Anstatt aber Geld zu erhalten, mußte ich die Zeche bezahlen."
Der Umschlag, von dem Lada hier spricht, ist die einzige Illustration des Schwejk, die Hašek noch zu Gesicht bekam. Dieses lustige, charakteristische Soldatenbild hat vorläufig noch wenig mit dem späteren, so ausdrucksvollen Typ gemeinsam. Es fehlt noch jene sichere souveräne Linienführung, die mit wenigen Strichen so eindeutig den Typ eines Menschen darstellt, der unter der Maske einfältiger Gutmütigkeit seine menschliche Unabhängigkeit mit Erfolg zu verteidigen weiß. Zu diesem Typ des Schwejk arbeitet sich jedoch Lada, nachdem er ihn in einer zweiten Zeichnung für den Umschlag der Buchausgabe schon vorausgeahnt hatte, erst in seiner großen Folge von fünfhundertvierzig Bildern durch, die er in den Jahren 1924—1925 für die Beilage der Sonntagsausgabe der Zeitung „České slovo" zeichnete. Mit schöpferischer Leidenschaft schuf Lada hier ein Illustrationswerk, das wohl einzig in seiner Art ist. Wußte er doch sehr gut, daß er bei einer Neuausgabe des Schwejk, der bisher nur mit illustriertem Buchumschlag herauskam, kaum einen Bruchteil seiner übersprudelnden Phantasie, seiner eigenen intimen Kenntnisse des Soldatenlebens veröffentlichen könnte — hier konnte er die „Kriegserlebnisse" aus der Kindheit, alles das, was er aus Erzählungen erfahren oder selbst gesehen hatte, festhalten. Die Lektüre inspirierte ihn, und die Freundschaftsbande mit dem Toten verpflichteten ihn. Josef Lada gestaltete eine Galerie von Militär- und Ziviltypen, großen Herren und kleinen Leuten, die sich um den stets lächelnden, immer und überall sich gehorsamst meldenden Josef Schwejk bewegen. Auslesen aus diesem gezeichneten Roman gelangten dann in immer neue Buchausgaben des Schwejk, der von seiner Heimat aus den Siegeszug in die ganze Welt angetreten hatte. Damit war jedoch Ladas Interesse für den Schwejk nicht erschöpft. Ebenso wie alle anderen Leser dieses Romans wandte sich auch Lada immer wieder mit Ergötzen den Geschichten und Abenteuern dieses Anonymus zu. Hatte er doch dem Schwejk seine endgültige Gestalt verliehen, und so vollkom-

men, daß uns jede neue Verkörperung, sei sie im Theater oder im Film, fremd erscheint und wir einige Zeit brauchen, uns mit ihr vertraut zu machen.
Erst in den Jahren 1953—1954 verwirklichte Lada seinen alten Wunsch und schuf für eine neue Buchausgabe der „Abenteuer des braven Soldaten Schwejk während des Weltkriegs" 212 kolorierte Illustrationen. „Ich war mir bewußt", sagt er über diese Arbeit, „daß ich die Typen der einzelnen Helden nicht ändern kann, weil sie sich schon eingebürgert haben, andererseits aber auch deshalb, weil ich mit ihrer Darstellung zufrieden war."

Können wir mit Gewißheit behaupten, daß dies Ladas letztes Wort zum Schwejk und über den Schwejk gewesen wäre? Alles spricht dafür, daß er sich ihm sicher wieder zugewandt hätte — wie er sich auch mit seinen Wassermännern und Hansnarren, seinen Tieren und gutmütigen Teufelchen immer wieder beschäftigte —, wenn ihn nicht der Tod am 14. Dezember 1957, knapp vor Vollendung des siebzigsten Lebensjahrs, vom Arbeitstisch, aus seiner lächelnden Weisheit und seinem weisen Lächeln gerissen hätte, mit denen dieser wahre Volkskünstler die Menschen so reichlich bedachte.

Graphisch gestaltet von Jan Vrána
Deutsch von Rudolf Feigl

Herstellung: H. Biermann
Druck: May & Co., Darmstadt
ISBN 3-7663-0786-X

Printed in Germany 1983